高等职业院校规划教材·计算机应用技术系列

数据库原理与应用（Access）

徐 红 主 编

朱 佳 倪晓瑞 副主编

中国铁道出版社
CHINA RAILWAY PUBLISHING HOUSE

内 容 简 介

本书以 Access 关系型数据库为背景，介绍数据库原理的基本概念，并结合 Access 学习数据库的创建、使用、维护和管理，使读者能够掌握数据库设计的步骤和 SQL 查询语句的使用方法。本书还配合 VBA 编程、数据库安全和数据库应用系统开发，讲述软件设计的基本思想和方法，培养读者程序设计、分析和调试的基本技能。

本书的宗旨是使数据库的原理知识与 Access 数据库的实际操作相结合，以应用为目的，以案例为引导，结合"学生信息管理系统"和数据库基本知识，使读者可以参照教材提供的讲解和实训，尽快掌握 Access 软件的基本功能和操作。书中的数据库应用系统开发综合示例，融合了 Access 数据库的主要功能，为读者自行开发小型信息管理系统提供切实可行的模板。

本书应用面广，适合作为高职高专院校相关专业数据库原理与应用课程的通用教材，还可作为全国二级计算机等级考试数据库应用模块等的培训教材，初级、中级 Access 数据库用户的自学参考书。

图书在版编目（CIP）数据

数据库原理与应用：Access/徐红主编. —北京：中国
铁道出版社，2008.7
高等职业院校规划教材. 计算机应用技术系列
ISBN 978-7-113-08760-9

Ⅰ. 数…　Ⅱ. 徐…　Ⅲ. 关系数据库－数据库管理系统，
Access　Ⅳ. TP311.138

中国版本图书馆 CIP 数据核字（2008）第 105391 号

书　　名：数据库原理与应用（Access）
作　　者：徐　红　主编

策划编辑：严晓舟　秦绪好
责任编辑：王占清　　　　　　　　　编辑部电话：(010) 63583215
特邀编辑：薛秋沛　　　　　　　　　封面设计：付　巍
封面制作：白　雪　　　　　　　　　责任校对：辛　杰　高婧雅
责任印制：李　佳

出版发行：中国铁道出版社（北京市宣武区右安门西街 8 号　　邮政编码：100054）
印　　刷：河北省遵化市胶印厂
版　　次：2008 年 8 月第 1 版　　　　2008 年 8 月第 1 次印刷
开　　本：787mm×1092mm　1/16　印张：12.5　字数：281 千
印　　数：3 000 册
书　　号：ISBN 978-7-113-08760-9/TP·2791
定　　价：21.00 元

高等职业院校规划教材·计算机应用技术系列

出版说明

自 2002 年全国职业教育工作会议以来，全国各地区、各部门认真贯彻《国务院关于大力推进职业教育改革与发展的决定》（国发〔2002〕16 号），加强了对职业教育工作的领导和支持，以就业为导向的改革与发展职业教育逐步成为社会共识。2005 年，在北京召开的全国职业教育工作会议上，国务院总理温家宝提出：在今后一个时期，教育结构调整总的方向是普及和巩固义务教育，大力发展职业教育，提高高等教育质量，把基础教育、职业教育和高等教育放在同等重要位置。此次讲话精神将职业教育的地位提升到了一个新的高度，为大力发展职业教育奠定了思想基础，指明了方向。

作为高等职业教育的重要组成部分，计算机教育和教学也面临着"以就业为导向"的重要转变和改革。为顺应高等职业教育改革和发展的趋势，配合高等院校的教学改革和教材建设，中国铁道出版社联合全国知名职业教育专家和各大职业院校推出了《高等职业院校规划教材》系列丛书。

本套系列教材编写的主要指导思想：

（1）定位明确。整套教材贯穿了"以就业为导向"的思想，面向就业，突出实际应用。

（2）内容先进。教材合理安排经典知识和实际应用的内容，补充了新知识、新技术和新设备。

（3）取舍合理。以高等职业教育的培养目标为依据，注重教材的科学性、实用性和通用性，尽量满足同类专业院校的需求。

（4）体系得当。以岗位职业标准为依据设计教材的体系，体现岗位技能要求，紧密结合生产实际，强化实践环节，培养创新精神。

（5）风格优良。在编写方式和配套建设中体现建设"立体化"精品教材体系的宗旨。为主要课程配套了电子教案、教学大纲、学习指导、习题解答、素材库、案例库、试题库等相关教学资源。

本套教材在编写过程中参考了《中国高职院校计算机教育课程体系 2007》（英文简称为 CVC 2007）中各专业课程体系的参考方案，并根据专业类别划分系列，分为计算机应用技术系列、信息管理技术系列、多媒体技术系列、网络技术系列、软件技术系列、电子商务系列等若干子系列。在本系列丛书的编写和出版过程中，得到了各专业领域知名职业教育专家以及全国各大高等职业院校的大力支持，在此表示衷心感谢。希望本系列丛书的出版能为我国高等职业院校计算机教育改革起到良好的推动作用，欢迎使用本系列教材的老师和同学提出意见和建议，书中如有不妥之处，敬请批评指正。

中国铁道出版社

人类已进入 21 世纪，在这个高度信息化的社会，计算机的应用日益普及，随着数据库技术的不断发展和完善，了解并掌握数据库已经逐步成为各类管理和科技人员基本的知识要求。数据库原理与应用越来越成为普通高校和高职高专院校各个专业的必修课程。

Access 是 Microsoft Office 系列应用软件的一个重要组成部分，是基于 Windows 平台的关系数据库管理系统。它界面友好、操作简单、功能全面、使用方便，不仅具有众多数据库管理软件所具有的功能，同时还进一步增强了网络功能，用户可以通过 Internet 共享 Access 数据库中的数据。Access 自发布以来，已逐步成为桌面数据库领域的佼佼者，深受广大用户欢迎。

本书以 Access 关系数据库为背景，介绍数据库原理的基本概念，并结合 Access 学习数据库的创建、使用、维护和管理，使读者能够掌握数据库设计的步骤和 SQL 查询语句的使用方法。本书还配合 VBA 编程、数据库安全和数据库应用系统开发，讲述软件设计的基本思想和方法，培养学生程序设计、分析和调试的基本技能。

本书的宗旨是使数据库的原理知识和 Access 数据库的实际操作相结合，以应用为目的，以案例为引导，突出可读性、可操作性和实例性。本书以"学生信息管理系统"的实例贯穿始终，从表的创建到数据库的安全，循序渐进地形成一个完整的系统，融合了 Access 数据库的主要功能，读者可以参照教材提供的讲解和实训，尽快掌握 Access 软件的基本功能和操作，为读者自行开发小型信息管理系统提供切实可行的模板。本书各章均有重点提要和教学要求，便于读者掌握知识要点。每章末均有大量习题，同时还提供电子教案，以便进一步理解和掌握各章的知识，同时也便于组织教学。为了使读者在学习过程中能结合上机实践获得更好效果，本书每章均有实训。

全书共有 9 章，各章主要内容如下：

第 1 章主要介绍与 Access 数据库管理系统相关的一些数据库基础理论方面的知识，讲解信息和数据、数据模型、数据库、关系数据库管理系统等概念，介绍 Access 数据库设计和创建的方法以及基本原则等。

第 2 章主要介绍 Access 的安装和系统特性、系统界面及 Access 应用程序的启动和退出方法、Access 数据库所包含的数据对象等。

第 3 章主要介绍 Access 数据库的创建方法和数据库的基本操作、表的创建、表的使用和操作以及表间的关系和创建等。

第 4 章主要介绍查询的定义和类型、不同类型查询的创建方法、利用 SQL 创建查询的方法以及查询的使用和操作等。

第 5 章主要介绍窗体的作用和种类、窗体的创建、窗体的属性设置、窗体中控件的使用和属性以及窗体的使用等。

第 6 章主要介绍报表的类型、报表的创建、各类报表的报表属性、报表中常用控件的使用和属性以及如何使用报表等。

第 7 章主要介绍数据访问页的创建、属性、常用控件的使用和属性等。

第 8 章主要介绍宏的概念及分类、宏的创建、宏组的创建、宏的定义以及宏的使用等。

第 9 章主要介绍模块的概念、VBA 的基本概念、VBA 的编程环境、VBA 中常用的过程和函数、模块的创建方法等。

本书由徐红任主编，朱佳、倪晓瑞任副主编，参加编写和校对的人员还有史科蕾、胡顺楼、孙延昌、吴鹏、尹玉杰、牛雨、李云娟、曹福德、张永军、徐萌、孔璐玲。

本书是在作者长期从事 Access 教学实践基础上编写的，实用性和针对性较强。实践证明，使用本教材，利用较少的教学时数，学生可以较快、较容易地掌握 Access 的基本操作和系统开发的基本要领。

鉴于 Access 2003 功能强大，而书中内容篇幅安排有限，加上编者水平有限，本书难免存在不足和疏漏之处，欢迎读者批评指正。

编　者

2008 年 6 月

目　录

第 1 章　数据库系统概述

数据库是 20 世纪 60 年代末发展起来的一门技术，它的出现使数据处理进入了一个崭新的时代，它能把大量的数据按照一定的结构存储起来，在数据库管理系统的集中管理下，实现数据的共享。Microsoft Access 作为一种关系型数据库管理系统，具有界面清晰友好、操作简单易学等许多优点，而且支持 Internet 上的数据交换，支持高级应用程序的开发，是中小型数据库应用系统的理想开发环境，深受广大用户的欢迎。

本章要点

- 数据库原理的基本概念和基本理论。
- 数据库原理的基本知识。

1.1　数据库与数据库系统

随着计算机技术的发展，计算机的应用已经渗透到各行各业，如信息管理系统、办公信息系统、银行信息系统、民航订票系统、情报检索系统等。在计算机技术应用于数据管理工作的过程中，产生和发展了数据库技术。这一技术是计算机科学技术领域中一门重要的技术和研究课题。

1.1.1　信息与数据

在日常生活中，人们为了了解世界、研究世界和交流情况，直接用自然语言描述事物。在计算机中，人们通过抽取事物的特征或属性，作为对事物的描述。例如，描述一个大学生可用如下记录：(张华,0693135,男,1986,山东济南,计算机系,2006)。从中得知：张华是一位男大学生，学号为 0693135，1986 年出生，山东济南人，2006 年考入计算机系。

数据（data）是描述客观事物及其活动并存储在某一种媒体上能够识别的物理符号。这里所说的符号，不仅指文字、字母、数字，还包括图形、图像、音频与视频等多媒体数据。

从数据中获得的有意义的内容，称为信息。信息是以数据的形式表示的，即数据是信息的载体。另一方面，信息是对数据进行加工得到的结果，它可以影响人们的行为、决策或对客观事物的认知。

1.1.2　数据管理

数据库技术是应数据管理任务的需要而产生的，是随着数据管理功能需求的不断增加而发展的。到目前为止，数据管理大致经历了人工管理、文件管理、数据库管理、分布式数据库管理和面向对象数据库管理等不同发展阶段。

1. 人工管理阶段

该阶段处在 20 世纪 50 年代中期以前，当时计算机主要用于科学计算。外存储器只有纸带、磁带、卡片等，没有像磁盘这样的速度快、存储容量大、随机访问、直接存储的外存储器。软件方面没有专门管理数据的软件，数据由计算或处理它的程序自行携带。数据管理任务包括的存储结构、存取方法、输入/输出方式等完全由程序设计人员自行负责。

其数据管理的特点是数据不保存、数据没有相应的软件系统管理、数据不共享、数据不具有独立性等。

2. 文件管理阶段

20 世纪 50 年代后期到 60 年代中期，在硬件方面磁盘成为主要外存。软件方面出现了高级语言和操作系统。操作系统中的文件系统是专门管理数据的软件。

文件管理阶段的数据管理较之人工管理阶段有了很大的进步。程序和数据有了一定的独立性，程序和数据是分开存储的，数据文件可被多次存取。在文件系统的支持下，程序只需用文件名访问数据文件，程序员可以集中在数据处理的算法上，而不必关心记录在存储器上的地址和内存外存交换数据的过程。但是，文件系统也明显地存在以下缺点：编程不方便、数据冗余量大、数据独立性不好、不支持并发访问、数据缺少统一管理等。

3. 数据库管理阶段

随着社会信息量的迅速增长，计算机处理的数据量不断增长，文件管理系统采用一次最多存取一个记录的访问方式，且在不同的文件之间缺乏相互联系的结构，越来越不能适应管理大量数据的需要。于是，数据库管理系统便应运而生，并在 20 世纪 60 年代末期产生了第一个商品化的数据库系统——美国 IBM 公司的 IMS（Information Management System）。

数据库技术的主要目的是研究在计算机环境下如何合理组织数据、有效管理数据和高效处理数据，包括：提高数据的共享性，使多个用户能够同时访问数据库中的数据；减少数据的冗余度，以提高数据的一致性和完整性；数据与应用程序之间完全独立，从而减少应用程序的开发和维护代价。

数据库管理阶段的特点是：采用复杂结构化的数据模型；减少了数据冗余度；具有较高的数据独立性；有统一的数据控制功能。

4. 分布式数据库管理阶段

分布式数据库系统是数据库技术、网络技术和通信技术相结合的产物。在 20 世纪 70 年代后期，数据库多数是集中式的。计算机网络技术的发展为数据库提供了分布式运行环境，从主体—终端体系结构发展到客户端/服务器系统结构。

这一阶段的特点是：数据库系统的可靠性和稳定性有了较大的提高；系统的兼容性强，处理数据的能力也大大加强。

5. 面向对象数据库管理阶段

在 20 世纪 80 年代中后期，各种适应不同领域的新型数据库如工程数据库、多媒体数据库、CAD 数据库、图形数据库、图像数据库、智能数据库以及面向对象数据库等不断涌现。其中，面向对象数据库由于其通用性强、适应面广而备受青睐。面向对象数据库系统是数据库技术与面向对象程序设计技术相结合的产物。

这一阶段的特点是：用面向对象的观点来描述现实世界实体的逻辑组织、对象之间的限制和联系等，从而大幅度地提高了数据库管理效率，降低了用户使用数据库的复杂性。

1.1.3 数据库系统

1. 数据库（DataBase，DB）

数据库是数据库系统的核心和管理对象。

所谓数据库就是以一定的组织方式将相关的数据组织在一起存放在计算机外存储器上，并能为多个用户共享的与应用程序彼此独立的一组相关数据的集合。

数据库的性质是由数据模型决定的，在数据库中，如果数据的组织结构满足某一数据模型的特性，则该数据库就是具有其特性的数据库。常见的数据模型参见 1.2.3 节。

2. 数据库管理系统（DataBase Management System，DBMS）

数据库管理系统是位于用户与操作系统之间的一层数据管理软件系统，它一般由计算机软件生产厂家按商品软件出版销售。例如，Microsoft 公司的 Access 就是计算机上使用的一种数据库管理系统。

数据库管理系统为数据库的创建、运行和维护提供了统一的管理和控制。用户通过数据库管理系统定义和操纵数据，并保证数据的安全性、完整性、并发使用及发生故障后的系统维护。

3. 数据库系统（DataBase System，DBS）

数据库系统是指拥有数据库技术支持的计算机系统，它可以实现有组织、动态地存储大量相关数据，提供数据处理和信息资源的共享服务，它是由硬件系统、数据库集合、数据库管理系统及相关软件（如支持其运行的操作系统等）、数据库管理员和用户组成。其中，数据库管理系统是数据库系统的核心。数据库系统层次示意图如图 1-1 所示。

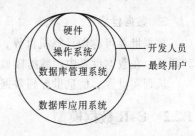

图 1-1 数据库系统层次示意图

4. 数据库管理员（DataBase Administrator，DBA）

由于数据库系统具有共享性的特点，因此对数据库的设计、规划、协调需专职人员负责，这些人员称为数据库管理员。

5. 数据库应用系统（DataBase application）

数据库应用系统是指系统开发人员利用数据库系统资源开发出来的，面向某一类信息处理问题而建立的软件系统。例如，以数据库为基础的学生管理系统等。

6. 系统硬件（system hardware）

数据库系统是建立在计算机上的，要求这种计算机有较大容量的外存储器以及较强 I/O 通道能力，还需要有较好的操作系统以及文件系统。系统硬件提供了数据库系统的基本物理支撑，目前大部分数据库系统可以适应多种不同硬件环境。

1.2 数据模型

数据库是数据的集合，它不仅要反映数据本身的内容，而且还要反映数据之间的联系。由于计算机不能直接处理现实中的具体事物，所以事先要把具体事物转换成计算机能够识别的数据。数据模型就是用来抽象、表示和处理现实世界的数据和信息的工具，通俗地讲数据模型就是现实世界的模拟。数据模型是数据库系统的核心和基础。任何一个数据库管理系统都是基于某种数据模型的。

1.2.1 数据处理的 3 个世界

1. 现实世界

现实世界是指客观存在的世界中的事物及其联系。在目前的数据库方法中，先把客观事物抽象成信息世界的实体，然后再将实体描述成数据世界的记录。也就是说，现实世界中的一切信息都可以用数据来表示。

2. 信息世界

信息世界是现实世界的事物在人们头脑中的反映。客观事物在信息世界中称为实体，实体是彼此可以明确识别的对象。实体可分成对象与属性两大类。例如，"学生"属于对象，而表示对象的"学生"的属性有学号、姓名、性别、政治面貌、出生日期等多方面的特征，属性是对客观事物性质的抽象描述。

3. 数据世界

数据世界可称做计算机世界，是在信息世界的基础上的进一步抽象。现实世界中的事物及其联系，在数据世界中用数据模型来描述。

从现实世界、信息世界到数据世界是一个认识的过程，也是抽象和映射的过程。

1.2.2 E-R 数据模型

E-R 数据模型（Entity-Relationship Data Model，实体联系数据模型）是一种概念数据模型，1976 年由 Peter Chen 提出。该模型将现实世界的事物分解转化为实体、属性和联系几个基本概念，并用实体联系图（Entity-Relationship Diagram，E-R）来描述模型，非常清晰、直观，便于使用，并被广泛采用。

1. 基本概念

（1）实体（entity）

实体是信息世界中描述客观事物的概念。实体可以是人，也可以是物或抽象的概念；可以指事物本身，也可以指事物之间的联系。例如，一个人、一件物品、一个部门都可以是实体。

（2）属性（attribute）

属性是指实体具有的某种特性。属性用来描述一个实体，实体通过不同的属性值相互区别。例如，学生实体可由学号、姓名、性别、年龄等属性来描述。

（3）联系

在信息世界中，事物之间的联系有两种：一种是实体内部的联系，反映在数据上是记录内部即字段间的联系；另一种是实体与实体间的联系，反映在数据上是记录间的联系。尽管实体间的联系很复杂，但经过抽象化后，通常有以下 3 类。

- 一对一联系（1:1）：如果对于实体型 A 中的每一个实体，实体型 B 中至多有一个实体与之联系，反之亦然，则称实体型 A 与实体型 B 具有一对一联系，记为 1:1。

例如，学校里面，一个班级至多只有一个班长，而一个班长只在一个班级中任职，则班级与班长之间是一对一联系。

- 一对多联系（1:n）：如果对于实体型 A 中的每一个实体，实体型 B 中有 n 个实体（$n \geq 0$）与之联系，反之，对于实体型 B 中的每一个实体，实体型 A 中至多有一个实体与之联系，则称实体型 A 与实体型 B 具有一对多联系，记为 1:n。

例如，一个专业系中有若干学生，而每个学生只属于一个专业系，则专业系与学生之间具有一对多联系。

- 多对多联系（m:n）：如果对于实体型 A 中的每一个实体，实体型 B 中有 n 个实体（$n \geq 0$）与之联系，反之，对于实体型 B 中的每一个实体，实体型 A 中也有 m 个实体（$m \geq 0$）与之联系，则称实体型 A 与实体型 B 具有多对多联系，记为 m:n。

例如，一门课程有若干学生选修，而一个学生可以选修多门课程，则课程实体与学生实体之间具有多对多联系。

注意：m 和 n 的值都可以为 0，这意味着，例中有些课程没有学生选，或有些学生没选课，并不影响课程与学生之间多对多的联系。

2. E-R 图

E-R 数据模型可以通过一种非常直观的图来表示，这种图称为 E-R 图。在 E-R 图中分别用不同的几何图形表示实体、属性和联系。

- 实体：用矩形表示，矩形框内写明实体名。
- 属性：用椭圆形表示，椭圆框内写明属性名，并用无向边将其与对应实体连接起来。
- 联系：用菱形表示，菱形框内写明联系名，并用无向边与有关实体连接起来，在无向边旁标上联系的类型（1:1、1:n 或 m:n）。如果联系本身带有属性，也用椭圆形表示，并用无向边将其与表示联系的菱形连接起来。

例如，在教学管理系统中，要处理的数据有学生、班级、课程、教师、参考书 5 部分，它们分别具有下列属性：

学生(学号,姓名,性别,年龄)

班级(班级编号,所属专业系)

课程(课程号,课程名,学分)

教师(职工号,姓名,性别,年龄,职称)

参考书(书号,书名,价格,作者)

在绘制 E-R 图时，首先确定实体型。这 5 种数据都具有可以相互区别的事物特征，把它们定义为实体型，如图 1-2 所示。

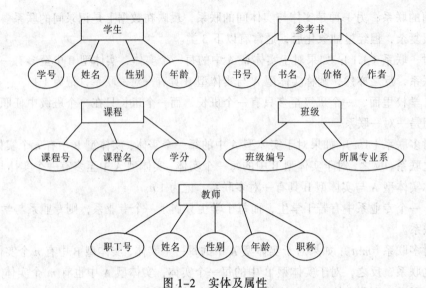

图 1-2　实体及属性

　　在两两实体之间，检查是否具有数据间的关系，若有，则建立它们之间的联系，并确定联系的类型。然后，再观察同一实体内是否存在数据间的关系或两个以上的实体之间是否具有关系，若有，建立它们的联系并确定联系类型。建立实体间联系是绘制 E-R 图的关键，联系的确定主要根据对实际问题的语义说明，最终取决于应用系统对数据管理的要求。本例的语义说明是：每个学生隶属于一个班级；每个学生要选修多门课程，每门课程可由多个学生选修；一门课程可由多个教师开设，并指定多本参考书，而一个教师只能讲授一门课程；一本参考书只用于一门课程；分析上述语义说明可知，班级与学生具有隶属联系；学生与课程具有选修联系；课程、教师、参考书之间具有讲授联系。据此，可以绘制 E-R 图，如图 1-3 所示。

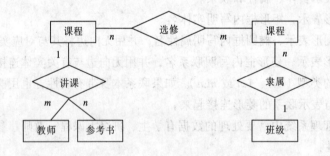

图 1-3　E-R 图实例

　　将图 1-2 与图 1-3 合并在一起，就是一个完整的 E-R 图。

1.2.3　数据模型的分类

　　数据模型是对客观事物及其联系的数据化描述。在数据库系统中，对现实世界中数据的抽象、描述以及处理等都是通过数据模型来实现的。数据模型是数据库系统设计中用于提供信息表示和操作手段的形式构架，是数据库系统实现的基础。目前，在实际数据库系统中支持的数据模型主要有以下几种：

1．层次模型

层次数据模型是数据库系统中最早出现的数据模型，它的基本数据结构是树。现实世界中树形结构的事物非常普遍，如行政机关的隶属结构、家族关系等。层次数据模型就是为了直接模拟这种按层次组织起来的事物而提出的。其特点如下：

- 有且仅有一个结点，无父结点，这个结点为树的根，称为根结点。
- 其余的结点有且仅有一个父结点。

2．网状模型

网状数据模型比层次数据模型在结构上更具普遍性。网状模型是用网状结构表示实体及其之间联系的一种模型，也称为网络模型。网中的
每一个结点代表一个记录。其特点如下：

- 可以有一个以上结点无父结点。
- 至少有一个结点有多于一个的父结点。

层次模型和网状模型的示例如图 1–4 所示。

图 1–4　层次模型和网状模型示例

3．关系模型

关系数据模型是目前最重要的一种数据模型，20 世纪 80 年代以来，计算机厂商推出的数据库管理系统几乎都支持该模型。关系数据模型是把数据的逻辑结构归结为满足一定条件的二维表的模型。在关系模型中，每一个关系是一个二维表，由行和列构成，它涉及以下概念：

（1）关系：二维表，关系可以用关系模式来描述，其格式为：关系名(属性 1,属性 2,…,属性 n)。例如，如表 1-1 所示的学生关系的关系模式可表示为：学生(学号,姓名,性别,出生日期,籍贯)。

表 1-1　学生关系

学　　号	姓　　名	性　　别	出生日期	籍　　贯
050101	张强	男	1982-08-19	山东
050102	李兵	男	1983-10-08	山东
050103	张利	女	1982-04-24	河南

（2）属性（字段）：二维表中垂直方向的列称为属性，每一列有一个属性名，是数据库中可以命名的最小逻辑数据单元。例如，学生有学号、姓名、性别、出生日期、籍贯等属性。

（3）元组（记录）：二维表中水平方向的行称为元组，每一行是一个元组。元组对应存储文件中的一条具体记录。例如，表 1-1 所示的学生关系表中包含 3 条记录。

（4）域：属性的取值范围，即不同元组对同一属性的取值所限定的范围。

（5）主关键字：是指能唯一标识关系中每一个记录的字段或字段集。例如，学生的学号可以作为学生关系的主关键字。

（6）外部关键字：是用于连接另一个关系，并且在另一个关系中为主关键字的字段。

关系模型中的关系具有如下性质：

- 在一个关系中，每一个数据项不可再分，它是最基本的数据单元。
- 在一个关系中，每一列数据项要具有相同的数据类型。
- 在一个关系中，不允许有相同的字段名。

- 在一个关系中，不允许有相同的记录行。
- 在一个关系中，行和列的次序可以任意调换，不影响它们的信息内容。

4．对象模型

对象模型是数据库系统中继层次、网状、关系等传统数据模型之后得到不断发展的一种新型的逻辑数据模型，是数据库技术与面向对象程序设计方法相结合的产物。对象模型表达信息的基本单位为对象，每个对象包含记录的概念，但比记录含义更广更复杂，它不仅要包含所描述对象（实体）的状态特征（属性），而且要包含所描述对象的行为特征。如对于描述学生实体的记录而言，只要包含学号、姓名、年龄、专业等表示学生状态的属性特征即可；而对于描述学生实体的对象而言，不仅要包含表示学生状态的属性特征，而且还要包含如修改学生姓名、年龄、专业、奖学金等，以及显示学生当前状态信息等行为特征。

对象具有封装性、继承性和多态性，这些特征都是传统数据模型中的记录所不具备的，这也是面向对象模型区别于传统数据模型的本质特征。

1.3 关系数据库概述

关系数据库是以关系模型为基础的数据库。针对一个具体的应用，究竟应该构造几个关系，每个关系由哪些属性组成关系模式才算合理，这些问题对数据库的逻辑设计至关重要。

1.3.1 关系数据库

关系数据库是依照关系模型设计的若干个关系的集合，也就是说，是由若干个符合关系模型的二维表组成的。在关系数据库中，将一个关系视为一张二维表，又称其为表，它包含数据及数据间的联系。

一个关系数据库由若干个表组成，表又由若干个记录组成，而每一个记录由若干个以字段属性加以分类的数据项组成。

如表 1-2 所示为数据模型理论和关系数据库中的相关术语的对照表。

表 1-2 数据模型理论和关系数据库中的相关术语的对照表

在关系模型理论中	在关系数据库中
关系	表
元组	记录
属性	字段
分量	数据项

在关系数据库中，每一个表都具有相对的独立性，这一独立性的唯一标志是表的名字，称为表文件名。也就是说，每一个表是靠自身的文件名与其他文件保持独立，一个文件名代表一个独立的表文件。数据库中不允许有重名的表，因为对表中数据的访问首先是通过表文件名来实现的。同时，在有些数据表之间又具有相关性。这种相关性是依靠每一个独立的数据表内部具有相同属性的字段建立起来的。以关系模型设计的数据表为基本文件的关系数据库，不但每个数据表之间具有独立性，而且若干个数据表间又具有相关性，这一特点使其具有极大的优越性。

关系数据库具有以下特点：

- 关系数据库以面向系统的方式组织数据，从而具有较少的数据冗余。
- 关系数据库具有高度的数据和程序的相对独立性，从而使应用程序与数据的逻辑结构和数据的物理存储方式无关。
- 关系数据库中的数据具有较高的数据共享性。
- 关系数据库具有较好的数据一致性，便于统一管理和控制。
- 关系数据库具有较灵活和方便的数据更新能力，便于扩充。

1.3.2　关系规范化

关系规范化理论认为，关系数据库中的每一个关系都需要进行规范化，使之达到一定的规范化程度，从而提高数据的结构化、共享化、一致性和可操作性。根据满足规范条件的不同，可划分为 6 个等级，分别称为第一范式（1NF）、第二范式（2NF）、第三范式（3NF）、BC 范式、第四范式（4NF）和第五范式（5NF）。范式表示的是关系模式的规范化程度，即满足某种约束条件的关系模式，根据满足约束条件的不同来确定范式。如满足最低要求，则为第一范式，符合第一范式而又进一步满足一些约束条件的成为第二范式，其余依此类推。

关系规范化的基本思想是逐步消除数据依赖关系中不合适的部分，从而使依赖于同一个数据模型的数据达到有效的分离。需要特别指出的是，在实际操作中，并不是关系规范的等级越高就越好，通常情况下，只要把关系规范到第三范式标准就可以满足需要。

1. 第一范式

如果关系模式中的所有属性都是不可再分的基本数据项，则该关系属于第一范式。第一范式是对关系模式的最基本要求，它排斥了属性值为元组、数组或某种复合数据的可能性。不满足第一范式的数据库不能称为关系数据库。例如，如表 1-3 所示的关系不符合第一范式，而如表 1-4 所示的关系则是经过规范化处理，去掉了重复项而符合第一范式的关系。

表 1-3　不符合第一范式的关系

学　号	姓　名	课　程	成绩	
			平时成绩	期末成绩
050204	王红	大学英语	18	68
050205	邢力	大学英语	16	71
050206	冯强	大学英语	20	74

表 1-4　符合第一范式的关系

学　号	姓　名	课　程	平时成绩	期末成绩
050204	王红	大学英语	18	68
050205	邢力	大学英语	16	71
050206	冯强	大学英语	20	74

2. 第二范式

如果某种关系不仅满足第一范式，并且该关系中的所有非主属性都完全依赖于其主关键字，则该关系属于第二范式。例如，如表 1-5 所示的关系虽然满足第一范式，但不满足第二范式，因为它的非主属性不完全依赖于由学号和课程号组成的主关键字。其中，姓名和班级只依赖于主关键字的一个分量——学号，课程名只依赖于主关键字的另一个分量——课程号。这种关系会引起数据冗余和更新异常，当要插入新的课程数据时，往往缺少相应的学号，以致无法插入；当要删除某位学生的信息时，常会丢失有关课程信息。解决的方法是将一个非 2NF 的关系模式分解为多个 2NF 的关系模式。

表 1-5　不符合第二范式的学生与课程关系

学　　号	姓　　名	班　　级	课 程 号	课 程 名
050204	王红	05 级计算机 2 班	102	大学英语

在本例中，可将表 1–5 所示关系分解为如下 3 个关系：

学生关系：学号、姓名、班级

课程关系：课程号、课程名

学生选课关系：学号、课程号

这些关系都符合第二范式的要求。

3. 第三范式

如果关系模式中不仅满足第二范式，并且它的每个非主属性也都不传递依赖于任何主关键字，则该关系属于第三范式。例如，如表 1–6 所示的关系属于第二范式，但不属于第三范式。这里，由于班主任姓名依赖于班级号（班级号唯一确定该班级的班主任姓名），班主任电话又依赖于班主任姓名，因此，班主任电话传递依赖于班级号。这样的关系同样存在高度冗余和更新异常问题。

表 1-6　不符合第三范式的班级与班主任关系

班 级 号	系　部	人　　数	班主任姓名	班主任电话
05 级计算机 2 班	计算机系	50	王海	88765128

消除表 1–6 中传递依赖关系的办法是将原关系分解为如下两个 3NF 关系。

班级关系(班级名,系部,人数,班主任姓名)

班主任关系(班主任姓名,班主任电话)

第三范式消除了插入、删除异常及数据冗余、修改复杂等问题，是比较规范的关系。

1.3.3　关系运算

对关系数据库进行查询时，要找到需求的数据，就要对关系进行一定的关系运算。关系的基本运算有两类：一类是传统的集合运算（并、交、差）；另一类是专门的关系运算（选择、投影、连接）。

1. 传统的集合运算

进行并、差、交的集合运算的两个关系必须具有相同的关系模式，即相同结构。

（1）并

两个相同结构关系的并是由属于这两个关系的元组组成的集合。例如，有两个结构相同的关系 R 和 S，则这两个关系的并就是由属于 R 的元组和属于 S 的元组共同组成的集合，记为：

$$R \cup S = \{t \mid t \in R \ \lor \ t \in S\}$$

关系并运算反映了关系的插入操作，设有关系 R 需插入若干元组，这些元组组成关系 S，采用并运算完成插入操作。

（2）差

设有两个相同结构的关系 R 和 S，R 差 S 的结果是由属于 R 但不属于 S 的元组组成的集合，即差运算的结果是从 R 中去掉 S 中也有的元组，记为：

$$R - S = \{t \mid t \in R \ \lor \ t \notin S\}$$

（3）交

两个具有相同结构的关系 R 和 S，它们的交是既属于 R 又属于 S 的元组组成的集合。交运算的结果是 R 和 S 的共同元组，记为：

$$R \cap S = \{t \mid t \in R \ \land \ t \in S\}$$

表 1-7 中（a）、（b）给出了关系 R 和 S，（c）为关系 R 与 S 的并，（d）为关系 R 与 S 的交，（e）为关系 R 与 S 的差。

表 1-7 关系的传统集合运算举例

A	B	C
a_1	b_1	c_1
a_1	b_2	c_2
a_2	b_2	c_1

（a）R

A	B	C
a_1	b_2	c_2
a_1	b_3	c_2
a_2	b_2	c_1

（b）S

A	B	C
a_1	b_1	c_1
a_1	b_2	c_2
a_2	b_2	c_1

（c）$R \cup S$

A	B	C
a_1	b_2	c_2
a_2	b_2	c_1

（d）$R \cap S$

A	B	C
a_1	b_1	c_1

（e）$R - S$

2. 专门的关系运算

专门的关系运算包括选择、投影、连接等。

（1）选择

从关系中找出满足给定条件的元组的操作称为选择。例如，要从"成绩表"中找出计算机成绩大于 85 分的学生，所进行的查询操作就属于选择运算。

选择是从行的角度进行的运算，即从水平方向抽取记录。经过选择运算得到的结果可以形成新的关系，其关系模式不变，但其中的元组是原关系的一个子集。

（2）投影

从关系模式中指定若干个属性组成新的关系称为投影。

投影是从列的角度进行的运算。经过投影运算可以得到一个新的关系，其关系模式所包含的属性个数往往比原关系少，或者属性的排列顺序不同。例如，从"学生表"中查询学生姓名及四级通过情况所进行的查询操作就属于投影运算。

（3）连接

连接是关系的横向结合，连接运算将两个关系模式拼接成一个更宽的关系模式，生成的新关系中包含满足连接条件的元组。

连接过程是通过连接条件来控制的，连接条件中将出现两个表中的公共属性名，或者具有相同语义、可比的属性。连接结果是满足条件的所有记录。

选择和投影的操作对象只是一个表，相当于对一个二维表进行切割。连接运算需要两个表作为操作对象。如果需要连接两个以上的表，应当两两进行连接。

（4）自然连接

在连接运算中，按照字段值对应相等为条件进行的连接操作称为等值连接。自然连接是去掉重复属性的等值连接，是最常用的连接运算。

总之，在对关系数据库的查询中，利用关系的投影、选择和连接运算可以方便地分解和构造新的关系。

1.4 SQL 基础知识

SQL（Structured Query Language，结构化查询语言）是关系数据库的标准语言。现在几乎所有的关系数据库管理系统都支持 SQL 标准。

SQL 的主要特点如下：

- SQL 是一种一体化的语言，它包括数据定义、数据查询、数据操纵和数据控制等方面的功能，它可以完成数据库活动中的全部工作，为数据库系统的开发提供了良好的手段。
- SQL 是一种高度非过程化的语言，它没有必要一步步地告诉计算机"如何"去做，而只需要描述清楚用户要"做什么"，SQL 即可将要求交给系统，自动完成全部工作。
- SQL 非常简洁。虽然 SQL 功能很强，但它只有为数不多的几条命令。另外，SQL 的语法也非常简单，它很接近英语自然语言，因此容易学习、掌握。
- SQL 用法灵活，可以直接以人机交互方式使用，也可以嵌入到程序设计语言中以程序方式使用。现在很多数据库应用开发工具都将 SQL 直接融入到自身的语言之中，使用起来更方便，这些使用方式为用户提供了灵活的选择余地。此外，尽管 SQL 的使用方式不同，但 SQL 的语法基本是一致的。

1. 数据查询语句

SQL 的核心是数据库查询语句，其语法格式如下：

```
SELECT [TOP N]字段名列表
FROM 数据表列表[IN 外部数据库]
[WHERE 子句]
[GROUP BY 子句]
[HAVING 子句]
[ORDER BY 子句]
```

从 SELECT 的命令格式来看似乎非常复杂，实际上只要理解命令中各个子句的含义，SQL 查询语句还是很容易掌握的，其中主要子句的含义如下：

（1）SELECT 子句用于指定字段名称，只有指定的字段才会在查询结果中出现。如果希望检索表中所有字段的信息，那么可以使用星号（*）来代替字段名称列表，这时在查询中列出的字段顺序与原来表中的字段顺序相同。TOP N 用于输出排序之后的前 N 条记录。

（2）FROM 子句指定要查询的数据来自哪个或哪些表，可以列出单个表或多个表名称。

（3）WHERE 子句指定查询条件，即选择元组的条件，只有与这些条件相匹配的记录才出现在查询结果中。

（4）GROUP BY 子句用于对查询结果进行分组，可利用它进行分组汇总。

（5）HAVING 子句必须跟随 GROUP BY 使用，用来限定分组必须满足的条件。

（6）ORDER BY 子句用来对查询的结果进行排序。

在上面这些子句中，SELECT 子句和 FROM 子句是必须出现的，而其他子句是可选的。

在一个查询语句中，如果没有 WHERE 子句，则表示查询所涉及的表中的所有记录都作为查询结果显示出来。

选择的字段如果来自多个表，则要求字段名使用表名称加字段名称的方式，即如下查询语句所示：

```
SELECT student.学号, student.姓名,course.数学, course.语文
FROM student,course
WHERE student.学号= course.学号
```

在默认情况下，查询结果中的字段名采用数据源中的字段名，也可以通过查询语句指定字符串来代替数据源中相应字段的名称。如下述语句即在查询结果中用"出生地"代替源数据表中的"籍贯"字段名：

```
SELECT 籍贯 AS 出生地 FROM student
```

2．数据更新语句

SQL 的数据更新语句包括数据修改、删除和插入 3 种操作。

（1）数据修改 UPDATE 语句的语法格式如下：

```
UPDATE 表名
SET 字段名 1=值 1 [字段名 2=值 2…]
[WHERE 条件]
```

一般使用 WHERE 子句指定条件，以更新满足条件的一些记录的字段值，并且一次可以更新多个字段；如果不使用 WHERE 子句，则更新全部记录。

（2）数据插入 INSERT 语句的语法格式如下：

```
INSERT INTO 表名(字段名 1 [,字段名 2,…])VALUES (值 1 [,值 2,…])
```

向指定表中插入一条记录且使得字段 1 的值为值 1，字段 2 的值为值 2……

（3）数据删除 DELETE 语句的语法格式如下：

```
DELETE FROM 表名
[WHERE 条件]
```

这里 FROM 指定从哪个表中删除数据，WHERE 指定被删除的记录所满足的条件，如果不使用 WHERE 子句，则删除该表中的全部记录。

3．数据表的创建与删除语句

（1）创建新表 CREATE 语句的语法格式如下：

```
CREATE TABLE  表名
(字段 1 类型 [,字段 2 类型…])
```

（2）修改表定义 ALTER 语句的语法格式如下：

```
ALTER TABLE 表名 ADD 字段 类型
```

（3）删除基本表 DROP 语句的语法格式如下：

```
DROP TABLE 表名
```

习 题

一、选择题

1. 关系数据库系统中所管理的关系是（　　）。

    A. 一个.mdb 文件　　　　B. 若干个.mdb 文件　　C. 一个二维表　　D. 若干个二维表

2. 关系数据库系统能够实现的 3 种基本关系运算是（　　）。

    A. 索引、排序、查询　　　　　　　　　　B. 建库、输入、输出

    C. 选择、投影、连接　　　　　　　　　　D. 显示、统计、复制

3. 在 SQL 查询语句中使用 WHERE 子句指出的是（　　）。

    A. 查询目标　　　　　　B. 查询结果　　　　　C. 查询视图　　　D. 查询条件

4. Access 数据库属于（　　）数据库。

    A. 层次模型　　　　　　B. 网状模型　　　　　C. 关系模型　　　D. 面向对象模型

5. SQL 语句中指定查询来源的子句是（　　）。

    A. IF　　　　　　　　　B. FROM　　　　　　C. WHILE　　　　D. WHERE

6. 关系数据库中的表不必具有的性质是（　　）。

    A. 数据项不可再分　　　　　　　　　　　B. 同一列数据项要具有相同的数据类型

    C. 记录的顺序可以任意排列　　　　　　　D. 字段的顺序不能任意排列

7. 假设数据库中表 A 与表 B 建立了一对多关系，表 B 为"多"的一方，则下述说法中正确的是（　　）。

    A. 表 A 中的一个记录能与表 B 中的多个记录匹配

    B. 表 B 中的一个记录能与表 A 中的多个记录匹配

    C. 表 A 中的一个字段能与表 B 中的多个字段匹配

    D. 表 B 中的一个字段能与表 A 中的多个字段匹配

8. 数据表中的"行"称为（　　）。

    A. 字段　　　　　　　　B. 数据　　　　　　　C. 记录　　　　　D. 数据视图

9. 数据库系统的核心是（　　）。

    A. 数据模型　　　　　　B. 数据库管理系统　　C. 数据库　　　　D. 数据库管理员

10. 将两个关系拼接成一个新的关系，生成的新关系中包含满足条件的元组，这种操作称为（　　）。

    A. 选择　　　　　　　　B. 投影　　　　　　　C. 连接　　　　　D. 并

11. 如果表 A 中的一条记录与表 B 中的多条记录相匹配，且表 B 中的一条记录与表 A 中的多条记录相匹配，则表 A 与表 B 存在的关系是（　　）。

    A. 一对一　　　　　　　B. 一对多　　　　　　C. 多对一　　　　D. 多对多

12. 数据库管理系统位于（　　）。

    A. 硬盘与操作系统之间　　　　　　　　　B. 用户与操作系统之间

    C. 用户与硬件之间　　　　　　　　　　　D. 操作系统与应用程序之间

13. 数据处理的中心问题是（　　）。

    A. 数据采集　　　　　　B. 数据分析　　　　　C. 信息管理　　　D. 数据管理

14. 用二维表来表示实体及实体之间联系的数据模型是（　　）。

    A. 关系模型　　　　　　B. 层次模型　　　　　C. 网状模型　　　D. 实体—联系模型

15. 下列不属于数据库系统组成部分的是（　　　）。

    A. 数据库   B. 数据库管理员

    C. 硬件系统   D. 文件

16. 要从学生表中找出姓"刘"的学生，需要进行的关系运算是（　　　）。

    A. 选择   B. 投影   C. 连接   D. 交

17. 在关系数据模型中，域是指（　　　）。

    A. 元组   B. 属性   C. 元组的个数   D. 属性的取值范围

18. 数据处理的最小单位是（　　　）。

    A. 数据   B. 数据元素   C. 数据项   D. 数据结构

19. 下列有关数据库的描述，正确的是（　　　）。

    A. 数据库是一个 DBF 文件   B. 数据库是一个关系

    C. 数据库是一个结构化的数据集合   D. 数据库是一组文件

20. Access 适合开发的数据库应用系统是（　　　）。

    A. 小型   B. 中型   C. 中小型   D. 大型

二、填空题

1. 在关系数据库中，一个关系就是一个_____。

2. 描述客观事物及其活动的并存储在某一种媒体上能够识别的物理符号是_____。

3. 数据管理大致经历了_____、_____、_____、_____和面向对象数据库管理等不同发展阶段。

4. 为数据库的创建、运行和维护提供了统一的管理和控制的是_____。

5. 数据库系统由_____、_____、_____、_____和用户组成。

6. _____是指实体具有的某种特性。

7. 联系通常有 3 类：_____、_____、_____。

8. 在 E-R 图中用矩形表示_____、用椭圆形表示_____、用菱形表示_____。

9. 数据模型主要包括_____、_____、_____。

10. 二维表中垂直方向的列称为_____，水平方向的行称为_____。

三、综合题

1. 数据库中数据模型有哪几类？它们的主要特征是什么？

2. 什么是关系数据库？其特点是什么？

3. SQL 有哪些特点？

4. 分别列举出实体之间一对一、一对多、多对多的例子。

5. 某医院需要建立一信息关系系统，管理信息如下：医院有若干科室，科室有科号、科名、主任姓名、位置、电话属性；每个科负责若干病房，每个病房归属一个科，病房有病房号、位置、床位数属性；一个病房有若干床位，每床有一个床号。一个科有若干大夫，每个大夫归属一个科，由科主任领导，大夫有职工号、姓名、年龄、职称属性；一个大夫负责若干病人，每个病人由多个大夫负责治疗，病人有身份证号、姓名、性别、年龄、职业、单位属性；每个病人都有一个病历，大夫每次治疗一个病人都要填写病历。试画出上述关系的 E-R 图。

小　结

  本章主要介绍了数据库技术的产生和发展、数据库和数据库系统的基本概念、数据库管理系统的主要功能、数据库常见的 3 种数据模型、关系和关系数据库的基本概念及其专门的关系运算、结构化程序语言 SQL 的基本知识。本章内容是学习数据库管理的基本知识。

  本章重点掌握的内容有：数据管理的 5 个阶段；数据、数据库、数据库管理系统、数据库系统的概念；数据库管理系统的主要功能；数据模型；关系数据库的基本概念以及常见的关系运算等。

第 2 章　Access 关系数据库

Microsoft Access 是 Microsoft Office 系列应用软件的一个重要组成部分，是基于 Windows 95/98/2000/XP、Windows NT 平台上的关系数据库管理系统，它界面友好、操作简单、功能全面、使用方便。

新版本 Microsoft Access 2003 自发布以来，给广大数据库用户带来很多的便利，对以前的 Microsoft Access 做了许多的改进，通用性和实用性大大增强，集成性和网络性也更加强大，逐步成为桌面数据库领域的佼佼者，深受广大用户的欢迎。

本章要点

- Access 2003 数据库开发环境。
- Access 2003 的基本操作。

2.1　Access 2003 基础

Access 2003 是 Microsoft 公司推出的办公套装软件 Office 组件之一。从声名远播的 Access 97 开始，现在已经升级到 Access 2007 版。使用最广泛的是 Access 2003，它无论从外观和操作、网络功能还是在与 Office 其他组件如 Word、Excel 等的结合、与 Web 的结合、与 XML 的结合以及与 SQL 数据库的链接等方面都比其旧版本有很大的改进和提高。

2.1.1　Access 2003 的安装

1．安装环境

安装 Access 2003 对计算机的配置要求如下：

（1）操作系统：中文 Windows 98 或 Windows NT 及以上平台。

（2）计算机：80586 75MHz 以上兼容机。

2．安装方法

Access 2003 是 Office 2003 组件中的一个重要组成部分，因此安装 Access 2003 是通过安装 Office 2003 来完成的。安装步骤如下：

（1）启动 Windows 操作系统，将 Office 2003 系统光盘插入到 CD-ROM 驱动器中，自动运行安装程序。

（2）输入用户信息和 CD Key。

（3）选择安装方式。

（4）确定安装路径。

在安装过程中，还要按操作步骤回答安装程序所提出的各种问题，选择相应的选项，直至完成整个安装过程。

一旦 Office 2003 安装完毕，Access 2003 也将被安装在 Windows 的程序组内 Microsoft Office 文件夹中。

2.1.2　Access 2003 的基本特点

Access 2003 数据库管理系统不仅具有传统数据库管理系统的功能，同时还进一步增强了自身的特性。

（1）改进的帮助功能。

与以往版本的 Access 相比，Access 2003 更加突出了与因特网连接的在线帮助功能，使用户能够及时获得更新、更全面的帮助。

（2）打开数据库时的安全检查功能。

Access 2003 中增加了打开数据库时的安全检查功能，以避免用户使用不安全的表达式来操作操作系统，从而对系统造成破坏。不安全的表达式包含了某些函数，使得用户可以访问硬盘分区、文件或其他未经授权的资源。

（3）查看对象相关性信息。

在 Access 2003 中可以非常方便地查看数据库对象间的相关性信息，这个功能相当实用。查看使用特定对象的对象列表有助于开发人员随时对数据库进行维护，并避免产生与丢失记录源相关信息的错误。

（4）窗体和报表中的错误检查。

在 Access 2003 中，可以启动自动错误检查功能以检查窗体和报表的常见错误。错误检查功能可以智能地指出错误，并给出错误类型提示。

（5）传播字段属性。

在 Access 2003 中，修改表设计视图中的被继承字段属性时，Access 将显示一个选项符号，此选项符号可以让用户方便地更新全部或部分绑定到该字段的控件属性。

（6）Windows XP 主题支持。

在 Office 2003 的所有组件中都具备这个新功能。Office 2003 加入了对 Windows XP 主题的支持之后，用户如果选择了默认主题以外的主题，Office 组件会自动将选中的主题应用到视图、对话框和控件中。如果使用的是 Windows XP 操作系统，并且是在主题不是"Windows 传统风格"的情况下使用 Access 2003 创建数据库，则数据库中大多数窗体控件都将自动采用 Windows 主题，使其外观风格与 Windows 更加统一。

（7）SQL 视图中的增强字体功能。

在 Access 数据库和 Access 项目查询的 SQL 和查询设计视图中，Access 2003 版本增加了可以改变查询设计字体的功能，这也大大增强了数据库查询的可视性。

（8）提供 SQL 视图中基于上下文的帮助。

在 Access 2003 中打开一个 SQL 视图之后，把光标定位在要获取帮助的文本附近，按【F1】键即可获得相应帮助。

（9）导入表、导出表、查询和链接表等。

在 Access 2003 中可以非常方便地导入、导出表甚至整个 Access 数据库，也可以在 Access 中链接某些表。

（10）在 XML 方面的应用。

XML（Extensible Markup Language）是一种类似 HTML 的用来描述数据的语言。XML 也正迅速成为商务软件应用程序间交换数据时的首选技术方案。Access 2003 提供了增强的 XML 支持来指定转换文件。文件被指定后，转换将被自动应用。

（11）智能标记的使用。

在 Access 2003 控件的属性窗口中增加了 "智能标记" 属性，用户可以将智能标记添加到数据库中的表、查询、窗体、报表或数据访问页中的任何字段，以便快速访问。

（12）控件增强的排序功能。

Access 2003 中增强了控件的排序功能。用户可以对窗体和报表中的 "列表框向导" 和 "组合框向导" 以及 Access 数据库的 "查阅向导" 等中的字段指定升序或降序的排序方式。

（13）备份和还原 Access 文件。

Access 2003 提供了备份 Access 数据库以及 Access 项目的功能，并推荐用户在对数据库或者项目进行较大的改动之前首先备份文件。

2.2　Access 2003 的启动和退出

1. 启动 Access 2003

常用的启动 Access 2003 的方法的步骤如下：

（1）打开 "开始" 菜单，选择 "所有程序" 选项。

（2）继续选择 "Microsoft Office" | "Microsoft Office Access 2003" 选项，如图 2-1 所示。

（3）单击进入 Microsoft Access 系统，并打开 "Microsoft Access" 工作窗口。

图 2-1　从 "开始" 菜单中启动 Access 2003

其他启动 Access 2003 的方法如下：

- 如果计算机中已有用 Access 创建的数据库，则打开该数据库自动启动 Access 2003。
- 如果在桌面上创建了快捷方式，直接双击 "Microsoft Access" 图标进入 Access 2003。打开 "开始" 菜单，选择 "运行" 选项，在弹出对话框的文本框中输入 Access 2003 的路径（Access 2003 的典型安装路径为 C:\Program File\Microsoft Office\Office\MSACCESS.EXE），然后单击 "确定" 按钮，即可启动 Access 2003。

2．退出 Access 2003

当用户工作完成之后，需要关闭打开的数据库，以避免发生意外事故造成数据丢失或损坏数据库。退出 Access 2003 非常简单，通常情况下可以使用以下 3 种方法。

（1）单击 Access 2003 应用程序主窗口的"关闭"按钮。

（2）在 Access 2003 系统菜单下，打开"文件"菜单，选择"退出"选项或按【X】键。

（3）使用【Alt+F4】组合键。注意该快捷键只关闭当前活动窗口。

如果当前的应用程序尚未保存，则在关闭前，Access 会提示用户保存程序，否则直接退出 Access 2003。

2.3 Access 2003 的开发环境

2.3.1 Access 2003 的用户界面

1．Access 的工作窗口

Access 2003 的用户界面由标题栏、菜单栏、工具栏、工作区、状态栏和任务窗格组成，如图 2-2 所示。

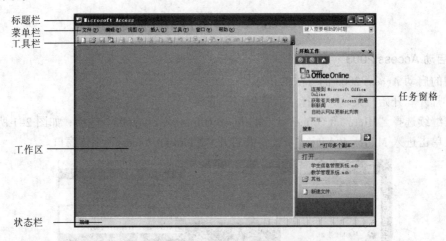

图 2-2 Access 2003 的用户界面

下面简单介绍每一部分的功能。

（1）标题栏。

标题栏位于界面的最上方，它包含系统程序图标、主屏幕标题、最小化按钮、最大化按钮和关闭按钮 5 个对象。

（2）菜单栏。

菜单栏位于界面的第二行，它提供了显示系统功能的各种菜单选项，包括文件、编辑、视图、插入、工具、窗口和帮助 7 个菜单选项。

在 Access 2003 系统环境下，当打开其中一个菜单选项时，就可以弹出一个对应的下拉式菜单，在该菜单中首先显示出最近使用的菜单选项，过后将显示与对应操作相关的若干个子菜单选项，当选择其中一个子菜单选项时，就可以执行一个操作。

使用菜单栏应注意如下的约定：

① 深色显示的菜单选项是当前环境下可选择的操作项。

② 浅色显示的菜单选项是当前环境下不可选择的操作项。

③ 如果菜单选项后面标有组合键。则组合键为选择的操作项的快捷键。

④ 如果菜单选项后面标有（…）符号，则一旦选择此操作项，将打开一个对应的对话框。

⑤ 如果菜单选项后面标有（▶）符号，则一旦选择此操作项，将打开一个对应的子菜单。

⑥ 如果菜单选项后面标有（√）符号，则一旦选择此操作项，将消除（√）或添加（√），使此操作项能够自动实现打开与关闭的切换。

（3）工具栏。

工具栏位于菜单栏下面，用鼠标可以将其拖到任意位置。

工具栏为用户提供了进行数据库操作的常用命令按钮，用户可以有选择地将这些按钮放在工具栏或从工具栏中将其"去掉"。Access2003 系统提供了不同环境下的 20 多种常用的工具栏。

（4）工作区。

在工具栏与状态栏之间的一大块空白区域是系统工作区，各种工作窗口将在这里打开。

（5）状态栏。

状态栏位于界面的底部，用于显示某一时刻数据库管理系统进行数据管理时的工作状态。

（6）任务窗格。

任务窗格位于工作区右侧，在任务窗格中可以新建数据库、项目、数据访问页和打开 Access 2003 支持的文件，如数据库、项目等，也可根据已有文件创建新数据库，还可通过模板创建数据库。

2."数据库"窗口

"数据库"窗口是 Access 文件的命令中心。在这里可以创建和使用 Access 数据库或 Access 项目中的任何对象。当用户打开或是新建一个数据库或项目时，都会打开"数据库"窗口。典型的"数据库"窗口如图 2-3 所示，由标题栏、工具栏、对象列表、组列表和右侧的窗格组成。

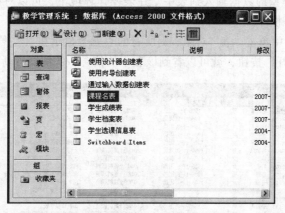

图 2-3　"数据库"窗口

"数据库"窗口的标题栏和工具栏与 Access 的用户界面类似。在对象列表中单击某一个对象类型，就可以在右侧窗格中显示数据库中该类型对象的列表，以便用户进行查看和操作。另外，当在"数据库"窗口的状态栏、工具栏或是对象列表和组列表上右击时，会弹出如图 2-4 所示的菜单，而在右侧工作区右击时，会弹出如图 2-5 所示的菜单供用户使用。

图 2-4　弹出菜单 1　　　　　　　　　图 2-5　弹出菜单 2

2.3.2　数据库对象

作为一个数据库管理系统，Access 2003 通过各种数据库对象来管理信息。

Access 2003 数据库由数据库对象和组两部分组成，其中对象又分为 7 种，包括表、查询、窗体、报表、页、宏和模块。每一个数据库对象将完成不同的数据库功能。

为了便于了解 Access 2003 数据库的结构，以学生信息管理系统为例，对这些数据库对象做一简要介绍。

1．表

表是数据库最基本的对象，是数据库中用来存储数据的，故又称数据表，它是整个数据库系统的数据源，也是数据库其他对象的基础。表中的列称为字段，字段是 Access 信息最基本的载体，表示一条信息的某种属性。表中的行称为记录，由一个或多个字段组成。一条记录就是一个完整的信息。在 Access 中，用户可以利用表向导、表设计器等系统工具以及 SQL 语句创建表，然后将各种不同类型的数据输入到表中。在表操作环境下，可以对各种不同类型的数据进行维护、加工、处理等操作。

在"数据库"窗口中单击"表"对象，则所有的表就会显示在"数据库"窗口中。选择"学生档案表"，单击"打开"按钮，就可以看到该表中的信息，如图 2-6 所示。

学号	姓名	性别	出生日期	政治面貌	班级编号	毕业学校
04102101	赵瑰蓬	男	1986-1-1	团员	04级计算机四班	北京一六五中学
04102102	朱华会	女	1986-1-2	团员	04级计算机四班	北京市外国语学校
04102103	林波	女	1986-1-3	团员	04级计算机四班	北京市中关村中学
04102104	徐晓娜	女	1986-11-1	团员	04级计算机四班	北京市第十九中学
04102105	田晓燕	女	1986-11-2	团员	04级计算机四班	天津市培英外语实验学校
04102106	鲁朝凤	男	1986-11-3	党员	04级计算机四班	天津市东丽中学
04102107	井杰	女	1986-11-4	群众	04级计算机四班	天津市第一百中学
04102108	洪敏	女	1986-11-5	团员	04级计算机四班	河北保定二中
04102109	鲁颖	男	1986-11-6	团员	04级计算机四班	河北保定市第一中学
04102110	王伟	女	1986-11-7	团员	04级计算机四班	河北乐亭第一中学
04102111	国道富	男	1986-11-8	团员	04级计算机四班	山西太原廉大学校
04102112	唐菁	女	1986-3-1	团员	04级计算机四班	山西省太谷中学校
04102113	辛贺彬	男	1986-3-2	团员	04级计算机四班	山西银星中学
04102114	张愉	男	1986-3-3	团员	04级计算机四班	内蒙古包头市园民中学
04102115	于前进	男	1986-11-12	党员	04级计算机四班	呼和浩特市新城区苏虎
04102116	张倩倩	男	1986-11-14	群众	04级计算机四班	北京市第二十一中学
04102117	张锡鹏	男	1986-3-5	团员	04级计算机四班	哈尔滨师范大学附属中学
04102141	李雪霞	男	1986-11-11	团员	04级计算机四班	黑龙江哈尔滨市第六中学
04102201	李敬景	男	1986-3-7	团员	04级计算机五班	齐齐哈尔铁路第一中学

记录：14 ◄　1　► ►I ►* 共有记录数：55

图 2-6　"学生档案表"信息

2. 查询

查询也是一种表，它是以表为数据来源的再生表。

创建数据库的目的之一就是查看数据库中的数据，查询就是专门用来检索和查看数据库中数据的记录对象。查询中的数据不仅可以从一个单表中获取，更多是通过多表获取，并将查询结果作为其他数据库对象的数据源。

在 Access 中，查询具有极其重要的地位。利用不同的查询方式，可以方便、快捷地浏览数据库中的数据，同时利用查询还可以实现数据的统计分析与计算操作。

在"数据库"窗口中，单击左侧的"查询"对象，则屏幕显示如图 2-7 所示。选择"学生选课情况"选项，可以得到如图 2-8 所示的结果。

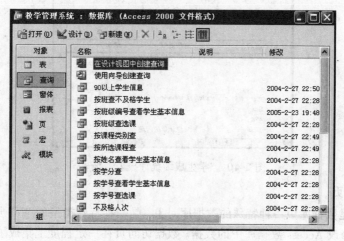

图 2-7　学生信息管理系统中的查询对象

3. 窗体

窗体是屏幕的工作窗口。在 Access 中，可以使用系统提供的工作窗口，也可自己设计一个工作窗口。

在 Access 中，窗体是在数据库操作的过程中无时不在的一个最具灵活性的数据库对象。其数据源可以是表或查询。在窗体中可以显示数据表中的数据，也可以将数据库中的表链接到窗体中，利用窗体作为输入记录的界面。

如图 2-9 所示给出了学生信息管理数据库中"登录学生选课成绩"窗体。

图 2-8　"学生选课情况"查询　　　　　　　　图 2-9　"学生选课登录成绩"窗体

4. 报表

报表是数据库中数据输出的一种形式。用户可以在一个表或查询的基础上来创建一个报表，也可以在多个表或查询的基础上来创建报表。报表不仅可以将数据库中的数据分析、处理结果通过打印机输出，还可以对要输出的数据完成分类统计、分组汇总等。使用报表会使数据处理的结果多样化。

在 Access 中，利用报表设计器可以设计各种报表，同时还可以预览报表的输出格式。如图 2-10 所示给出了学生信息管理数据库中"学生成绩统计报表"报表。

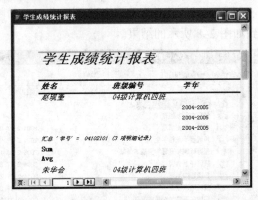

图 2-10 "学生成绩统计报表"报表

5. 数据访问页

数据访问页是数据库中一种特殊的数据库对象，是一种特殊类型的 Web 页，用户可以在此 Web 页中查看、修改 Access 数据库中的数据。数据访问页在一定程度上集成了 Internet Explorer 浏览器和 FrontPage 编辑器的功能。Access 2003 为数据访问页提供了两种可视化的操作窗口：设计视图和页视图。

如图 2-11 所示给出了学生信息管理数据库中"学生信息"数据访问页。

6. 宏

宏是数据库中另一种特殊的数据库对象，它是一个或多个操作命令的集合，其中每一个命令实现一个特定的功能。例如，打开窗体、生成报表、保存修改等。在日常工作中，用户经常需要重复大量的操作，利用宏可以简化这些操作，使大量的重复性操作自动完成，从而使管理和维护 Access 数据库的操作变得更加简单。

如图 2-12 所示给出了学生信息管理数据库中的宏对象窗口。

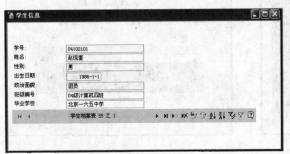

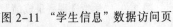

图 2-11 "学生信息"数据访问页　　　　图 2-12 学生信息管理数据库中的宏对象窗口

7. 模块

模块的功能与宏类似，但它定义的操作比宏更精细和复杂，用户可以根据需要编写程序来实现一些更高级的功能，并且通过将模块与窗体、报表等 Access 对象相联系，可以建立完整的数据库应用程序。学生信息管理数据库的 Microsoft Visual Basic 窗口如图 2-13 所示。

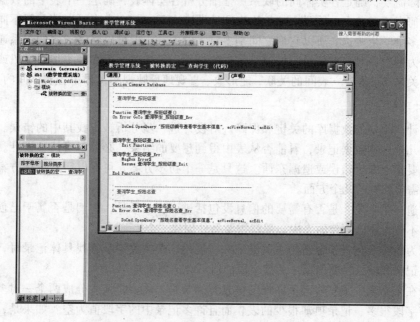

图 2-13　Microsoft Visual Basic 窗口

2.4　Access 2003 数据库设计

为了高效迅速地创建一个结构合理、功能完善的数据库，就必须掌握数据库设计的一些基本步骤和设计过程。在 Access 中具体表现为数据库和表的结构设计合理，不仅能存储所需要的实体信息，而且还能反映出实体之间客观存在的联系。

2.4.1　数据库设计的一般方法

如果使用一个可靠的数据库设计步骤，就能快捷、高效地创建设计一个完善的数据库，为访问所需的信息提供方便。在设计时打好坚实的基础，设计出结构合理的数据库，会节省日后整理数据库所花费的时间，并使用户更快地得到精确的结果。下面是设计数据库的一般方法。

1. 需求分析

需求分析是设计数据库的基础和前提。在需求分析阶段，应从多方面对所要解决的实际应用问题作详细调查，了解所要解决问题的组织机构、业务规则，确定创建数据库的目的，确定数据库要完成哪些操作、建立哪些对象。

2. 建立数据库中的表

根据需求分析确定各个独立的表及相应的结构。确定数据库中的表是数据库设计过程中技巧性最强的一步。因为根据想从数据库中得到的结果（包括要打印的报表、要使用的表单、要数据库回答的问题）不一定能得到设计表结构的线索，它们只说明需要从数据库得到的东西，并没有说明如何把这些信息分门别类地加到表中去。

3. 确定表间的联系

根据实际需要，确定各实体间的联系。仔细分析各实体表，确定一个表中的数据和其他表中的数据有何真正意义上的关联。如学生表和选课表之间，一个学生可以选多门不同的课，一门课可以被多个学生所选。所以它们之间是多对多的关系。但可以将多对多的关系通过一个中间表来转变为两个一对多的关系，以便于数据的处理。必要时，可在表中加入字段或创建一个新表来明确关系。正确建立表间的关联，能形象、直观地反映现实世界中各实体间的真正关系。

4. 设计求精

这是设计一个好的数据库的关键和保障。对设计进一步分析，查找其中的错误。创建表，在表中加入几个示例数据记录，看能否从表中得到想要的结果，必要时可调整设计。在最初的设计中，不要担心发生错误或遗漏东西。这只是一个初步方案，可在以后对设计方案进一步完善。下面是需要检查的几个方面。

- 是否遗忘了字段？是否有需要的信息没包括进去？如果是，它们是否属于已创建的表？如果不包含在已创建的表中，那就需要另外创建一个表。
- 是否为每个表选择了合适的主关键字？在使用这个主关键字查找具体记录时，它是否很容易记忆和输入？要确保主关键字段的值不会出现重复。
- 是否在某个表中重复输入了同样的信息？如果是，需要将该表分成两个一对多关系。是否有字段很多、记录项却很少的表，而且许多记录中的字段值为空？如果是，就要考虑重新设计该表，使它的字段减少，记录增多。

5. 创建其他数据库对象

根据需求分析，确定并创建数据库中需要的查询、报表、窗体等其他数据库对象。

2.4.2 数据库设计的基本原则

（1）关系数据库的设计应遵循多表少字段原则

一个表描述一个实体或实体间的一种联系。为避免设计一个大而杂的表，可以将一个大表根据实际需要分解成若干个小表，然后独立保存起来。通过将不同的信息分散在不同的表中，可以使数据的组织工作和维护工作更简单，同时也可保证建立的应用程序具有较高的性能。

例如，在学生信息管理系统中，可以把学生的学号、姓名、性别、出生日期、籍贯建立一个表；把学生的个人简历如学号、学校、起始日期、毕业时间等建立一个表；把学生的社会关系如学号、称呼、姓名等建立一个表；把学生的学籍如学号、专业、班级等信息建立一个表；把学生的成绩等再建立一个表。

（2）避免在表之间出现重复字段

除了保证表中有反映与其他表之间存在联系的外部关键字之外，应尽量避免在表之间出现重复字段。这样做的目的是使数据的冗余尽可能的减小，防止在插入、删除和更新时造成数据的不一致。

例如，在课程表中有了课程号和课程名等字段，在选课表中只要有课程号等字段即可，而没有必要再有课程名字段了。

（3）表中的字段应是原始数据和基本数据元素

表中的数据不应包括通过计算得到的"二次数据"或多项数据的组合。

例如，在学生表中已有出生日期字段，就不应有年龄字段。因为当需要查询年龄时，可以通过简单的计算即可求出准确的年龄。

（4）表与表之间的联系应通过相同的主关键字建立

例如，学生表与成绩表要想建立一种联系，可以通过学号来建立。

习　题

一、选择题

1. Access 的数据库类型是（　　　）。
   A. 网状数据库　　　B. 层次数据库　　　C. 关系数据库　　D. 面向对象数据库
2. 不能退出 Access 2003 的方法是（　　　）。
   A. 单击"文件"菜单，选择"退出"选项
   B. 单击窗口右上角的"关闭"按钮
   C. 按【Esc】键
   D. 按【Alt+F4】组合键
3. 关系数据库系统中所管理的关系是（　　　）。
   A. 一个 mdb 文件　B. 若干个 mdb 文件　C. 一个二维表　　D. 若干个二维表
4. Access 不包括的数据库对象是（　　　）。
   A. 表　　　　　　　B. 存储过程　　　　　C. 报表　　　　　D. 窗体
5. （　　　）是数据库的核心与基础，存放着数据库中的全部数据。
   A. 查询　　　　　　B. 报表　　　　　　　C. 窗体　　　　　D. 表

二、填空题

1. Access 数据库文件的扩展名是＿＿＿＿＿。
2. Access 数据库由 7 种数据库对象组成，包括＿＿＿＿、＿＿＿＿、＿＿＿＿、＿＿＿＿、＿＿＿＿、＿＿＿＿和＿＿＿＿。
3. ＿＿＿＿的主要作用就是建立复杂的 VBA 程序以完成宏等不能完成的任务。
4. ＿＿＿＿是数据库中的另一种特殊的数据库对象，它是一个或多个操作命令的集合，其中每一个命令实现一个特定的功能。
5. 查询也是一个表，是以＿＿＿＿为数据来源的再生表。

三、综合题

1. 熟练掌握 Access 2003 的启动和退出的各种方法。
2. 启动 Access 2003，熟悉其操作界面，如窗口、菜单、工具栏等

小　结

本章主要介绍了 Access 2003 的启动、退出方法和界面的构成；Access 2003 的各种对象以及 Access 2003 数据库设计的一般方法和基本原则。

本章重点掌握的内容有：Access 2003 应用程序的基本操作；Access 2003 数据库开发环境；数据库设计的一般方法。

实 训 1

一、实训目的

本章将上机练习Access应用程序的基本操作，以帮助读者熟悉Access工作界面，了解Access数据库中的数据库对象。

二、实训内容

以"教学管理系统"数据库为例，练习Access的启动和退出的各种方法，熟悉Access的操作环境，认识并了解Access数据库中7个对象的特点。

三、实训过程

1. 分析

Access数据库包括多种对象：表、查询、窗体、报表、页、宏和模块，可以借助它们存储并操作数据。

2. 操作步骤

启动Access应用程序，然后打开"教学管理系统"数据库。其具体操作步骤如下：

（1）选择"开始" | "程序" | "Microsoft Office" | "Microsoft Office Access 2003"选项，启动Access 2003，了解其工作界面。

（2）在Access工作窗口中的"开始工作"任务窗格中，单击"打开"命令，弹出"打开"对话框。

（3）在"查找范围"下拉列表框处找到D盘"教学管理系统"数据库文件，单击"打开"按钮，如图2-14所示。

（4）在"数据库"窗口中，单击左侧列表，了解数据库中的各种对象，如图2-15所示。

（5）单击"数据库"窗口右上角的"关闭"按钮，关闭数据库。

（6）单击Access应用程序主窗口的"关闭"按钮，退出Access 2003。

图 2-14 打开数据库文件

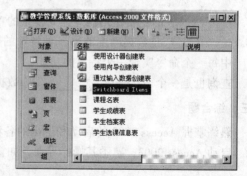

图 2-15 "数据库"窗口

四、简要提示

通过本章的上机实验，读者应该能够熟悉Access 2003工作界面，了解Access 2003数据库中的数据库对象，以及掌握Access 2003的基本操作。

第 3 章　数据库和数据表

Microsoft Access 2003 是当前最流行的 Windows 数据库应用程序之一，它是一种关系型数据库管理系统，可以方便地利用各种数据源生成窗体、查询、报表和应用程序等。表是 Access 数据库的基础，数据库的其他对象如查询、报表等都是在表的基础上生成的。Access 数据库中的表，不但可以容纳文本、数字、日期等类型的数据，而且可以容纳图形、图像和声音等对象。

本章要点

- Access 数据库和表的基本操作。
- 数据库的创建、表的建立。
- 表的编辑、建立表之间的关系。

3.1　创建数据库

Access 提供了两种创建数据库的常用方法。一种是利用 Access 提供的数据库模板快速地创建包含许多对象的数据库，然后向其中输入相关的数据；另一种是创建一个空白的数据库，然后向该数据库中添加表、查询、窗体、报表以及页等对象。

3.1.1　利用数据库模板创建数据库

启动 Access 2003 之后，在 Access 2003 窗口的"新建文件"任务窗格中，有新建数据库或打开已有数据库命令，如图 3-1 所示。如果已经打开了数据库或者启动 Access 2003 时"新建文件"任务窗格已经关闭，而用户想重新创建一个数据库，可以选择"文件"|"新建"命令或单击工具栏上的"新建"按钮，都可显示"新建文件"任务窗格。

Access 提供了许多现成的数据库模板来快速创建数据库。下面以创建"库存控制"数据库为例，介绍如何根据模板创建数据库。

图 3-1　"新建文件"任务窗格

操作步骤如下：

（1）在 Access 2003 工作窗口的"新建文件"任务窗格中，选择"本机上的模板"命令，在弹出的如图 3-2 所示的对话框中选择"数据库"选项卡。

图 3-2 "数据库"选项卡

（2）选择"库存控制"数据库类型后，单击"确定"按钮，弹出如图 3-3 所示的"文件新建数据库"对话框，要求输入并保存新数据库文件。

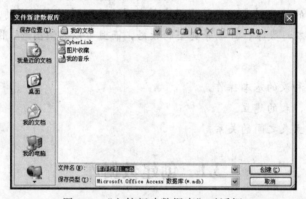

图 3-3 "文件新建数据库"对话框

（3）在"文件新建数据库"对话框中，指定数据库的名称和位置，然后单击"创建"按钮。此时弹出"数据库向导"对话框，如图 3-4 所示。该对话框列出了在"库存控制"数据库模板建立的"库存控制"数据库中包含的信息，这些信息是由模板本身确定的，用户在这里无法改变。如果包含的信息不能完全满足要求，可以在使用向导创建数据库操作结束后，再对它进行修改。

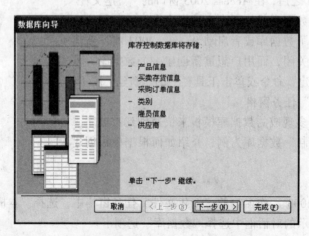

图 3-4 "数据库向导"第一个对话框

（4）单击"下一步"按钮，弹出"数据库向导"第二个对话框，如图3-5所示。在该对话框左侧的"数据库中的表"列表框中列出了"库存控制"数据库包含的表。选择其中的一个表，则右侧"表中的字段"列表框中列出该表包含的字段。这些字段分为两种：一种是表必须包含的字段，用黑体表示；另一种是表可选择的字段，用斜体表示。如果要将可选择的字段包含到表中，则启用它前面的复选框。

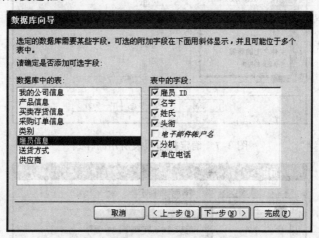

图3-5 "数据库向导"第二个对话框

（5）当把各个表的字段都确定以后，单击"下一步"按钮，此时弹出的对话框提示用户确定屏幕的显示样式，如图3-6所示。在该对话框中列出了向导提供的10种屏幕显示样式，用户可以从中选择一种。这里选择"标准"样式。

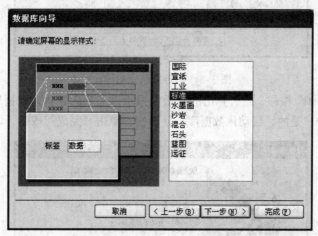

图3-6 确定屏幕的显示样式

（6）单击"下一步"按钮，此时弹出的对话框确定打印报表所用的样式，如图3-7所示。在该对话框中列出了6种打印报表样式，用户可以从中选择一种。这里选择"正式"样式。

（7）单击"下一步"按钮，此时弹出的对话框如图3-8所示，在"请指定数据库的标题"文本框中输入数据库的标题名称"库存管理"。如果想在所有报表上加一幅图片，可启用"是的，我要包含一幅图片。"复选框。这里选择不在报表中显示图片。

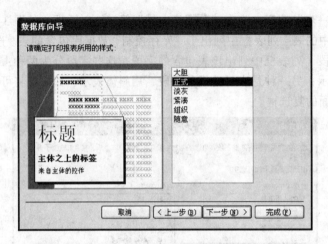

图 3-7　确定打印报表所用的样式

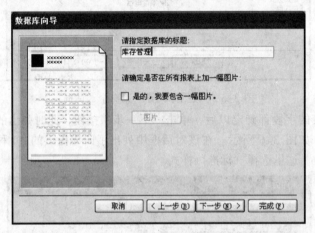

图 3-8　指定数据库的标题

（8）单击"下一步"按钮，此时弹出的对话框提示以上是向导构建数据库所需的全部信息，如图 3-9 所示。选中"是的，启动该数据库"复选框，单击"完成"按钮，即可启动该数据库。

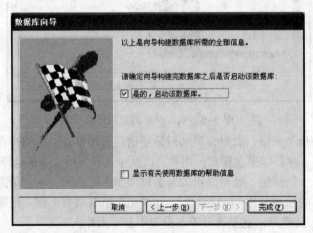

图 3-9　完成构建数据库

（9）此时"数据库向导"开始创建"库存管理"数据库。在创建完数据库以后，将显示如图 3-10 所示的"主切换面板"窗口和最小化的"库存管理"数据库窗口。在"主切换面板"窗口中可以进行"输入/查看产品"、"输入/查看其他信息"、"预览报表"等操作，只要单击这些操作命令名称前的按钮即可。在"库存管理"数据库窗口中列出了该数据库包含的各种对象，如图 3-11 所示。至此，完成了"库存管理"数据库的构建，用户如果对这里提供的信息不满意，还可以对创建的数据库进行部分修改，具体的修改方法将在后面的章节中介绍。

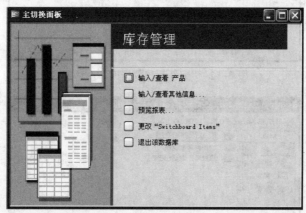

图 3-10　"主切换面板"窗口

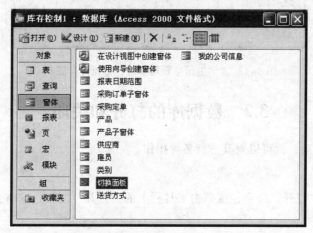

图 3-11　"库存管理"数据库窗口

3.1.2　创建空白数据库

创建一个空数据库的操作步骤如下：

（1）选择任务窗格"新建"栏中的"空数据库"命令，弹出如图 3-12 所示的"文件新建数据库"对话框。

（2）在该对话框中指定数据库的名称和位置，如输入"学生信息管理系统"，然后单击"创建"按钮，即可创建一个名为"学生信息管理系统"的空数据库文件，打开如图 3-13 所示的数据库窗口，在该窗口中就可以创建所需的对象。数据库文件默认的扩展名是.mdb。

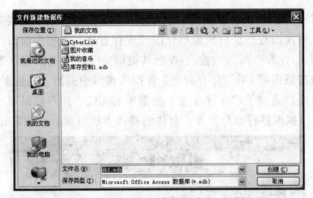

图 3-12 "文件新建数据库"对话框

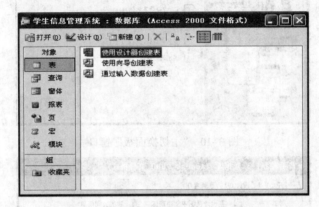

图 3-13 "学生信息管理系统：数据库"窗口

3.2 数据库的打开和关闭

数据库创建好之后，就可以对其进行各种操作。

1. 打开数据库

选择"文件"|"打开"命令，或单击工具栏上的"打开"按钮，这时会弹出如图 3-14 所示的"打开"对话框。

图 3-14 "打开"对话框

在"查找范围"文本框内找到保存该数据库的文件夹，然后选择要打开的数据库名，单击"打开"按钮即可。

2．关闭数据库

当完成了数据库的操作后，需要将它关闭。退出 Access 2003 时，打开的数据库会自动关闭，但要关闭打开的数据库，并不一定要退出 Access 2003。

关闭数据库的方法有如下几种。

（1）选择"文件"｜"关闭"命令即可将打开的数据库文件关闭。

（2）单击"数据库"窗口右上角的"关闭"按钮。

（3）双击"数据库"窗口左上角的"控制"菜单图标。

3.3　数据表的创建

表是 Access 2003 数据库的对象之一，是用来存储数据的地方。数据表中的数据构成了数据库的基础，Access 中的各种数据对象都是建立在数据表的基础之上的。

一个表是由两部分组成的，一部分反映了表的结构，另一部分反映了表中存储的记录。Access 2003 为表安排了设计视图和数据表视图两种常用显示窗口，用户不能同时打开同一个表的这两种显示窗口，但可以在这两种显示窗口之间切换。设计视图用于完成显示和编辑表的字段名称、数据类型和字段属性等表结构的设计工作；数据表视图用于数据录入、编辑等工作。

创建表有 3 种方法：一是使用表向导创建数据表，其创建方法与使用数据库向导创建数据库的方法类似；二是使用表设计器创建表，这是一种最常用的方法；三是通过输入数据直接创建表，这种方法比较简单，但无法对每一字段的数据类型、属性值进行设置，一般还需要在设计视图中进行修改。下面分别介绍这 3 种方法。

3.3.1　使用表向导创建数据表

使用向导创建表，不仅可以快速地完成，而且还可以通过向导的运行帮助初学者掌握 Access 2003 表的设计过程。

使用表向导创建表的操作步骤如下：

（1）在"数据库"窗口中，单击左侧例表中的"表"对象，再单击"数据库"窗口工具栏上的"新建"按钮，弹出如图 3-15 所示的对话框。

图 3-15　"新建表"对话框

（2）选择"表向导"选项，然后单击"确定"按钮，弹出如图 3-16 所示的"表向导"对话框。

图 3-16 "表向导"对话框

（3）根据需要选择是关于商务的表还是关于个人的表。例如，可以选择"商务"单选按钮，然后从左边"示例表"列表框中选择要创建的表，从"示例字段"列表框中选择所需要的字段，然后双击或单击单箭头按钮（>），字段就会出现在最右边的"新表中的字段"列表框中，被添加到新表中。如果单击双箭头按钮（>>）则将"示例字段"所有的选项添加到新表中。如果想删除已添加的字段，可以先选择该字段，然后单击单箭头按钮（<）即可。如果单击双箭头按钮（<<），则删除所有已选择的字段。如果要修改已添加到新表中字段的名称，则在"新表中的字段"列表中选择要修改的字段，然后单击"重命名字段"按钮，在"重命名字段"对话框中输入新的字段名称，如图 3-17 所示，单击"确定"按钮。重复这一步，修改所有要重命名的字

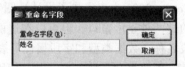

图 3-17 "重命名字段"对话框

段。确定好所需要的字段后单击"下一步"按钮，弹出如图 3-18 所示的对话框。

（4）在"请指定表的名称"文本框中输入新表的名称，可以选择自己设置主键，也可以让系统帮助设置一个主键。一般情况下每个表应设置一个主关键字。选择完成后，单击"下一步"按钮，弹出如图 3-19 所示的对话框。

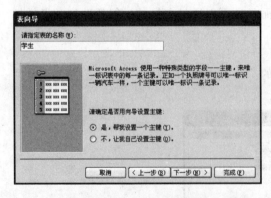

图 3-18 "表向导"对话框

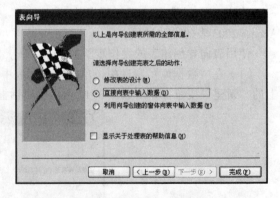

图 3-19 "表向导"对话框

（5）在该对话框询问新表建成后要进行什么工作，可以根据需要选择"修改表的设计"、"直接向表中输入数据"和"利用向导创建的窗体向表中输入数据"3 个单选按钮中的任何一个。这里选择"直接向表中输入数据"单选按钮，单击"完成"按钮，即可打开新表，这样就可以开始输入数据了，如图 3-20 所示。

图 3-20　新建的"学生"表

3.3.2　通过输入数据直接创建表

在 Access 2003 中已经预先为用户准备了一个空表的模板，叫做数据表视图。用户通过输入数据创建表是指用户直接向该空表输入数据，Access 2003 再根据用户所输入的数据确定新表的字段数以及各字段的数据类型。

一般情况下不采用这种方式来创建新表，因为数据表视图中的控制比较弱，系统的开销非常大，而且用户也需要进行创建表之后的大量修改工作。

操作步骤如下：

（1）打开要创建数据表的数据库，单击"数据库"窗口左侧列表中的"表"对象，然后单击"数据库"窗口工具栏上的"新建"按钮，弹出"新建表"对话框，如图 3-15 所示。

（2）选择"数据表视图"选项，并单击"确定"按钮，打开"数据表"视图，如图 3-21 所示。

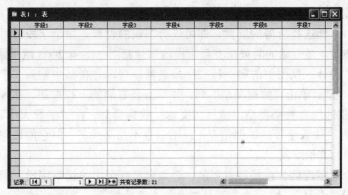

图 3-21　"数据表"视图

（3）在"数据表"视图中，共有 21 行 20 列，默认的列名为"字段 1"、"字段 2"等。双击要使用的列名，输入字段名取代，按回车键即可结束对该字段名的修改。

（4）在数据表中直接输入数据。每输入完一个字段内容之后，按【Tab】键可将插入点置入下一个字段文本框中；或者按方向键，将插入点置入上下左右字段文本框中。

（5）为数据库添加完要使用的所有列后，单击工具栏上的"保存"按钮，此时会弹出"另存为"对话框。输入表名称，单击"确定"按钮。

3.3.3　使用表设计器创建表

表向导是创建表的快捷方法，但由于表向导是基于已有表来创建新表的，所以有着很大的局限性，这样创建的表往往无法满足实际需要。通过输入数据只能创建一个新表，不能对表的结构进行修改，所以使用表设计器创建表是最常用的方法。使用设计器，不但可以创建一个新表，而且能够修改表的结构。

操作步骤如下：

（1）打开要创建数据表的数据库，单击"数据库"窗口左侧列表中的"表"对象，然后单击"数据库"窗口工具栏上的"新建"按钮，弹出"新建表"对话框，如图 3-15 所示。

（2）选择"设计视图"选项，然后单击"确定"按钮，打开"设计"视图，如图 3-22 所示。

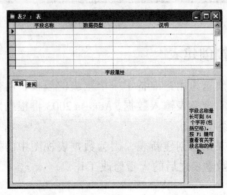

图 3-22 "设计"视图

（3）在"设计"视图中添加所需字段，并定义每个字段的各个属性。表的每一个字段都有一些用于定义字段数据的保存、处理或显示特性的属性。例如，可以通过设置文本字段的"字段大小"属性来控制允许输入字段的最多字符数。在"设计"视图中打开表，在窗口上部选择字段，然后在窗口下部选择所需的属性，即可进行字段的设置。每个字段的可用属性取决于该字段选择的数据类型。最开始的时候所有新字段的属性都由 Access 2003 赋予默认值。

例如，单击"设计"视图中的第一行"字段名称"列，并在其中输入"学生档案表"的第一个字段名称"学号"；单击"数据类型"列，并单击其右侧的下拉按钮，在弹出的下拉列表中列出了 Access 提供的所有数据类型，选择"文本"数据类型，在"字段大小"列中将 50 修改为 8；在"说明"列中输入字段的说明信息（说明信息不是必须的，但它能增加数据的可读性）；依次操作定义表中的其他字段。

（4）定义完全部字段后，在保存表之前，必须定义一个主关键字字段，简称为主键。选择要作为主键的字段"学号"，然后单击工具栏上的主键按钮，即可将该字段设为主键。如果用户没有创建主键，则系统会加入一个自动编号字段将其作为主键。

（5）单击工具栏上的"保存"按钮，然后在弹出的"另存为"对话框中输入表的名称即可。如果忘了保存，则在关闭表的设计视图时，系统会自动弹出保存提示。

如果要修改设计好的表结构，可以选择要修改的表，然后单击工具栏上的"设计"按钮，或者右击选择"设计视图"命令，都可打开表的设计视图，对表的结构和字段属性进行修改。

3.3.4 Access 支持的数据类型

数据库表中必须要有适当的字段用以存储数据，不同的数据类型限定了该字段所能存储的数据。Access 所支持的数据类型有以下几种。

1. 文本数据类型

文本数据类型用于存储文本或文本与数字组合的数据，如姓名、性别等；也可以是不需要计算的数字，如邮编、电话等。Access 默认文本型字段大小是 50 个字符，但用户输入时，系统只保存输入到字段中的字符,而不保存该字段中未用位置上的空字符。文本型字段最长为 255 个字符。设置"字段大小"属性可控制输入的最大字符长度。

2．备注数据类型

备注数据类型用于存储长文本及数字,例如注解或者说明等。备注型可以解决文本型无法解决的问题,如果取值的字符个数超过 255,就无法使用文本类型而使用备注型了。备注型允许存储的内容最长为 64 000 个字符。

3．数字数据类型

数字数据类型用于存储可以进行算术运算的数据,运算中包含有关货币的运算除外。用户可以通过设置"字段大小"属性定义一个特定的数据类型,任何指定为数字数据类型的字段可以设置成如表 3-1 所示值的范围(默认值是双精度数)。

表 3-1　数字数据类型的几种数字类型

数字类型	值 的 范 围	小数位数	字段长度
字节	0 ~ 255	无	1B
整数	−32 768 ~ 32 767	无	2B
长整数	−2 147 483 648 ~ 2 147 483 647	无	4B
单精度数	−3.4E38 ~ 3.4E38	7	4B
双精度数	−1.79734E308 ~ 1.79734E308	15	8B

4．日期/时间数据类型

日期/时间数据类型用于存储日期或时间数据。每个日期/时间数据类型字段需要 8 个字节的存储空间。

5．货币数据类型

货币数据类型用于存储货币值,在计算时禁止四舍五入。精确度为整数部分 15 位数,小数部分 4 位数。货币数据类型长度为 8 个字节。

6．自动编号数据类型

自动编号数据类型比较特殊。每次向表中添加新记录时,Access 会自动插入唯一顺序号,即在自动编号字段中指定数值。自动编号数据类型长度为 4B。

需要注意的是:自动编号数据类型一旦被指定,就会永久地与记录连接。如果删除了表中含有自动编号的一个记录,Access 并不会对表中自动编号型字段重新编号。当添加某一记录时,Access 不再使用已被删除的自动编号型字段的数值,而是按递增的规律重新赋值。

7．是/否数据类型

是/否数据类型适合存储只有两种可能性的数据,如是/否、真/假,它不允许 NULL 值,比文本数据类型节省存储空间。

8．OLE 对象数据类型

OLE 对象数据类型用于存储声音、图片、图像等多媒体数据,或 Word、Excel 文件,或是用其他应用软件创建的数据。OLE 对象数据类型是指字段允许单独地"链接"或"嵌入"OLE 对象。必须在窗体或报表中使用结合对象框来显示 OLE 对象。最大空间可为 1GB(受磁盘空间限制)。

9．超链接数据类型

超链接数据类型用于保存超链接的字段。超链接可以是某个 UNC 路径（通往局域网中一个文件的地址）或是 URL（通往 Internet 或 Intranet 节点）。当单击一个超级链接时，Web 浏览器或 Access 将根据超级链接地址到达指定的目标。

10．查阅向导数据类型

查阅向导为用户提供了建立一个字段内容的列表，可以在列表中选择所列内容作为添入字段的内容。使用查询向导可以显示下面所列的两种列表中的字段。

（1）从已有的表或查询中查阅数据列表、表或查询的所有更新都将反映在列表中。

（2）存储了一组不可更改的固定值的列表。在列表中选择一个数值以存储到字段中。

对于表中的字段应该使用何种数据类型，取决于 Access 2003 对各种数据类型的定义及实际问题的需要。可以从以下几个方面考虑表中字段应使用的数据类型。

（1）在字段中允许何种类型的值。如不能在数字型字段中保存文本数据。

（2）要对字段中的值执行何种类型的操作。例如，Access 能够将"数字"或"货币"字段中的值求和，但不能对"文本"或"是/否"字段中的值进行此类操作。

（3）是否要对字段进行排序或索引。不能对"OLE 对象"字段进行排序或索引。

（4）是否要在查询或报表中使用字段对记录分组。"OLE 对象"字段不能用于对记录进行分组。

（5）如何对字段中的值进行排序。在"文本"字段中，将数字作为字符串进行排序，而不是作为数字值来进行排序；使用"数字"或"货币"字段，将按照数字值对数字进行排序。如果将日期数据输入到"文本"字段中，将不能进行正确排序，只有使用"日期/时间"字段才可确保对日期进行正确排序。

（6）是否需要保存 Microsoft Word 或 Microsoft Excel 文档、图片、声音以及在其他应用程序中创建的其他类型的二进制数据。OLE 对象可以链接或嵌入到 Access 表中的"OLE 对象"字段中。若要显示 OLE 对象，可在窗体或报表中使用控件。

为了方便以后各章节的说明和操作，创建了一个"学生信息管理系统"的数据库，其中包含了学生档案表、课程名表、学生成绩表，这 3 个基本表的结构如表 3-2、表 3-3 和表 3-4 所示。

表 3-2　学生档案表

编　号	字段名称	数据类型	字段大小	编　号	字段名称	数据类型	字段大小
1	学号	文本	8	5	政治面貌	文本	20
2	姓名	文本	10	6	班级编号	文本	20
3	性别	文本	2	7	毕业学校	文本	40
4	出生日期	日期/时间	默认	8	简历	备注	默认

表 3-3　课程名表

编　号	字段名称	数据类型	字段大小	编　号	字段名称	数据类型	字段大小
1	课程编号	文本	3	4	学分	数字	默认
2	课程名	文本	默认	5	课程描述	备注	默认
3	课程类别	文本	10				

表 3-4　学生成绩表

编　号	字段名称	数据类型	字段大小	编　号	字段名称	数据类型	字段大小
1	成绩 ID	自动编号	默认	4	学期	数字	默认
2	学号	文本	8	5	课程编号	文本	3
3	学年	文本	10	6	成绩	数字	默认

3.3.5　字段的属性设置

1．字段的命名

在 Access 中字段的命名有如下规定（这些也是命名 Access 对象的一组特定规则）：

- 长度最多只能为 64 个字符。
- 可以包含字母、数字、空格及特殊的字符（除句号（.）、感叹号（!）、重音符号（`）和方括号（[]）之外）的任意组合。
- 不能以空格开头。
- 不能包含控制字符（从 0～31 的 ASCII 值）。

为字段、控件或对象命名时，应确保新名称和 Access 中已有的属性或其他元素的名称不重复，否则在某些情况下，数据库可能产生意想不到的结果。

字段是表的基本存储单元，为字段命名可以方便地使用和识别字段。字段名在表中应是唯一的，而且最好使用便于理解的名字。

2．确定数据类型

数据类型决定了该字段所存储的数据。例如，文本和备注字段数据类型允许字段保存文本或数字，数字数据类型字段保存用于数学计算的数字，使用货币数据类型可以显示或计算货币值等。因此，在为字段命名后，必须决定赋予该字段什么数据类型。

确定数据类型的操作步骤如下：

（1）要修改字段的数据类型，首先应打开表"设计"视图，然后单击"字段名称"右边的"数据类型"文本框。

（2）单击右侧的下拉按钮，选择想要的数据类型，如图 3-23 所示。

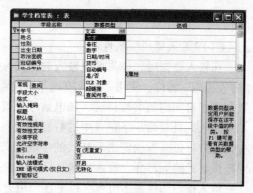

图 3-23　选择数据类型

3．输入字段说明

字段说明是为了帮助用户更好地记住字段的用途或者使其他用户了解该字段的目的。如果为某一字段输入了字段说明，则在 Access 中当光标定位到该字段时，字段说明会显示在状态栏中。

单击表"设计"视图中"说明"列的空白位置，然后直接输入字段说明即可。

4．字段的属性

字段其他属性的设置，可通过表"设计"视图下半部的"常规"选项卡来进行操作。不同的数据类型字段，所提供的字段属性会有所不同。下面介绍一些重要属性。

（1）"字段大小"属性

通过"字段大小"属性，可以控制字段使用的空间大小。该属性只适用于数据类型为文本或数字字段。对于一个文本类型的字段，其取值范围是 0~255，默认值为 50，可以在该文本框中输入取值范围内的整数；对于一个数字类型字段，可以单击右侧的下拉按钮，从下拉列表中选择一个类型，如图 3-24 所示。不同的类型其存储量的大小也会不同。例如，可以选择默认的"长整型"来存储从–2 147 483 648 到 2 147 483 647（无小数位）的数字。若选择"双精度型"，则可以存储带小数点的值，如成绩 78.5。

（2）"格式"属性

"格式"属性用来决定数据的打印方式和屏幕显示方式。"格式"属性只影响数据的显示方式，不影响数据的保存方式。

Access 提供了"日期/时间"、"数字"和"货币"、"文本"和"备注"以及"是/否"等预定义数据类型的格式。用户可以在如图 3-25 所示的下拉列表中选择所需的格式。

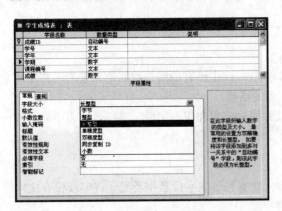

图 3-24 "字段大小"属性

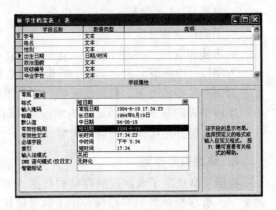

图 3-25 "格式"属性

（3）"输入掩码"属性

在输入数据时，如果希望输入的格式标准保持一致，或希望检查输入时的错误，可以设置"输入掩码"属性。使用"输入掩码"属性可以使数据输入更容易。例如，在实际生活中，一些数据有相对固定的书写格式，如电话号码被写成（024）88243124，日期被写成 2005-4-19 等。如果录入人员对每一条记录中的数据都按照这种格式输入的话，无疑将会提高效率。在 Access 中，用户可以对有固定书写格式的字段定义它的输入掩码属性，将书写格式中相对确定的符号固定成格式的一部分，输入数据时只需要输入变化的值即可。

输入掩码属性最多可包含以下 3 个用分号（；）分隔的节。

第 1 节：指定输入掩码的本身，定义数据的格式。

第 2 节：在输入数据时，指定 Access 是否在表中保存所有显示的字符。如果输入 0，则所有的显示字符均与数值一同保存；如果输入 1 或未在该节中输入任何数据，则只有输入的字符才能保存。

第 3 节：指定 Access 为空格所显示的字符，该空格就是在输入掩码中输入字符的地方。对于该节可以使用任何字符。要显示空字符串，应将空格用双引号（""）括起来。

可以使用以下的字符来定义输入掩码，如表 3-5 所示。

表 3-5　输入掩码属性的定义字符集

字　　符	说　　明	定义输入掩码	显示结果
0	必须输入数字 0~9	（000）000-0000	（024）123-4567
9	可以选择输入数据或空格	（999）999-9999	（024）123-456
#	数字、空格、加、减号都可以输入到这个位置	#999	-15
L	必须输入字母（A~Z）	000L0	123S6
?	可以选择输入字母（A~Z）	L??000	GBE123
A	必须输入字母或数字	（000）AAA-AAAA	(024)123-TELE
a	可以选择输入字母或数字	(000) aaa-aaaa	(024)123-HOM
&	必须输入任何的字符或一个空格	TP3-&&&&&&	TP3-13806AC
C	可以选择输入任何的字符或一个空格	L??CL?000	REDTP103
.,;/	小数点位置、千位分隔符、时间和日期分隔符（实际使用的字符取决于 Windows 的区域设置属性）		
<	将所有字符转换成小写	<L?????	access
>	将所有字符转换成大写	>L?????	ACCESS
!	使输入掩码从右到左显示，而不是从左到右显示。输入掩码中的字符始终都是从左到右。可以在输入掩码中任何位置放置感叹号	（999）999-9999!	（024）123-4567
\	使接下来的字符以原义字符显示	\XYZ	XYZ
Password	隐藏输入的文本，以"*"代替显示文本	MING	****

使用"输入掩码向导"可以很方便地设置字段的输入掩码属性。操作步骤如下：

① 打开数据表的"设计"视图，选择要设置输入掩码的字段如"出生日期"，然后在"字段属性"中单击"输入掩码"字段，然后单击旁边的"生成器"按钮 ，弹出"输入掩码向导"第一个对话框，如图 3-26 所示。

② 在该对话框中列有 Access 2003 中所有的输入掩码，右侧的"数据查看"列表中则是这些输入掩码的示例。在"输入掩码"列表中选择一种格式，如选择"长日期（中文）"选项，然后在"尝试"文本框中输入"20050401"。根据输入掩码，Access 认为输入的是"2005 年 04 月 01 日"，即从"尝试"文本框中可查看所选掩码的效果，如图 3-27 所示。

③ 单击"下一步"按钮，弹出如图 3-28 所示的对话框，在其中指定该字段中所要显示的占位符，这里选择星号"*"。占位符的作用

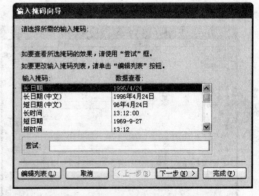

图 3-26　"输入掩码向导"对话框

是此字段无数据时的显示，一旦输入数据，数据将取代占位符。在下方的"尝试"文本框中输入内容，可查看所选掩码的效果。

④ 单击"下一步"按钮，进入结束对话框。

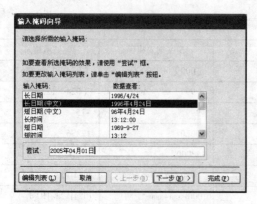

图 3-27 选定输入掩码并尝试   图 3-28 指定占位符

⑤ 单击"完成"按钮，返回到表"设计"视图，如图 3-29 所示。在表"设计"视图中，可以看到"输入掩码"文本框中已自动添加了输入掩码属性：9999 年 99 月 99 日;0;*。

输入掩码只为"文本"和"日期/时间"型字段提供向导，其他数据类型没有向导帮助。另外，如果为某字段定义了输入掩码，同时又设置了它的格式属性，则格式属性将在数据显示时优先于输入掩码的设置。

（4）"标题"属性

在"标题"文本框中输入的文本，Access 将用来标识"数据表"视图中的字段和窗体及报表中的字段。"标题"文本框中的文本默认情况下就是字段名。

（5）"默认值"属性

默认值在新建记录时将自动输入到字段中，它可以是与字段的数据类型相匹配的任何值。例如，"学生档案表"中的"性别"字段，它的值只有"男"、"女"两种值，就可以把"男"赋予一个默认值属性，如图 3-30 所示。这样，Access 每生成一条新记录，就会把这个默认值插入到相应的字段中，用户既可以使用这个默认值，也可以输入新值来取代该值，这样在用户输入数据时节省很多不必要的重复操作。

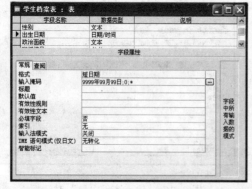

图 3-29 "输入掩码"属性设置   图 3-30 设置"默认值"属性

设置默认值属性的操作很简单，只需在要设置默认值属性字段的"默认值"文本框中输入默认值即可。输入文本值时，可以不加引号，也可以使用 Access 的表达式来定义默认值。如可以使用表达式"Date()"（当前系统日期）作为一个日期/时间型字段的默认值。但要注意，设置默认值属性时，必须与字段中所设的数据类型相匹配，否则会出现错误。

（6）"有效性规则"和"有效性文本"属性

使用"有效性规则"属性可以指定对输入到记录、字段中的数据的要求。当输入的数据违反有效性规则设置时，可以使用"有效性文本"属性指定将显示给用户的提示信息。

有效性规则的形式以及设置目的随字段的数据类型不同而不同。对文本类型字段，可以设置输入的字符个数不能超过某一个值；对数字类型字段，可以让Access只接受一定范围内的数据；对日期/时间类型字段，可以将数值限制在一定的月份或年份以内。

设置字段的输入范围需要使用到操作符（<、>、=、<=、>=、<>）。必须在值的前面输入操作符，例如"<=100"的有效性规则，就是限制输入值必须小于等于100。

"有效性规则"属性设置的最大长度是2 048个字符，"有效性文本"属性设置的最大长度则是255个字符。如果只设置了"有效性规则"属性但没有设置"有效性文本"属性，当违反有效性规则时，Access将显示标准的错误信息。如果设置了"有效性文本"属性，所输入的文本将作为错误消息显示。

设置"有效性规则"和"有效性文本"属性的操作步骤如下：

① 打开"学生成绩表"的"设计"视图，单击"成绩"行任一列。

② 在"字段属性"区中的"有效性规则"文本框中输入表达式">=0 And <=100"。

③ 在"字段属性"区中的"有效性文本"文本框中输入文本"请输入有效成绩（0~100）"，如图3-31所示。

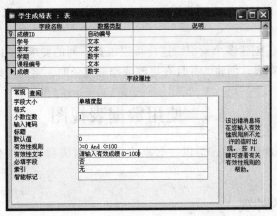

图3-31 设置"有效性规则"和"有效性文本"属性

④ 保存"学生成绩表"，然后单击"视图"按钮 ▦·，切换到"数据表"视图。这时如果输入了错误数据，系统会出现警告信息，必须重新输入正确的数据之后，才能退出这条数据，如图3-32所示。

（7）"必填字段"属性

使用"必填字段"属性可以指定字段中是否必须有值。如果将该属性设为"是"，则当在记录中输入数据时，必须在该字段中输入数值，而且该数值不能为空（NULL）；如果选择"否"（默认值），该字段可以为空不输入内容。

图3-32 出现错误输入信息

单击"必填字段"文本框，在其右侧会出现一个下拉按钮，单击该按钮即可打开下拉菜单，选择"是"或"否"选项。

（8）"索引"属性

索引可加快对索引字段的查询以及排序和分组操作。用户可以在表"设计"视图的"字段属性"部分设置该属性。通过设置表"设计"视图的"字段属性"部分的索引属性，可以设置单字段索引。

在"索引"下拉列表框中，有如图3-33所示的3个选项可以选择。

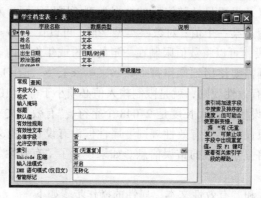

图3-33 设置"索引"属性

- 无：选择该选项后，该字段不被索引，这也是该属性的默认值。
- 有（有重复）：选择该选项后，该字段将被索引，而且可以在多个记录中输入相同值。
- 有（无重复）：选择该选项后，该字段将被索引，但每个记录的该字段值必须是唯一的（即各个记录的该字段值互不相同）。这样，以该字段的信息为索引时，总可找到唯一的记录。

用户可以根据需要，创建多个索引，这样可以根据不同的要求利用不同的索引来检索不同类型的信息。索引在保存表时创建，并且在更改或添加记录时，索引可以自动更新。

3.4 使用数据表视图

用户创建了数据库和表之后，可以在数据表视图中对表和表中的数据进行一系列的基本操作。

3.4.1 修改数据表的外观

修改数据表的外观是为了使表看上去更清楚、美观。

1. 改变字体

用户可以修改数据表中的字体、字形和字号，其操作步骤如下：

（1）打开要修改字体的数据表。

（2）单击"格式"菜单，选择"字体"命令。

（3）在"字体"对话框中选择需要的字体、字形、字号，设置文字颜色，设置完毕后，单击"确定"按钮，如图3-34所示。

2. 调整行高和列宽

用数据表视图打开刚刚建好的表时，系统是以

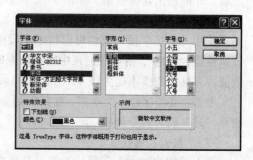

图3-34 "字体"对话框

默认的表的布局显示索引的行和列的。在默认的表布局下，有可能限制了显示效果，例如有些数据可能不能完整显示，Access 2003 允许用户自定义行高和列宽，有以下两种方法。

第一种方法是用鼠标拖动，具体步骤如下：

（1）将光标放在两行或两列的交接处，这时候光标变成双向箭头。

（2）按住左键，拖动鼠标至合适的行高或列宽，然后释放鼠标。

第二种方法是使用菜单命令来改变列宽和行高，具体步骤如下：

（1）选择要调整列宽的字段。

（2）单击"格式"菜单，选择"列宽"命令，弹出如图 3-35 所示的对话框。

（3）输入列宽值。如果单击"最佳匹配"按钮，则会以该列中最长的数据作为列宽，这样就可以显示全部数据。

设置行高的操作基本类似，只是先选择要调整的行，这样在选择时会出现"行高"命令，弹出"行高"对话框后即可进行设置，设置完毕后数据表中的每一行将为同一高度，如图 3-36 所示。

图 3-35　"列宽"对话框

图 3-36　"行高"对话框

3．设置数据表格式

数据表的单元格可以设置为平面、凹陷或是凸起的效果，另外也可以设置水平和垂直方向的网格线显示，还可以设置背景颜色等。设置数据表格式的操作步骤如下：

（1）在"数据库"窗口的"表"对象下，双击要打开的表。

（2）选择"格式"菜单中的"数据表"命令，弹出"设置数据表格式"对话框，如图 3-37 所示。

图 3-37　"设置数据表格式"对话框

（3）在该对话框中，可以根据需要选择项目。选择完毕后单击"确定"按钮。

- 下面介绍在"格式"菜单中的几个命令。
- 隐藏列：将某些字段暂时隐藏起来，需要时再将其显示出来。
- 取消隐藏列：将隐藏的列重新显示在数据表中。

- 冻结列：冻结窗口左边的选定列，防止其滚动到屏幕之外。
- 取消对所有列的冻结：取消对数据表中所有列的冻结。取消冻结后，它们的顺序与冻结时相同。

3.4.2 修改数据表结构

1. 添加字段

在表中添加一个新字段不会影响其他字段和现有数据。但利用该表建立的查询、窗体或报表，新字段是不会加入的，需要手工添加。添加新字段的操作步骤如下：

（1）打开要添加字段的表的"设计"视图。

（2）将光标移动到要插入新字段的位置上，单击工具栏上的"插入行"按钮或选择"插入"菜单中的"行"命令。

（3）在新行的"字段名称"列中输入新字段的名称。

（4）单击"数据类型"列，并单击右侧的下拉按钮，然后在弹出的下拉列表中选择所需的数据类型。在窗口下面的字段属性区设置字段的属性。

（5）单击工具栏上的"保存"按钮，保存所做的修改。

2. 修改字段

修改字段包括修改字段名称、数据类型、属性等。操作步骤如下：

（1）打开要修改字段的表的"设计"视图。

（2）如果要修改某字段的名称，则在该字段的"字段名称"列中单击，修改字段名；如果要修改某字段的数据类型，单击该字段"数据类型"列右侧的下拉按钮，然后从弹出的下拉列表中选择需要的数据类型。

（3）单击工具栏上的"保存"按钮，保存所做的修改。

3. 删除字段

删除表中某一字段的操作步骤如下：

（1）打开要删除字段的表的"设计"视图。

（2）将光标移到要删除字段的位置上。

（3）单击工具栏上的"删除行"按钮，这时弹出提示框，如图 3-38 所示。

（4）单击"是"按钮，删除所选字段；单击"否"按钮，不删除这个字段。

（5）单击工具栏上的"保存"按钮，保存所做的修改。

图 3-38 提示框

3.4.3 编辑数据表中的记录

1. 添加记录

在已建立的表中，如果需要添加新记录，操作步骤如下：

（1）在"数据库"窗口中，单击"表"对象。

（2）双击要编辑的表，这时 Access 将在"数据表"视图中打开这个表。

（3）单击工具栏上的"新记录"按钮，光标移到新记录上。

（4）输入新记录的数据。

实际上，当打开"数据表"视图后，数据表自动有一行空格，可以直接输入数据创建记录。输入完毕后，系统会自动再出现一行空格用于创建新的记录。

2．删除记录

表中的信息如果出现了不需要的数据，就应将其删除。删除记录的操作步骤如下：

（1）在"数据库"窗口中，单击"表"对象。

（2）双击要编辑的表，这时 Access 将在"数据表"视图中打开这个表。

（3）单击工具栏上的"删除记录"按钮，这时弹出删除记录提示框，如图 3-39 所示。

（4）单击提示框中的"是"按钮，则删除选定的记录。删除操作是不可恢复的操作，在删除记录之前确认是否真要删除。在提示框中单击"否"按钮可以取消删除操作。

图 3-39　删除记录提示框

3．修改数据

在已建立的表中，如果出现了错误的数据，可以对其进行修改。在"数据表"视图中修改数据的方法非常简单，只要将光标移到要修改数据的相应字段直接修改即可。修改时，可以修改整个字段的值，也可以修改字段的部分数据。如果要修改字段的部分数据可以先将要修改的部分数据删除，然后再输入新的数据；也可以先输入新数据，再删除要修改部分的数据。删除时可以将光标移到要删数据的右边单击一下，然后按【Backspace】键；每按一次【Backspace】键，删除一个字符或汉字。

3.4.4　查看数据表中的记录

用户创建数据库的目的就是为了能够方便的实现信息的共享与交流，即允许用户方便地查看和使用记录表中的记录。Access 提供了 3 种主要的查看数据表内记录的方法，即查找并替换、筛选和排序。

1．查找数据

Access 提供了非常方便的查找功能，使用它可以快速地找到所需要的数据。使用"查找"命令在数据库中查找信息的操作步骤如下：

（1）在"数据表"视图下单击要查找数据的"表"对象。

（2）将光标定位在要查找的字段上。

（3）单击工具栏上的"查找"按钮或选择"编辑"菜单中的"查找"命令，弹出"查找和替换"对话框，在"查找"选项卡中的"查找内容"文本框中输入要查找的内容。在"匹配"下拉列表中选择"整个字段"选项，在"搜索"下拉列表框中选择"全部"选项，如图 3-40 所示。

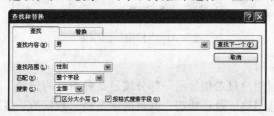

图 3-40　"查找"选项卡

（4）单击"查找下一个"按钮，这时会查找下一个指定的内容，Access 将高亮度显示找到的数据。连续单击"查找下一个"按钮，可以将指定的内容全部查找出来。

（5）单击"取消"按钮，结束查找。

用户在指定查找内容时，如果只知道部分内容的情况下对数据表进行查找，或者按照特定的要求来查找记录，可以使用通配符作为其他字符的占位符。

在"查找和替换"对话框中，可以使用的通配符如表 3-6 所示。

表 3-6 通配符的用法

字　符	用　法	示　例
*	与任意个数的字符匹配，它可以在字符串中作为第一个或最后一个字符	wh*可以找到 what 和 why，但找不到 wash 和 worth
?	与任意单个字母的字符匹配	b?ll 可以找到 bill 和 ball,但找不到 beel 和 bllf
[]	与方括号内任何单个字符匹配	B[ae]ll 可以找到 ball 和 bell,但找不到 bill
[!]	匹配任何不在括号之内的字符	B[!ae]ll 可以找到 bill,但找不到 ball 和 bell
-	与范围内的任何一个字符匹配，必须以递增次序来指定区域（A~Z）	B[a-c]d 可以找到 bad,bbd,bcd
#	与任何单个数字字符匹配	1#3 可以找到 103,113,123

2．替换数据

在 Access 数据库中，用户也可以用指定的数据替换表中匹配的字符串、数字或日期等。用户在进行替换数据的操作时，可以参照前述查找数据的操作。替换数据的操作步骤如下：

（1）在"数据表"视图下单击要查找数据的"表"对象。

（2）将光标定位在要查找的字段上。

（3）选择"编辑"菜单中的"替换"命令，弹出"查找和替换"对话框，在"替换"选项卡中的"查找内容"组合框中输入要查找的内容，这也是将被替换的数据，然后在"替换为"组合框中输入要替换的内容。在"匹配"下拉列表框中选择"整个字段"选项，在"搜索"下拉列表框中选择"全部"选项，如图 3-41 所示。

（4）若要一次替换出现的全部指定值，可以单击"全部替换"按钮；若要一次替换一个，则单击"查找下一个"按钮，然后再单击"替换"按钮；若要跳过某个匹配值并继续查找下一个出现的值，则不单击"替换"按钮，而直接单击"查找下一个"按钮。

（5）单击"取消"按钮或按【Esc】键，关闭该对话框。

图 3-41 "替换"选项卡

3．筛选记录

使用数据表时，有时用户只希望显示一部分满足某种条件的记录，而不需要显示表中的所有记录。Access 通过筛选提供了这种功能，其目的就是显示数据的子集或排序数据。Access 提供了 4 种筛选记录方法。

　　按窗体筛选：一种快速筛选方法，使用它不用浏览整个表中的记录，同时对两个以上字段值进行筛选。

　　按内容筛选：一种最简单的筛选方法，使用它可以很容易地找到包含选定内容的某字段值的记录。

　　按筛选目标筛选：一种灵活的方法，根据输入的筛选条件进行筛选。

　　高级筛选：可进行复杂的筛选，挑选出符合多重条件的记录。

　　经过筛选后的表，只显示满足条件的记录，而不满足条件的记录将被隐藏起来。

　　（1）按窗体筛选

　　按窗体筛选的操作步骤如下：

　　① 打开要进行筛选的数据表的"数据表"视图，然后选择"记录"菜单中的"筛选"下的"按窗体筛选"命令，这时系统会打开筛选窗口，在此窗口中会显示表中所有字段名称，并包含一个空行，可以单击各字段下面的空单元格，从下拉列表中选择筛选条件，也可以输入判断式的筛选条件，如图 3-42 所示。

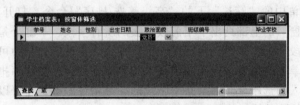

图 3-42　按窗体筛选对话框

　　② 在同一行中输入的条件都为 AND 条件，也就是说，要显示的记录必须满足同一行中的所有条件。如果要把输入的条件变为 OR，即只要满足同一行中的一个条件，就把记录显示出来，则要单击窗口左下角的"或"标签，即设置完一个条件后，单击"或"标签，再设置第二个条件，以此类推。

　　③ 选择"筛选"菜单中的"应用筛选/排序"命令，可以查看筛选结果。如图 3-43 所示显示了所有政治面貌是党员的学生记录。

　　④ 选择"记录"菜单中的"取消筛选/排序"命令，可以恢复到原来的数据表视图。

图 3-43　筛选结果

　　（2）按选定内容筛选

　　这是最有效而且快速的筛选方法，可以筛选出给定范围内的数据，其操作步骤如下：

　　① 打开要进行筛选的数据表的"数据表"视图，然后从某个字段中选取某个字符串。

　　② 选择"记录"菜单中的"筛选"下的"按选定内容筛选"命令，这时系统会根据所选的内容筛选出相应的记录，并将结果显示出来，

　　③ 选择"记录"菜单中的"取消筛选/排序"命令，可以恢复到原来的数据表视图。

　　除了可按选定内容筛选，Access 还提供了内容排除筛选。内容排除筛选是将所选范围的数

据除外，而把不在范围内的数据显示出来。其步骤与"按选定内容筛选"一样，只需选择相应的"内容排除筛选"命令即可。

（3）按筛选目标筛选

按筛选目标筛选，就是通过在窗体或数据表中直接输入条件筛选记录。

按筛选目标筛选的操作步骤如下：

① 打开要进行筛选的数据表的"数据表"视图。

② 右击要进行筛选的数据表的字段，然后在快捷菜单中的"筛选目标"文本框中输入条件，如选择"学生成绩表"的"成绩"字段输入"<60"。

③ 按回车键应用筛选并关闭快捷菜单，Access 会将筛选结果显示在数据表中。例如根据前面设置的条件会显示不及格的学生名单。

④ 选择"记录"菜单中的"取消筛选/排序"命令，可以恢复到原来的数据表视图。

（4）高级筛选/排序

选择"记录"菜单中的"筛选"下的"高级筛选/排序"命令，打开高级筛选/排序窗口，如图 3-44 所示。在窗口的上部列出了当前数据表的所有字段，下部分是一个用来设置筛选条件的表格，选择"字段"右边的单元格后，会出现一个下拉按钮，从中可以选择所要的字段。单击"排序"右边的单元格可以选择筛选结果是按升序排序还是按降序排列。在"条件"右边的单元格中，可以输入筛选条件。如果某个字段的一个条件不够，还可以在"或"右边的单元格中设置同一字段的其他条件。

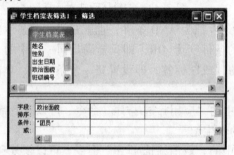

图 3-44　高级筛选/排序窗口

设置完筛选条件后，显示筛选结果和恢复原来的数据表视图等操作，都与前面的筛选操作类似。

4. 排序记录

Access 默认是以表中定义的主关键字值排序显示记录的。如果在表中没有定义主关键字，那么将按照记录在表中的物理位置来显示记录。用户可以在"数据表"视图中对记录进行排序以改变记录的显示顺序。

排序是根据当前表中的一个或多个字段的值对整个表中的所有记录进行重新排列。排序时可按升序，也可按降序。排序记录时，不同的字段类型，排序规则有所不同，具体规则如下：

（1）英文按字母顺序排序，大、小写视为相同，升序时按 A 到 Z 排序，降序时按 Z 到 A 排序。

（2）中文按拼音字母的顺序排序，升序时按 A 到 Z 排序，降序时按 Z 到 A 排序。

（3）数字按数字的大小排序，升序时从小到大排序，降序时从大到小排序。

（4）日期和时间字段，按日期的先后顺序排序，升序时按从前到后的顺序排序，降序时按从后向前的顺序排序。

在 Access 中，排序记录可以在"数据表"视图中进行。操作步骤如下：

（1）打开要排序的数据表，如"学生档案表"。

（2）选择要排序的字段，如"出生日期"。

（3）单击工具栏中的"升序排序"按钮 🔼 或"降序排序"按钮 🔽 即可。如图 3-45 所示就是按"出生日期"降序排列的结果。

若要对多个字段排序，应先在设计网格中按照希望排序执行的次序来排列字段。Access 首先对最左侧字段排序，当该字段具有相同值时，然后对其右侧的下一个字段排序，以此类推。直到按全部指定的字段排好序为止。

在保存数据表时，Access 将保存该排序次序，并在重新打开该表时，自动重新应用排序。

当用户在"数据表"视图中需要删除排序次数时，只需选择"记录"菜单中的"取消筛选/排序"命令即可。

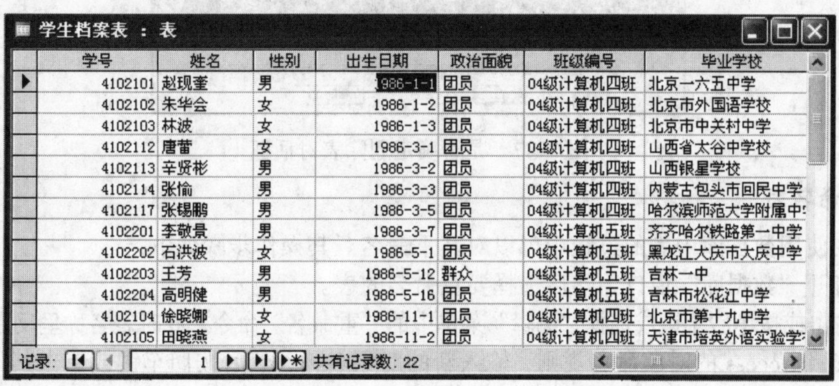

学号	姓名	性别	出生日期	政治面貌	班级编号	毕业学校
4102101	赵现奎	男	1986-1-1	团员	04级计算机四班	北京一六五中学
4102102	朱华会	女	1986-1-2	团员	04级计算机四班	北京市外国语学校
4102103	林波	女	1986-1-3	团员	04级计算机四班	北京市中关村中学
4102112	唐蕾	女	1986-3-1	团员	04级计算机四班	山西省太谷中学校
4102113	辛贤彬	男	1986-3-2	团员	04级计算机四班	山西银星学校
4102114	张愉	男	1986-3-3	团员	04级计算机四班	内蒙古包头市回民中学
4102117	张锡鹏	男	1986-3-5	团员	04级计算机四班	哈尔滨师范大学附属中
4102201	李敬景	男	1986-3-7	团员	04级计算机五班	齐齐哈尔铁路第一中学
4102202	石洪波	女	1986-5-1	团员	04级计算机五班	黑龙江大庆市大庆中学
4102203	王芳	女	1986-5-12	群众	04级计算机五班	吉林一中
4102204	高明健	男	1986-5-16	团员	04级计算机五班	吉林市松花江中学
4102104	徐晓娜	女	1986-11-1	团员	04级计算机四班	北京市第十九中学
4102105	田晓燕	女	1986-11-2	团员	04级计算机四班	天津市培英外语实验学

记录：◀ ◀ 　1 ▶ ▶◀ ▶* 共有记录数：22

图 3-45　对数据表排序

3.4.5　对表的各种操作

当在数据库中建立了一些表之后，用户可能会发现有些表需要复制留作备份，有些表需要重命名，有些表则由于数据库设计的改动而变得不再需要，这时候掌握一些对表的操作方法是很有必要的。

1. 复制表

在 Access 中，用户可以使用"复制"命令复制表，并使用"粘贴"命令将其粘贴到目的数据库。其操作步骤如下：

（1）在"数据库"窗口的"对象"列表中，单击"表"对象。

（2）在右侧的对象列表中单击要复制的表。然后单击工具栏上的"复制"按钮，也可右击要复制的表，在弹出的快捷菜单中选择"复制"命令。

（3）打开要粘贴的 Access 数据库，单击工具栏上的"粘贴"按钮，弹出如图 3-46 所示的"粘贴表方式"对话框。

在"粘贴选项"选项组内有 3 种选择：

"只粘贴结构"：表示新建一张具有原表同样结构的空表。

图 3-46　"粘贴表方式"对话框

"结构和数据"：表示复制得到的表和原表具有同样的结构，还存储着同样的数据。

"将数据追加到已有的表"：表示只把原表中的数据复制到新表中去，而新表是早已经存在的。这时候要在"表名称"文本框中输入表的名称。

（4）在该对话框中输入表名称并根据需要在"粘贴选项"选项组中选择适当的单选按钮。

（5）单击"确定"按钮，即可将表复制到该数据库中。

2．删除表

不再有用的表可以将其删除。其操作步骤如下：

（1）打开含有要删除的表的"数据库"窗口，但要关闭要删除的表。

（2）在"数据库"窗口中，单击"对象"列表中的"表"对象，然后单击"表"列表中要删除的表名称。

（3）按【Del】键或单击工具栏上的"删除"按钮，此时会弹出如图 3-47 所示的对话框。

（4）单击"是"按钮，即可删除所选表。

图 3-47　是否确定删除表对话框

3．重命名表

用户在使用数据库中表的过程中可以对其重命名。其操作步骤如下：

（1）打开"数据库"窗口，然后选择要重命名的表。

（2）右击或按【F2】键或选择"编辑"菜单中的"重命名"命令，此时表名称呈反白状态显示。

（3）按照 Access 的对象命名规则，输入新的对象名称，然后按回车键或单击其他任何地方即可。

3.5　数据表的关联

在 Access 中的数据库是依据关系模型设计而成的，在一个数据库中包含多个满足关系模型的表，其中每个表都有各自的"主题"信息。如果在多个表之间建立关联关系，所反映的就是数据库的核心"主题"。

在 Access 中，同一个数据库中的多个表若想建立表间的关联关系，就必须给表中的某字段建立主键或索引，通过索引字段的值才能够建立表间的关联关系。

3.5.1　设置主键

所谓主键（主关键字）就是一个字段或多字段的集合，其主键字段的值是区分表中记录唯一的标识。指定了表的主键之后，Access 将阻止在主键字段中输入重复值或空值。

在 Access 中可以定义以下 3 种主键。

- "自动编号"主键：当向表中添加一条记录时，可将"自动编号"字段设置为自动输入连续数字的编号。将自动编号字段指定为表的主键是创建主键最简单的方法。如果在保存新建的表之前未设置主键，则 Access 会询问是否要创建主键。如果回答为"是"，Access 将创建"自动编号"主键。

- 单字段主键：如果字段中包含的都是唯一的值，如学号，则可以将该字段指定为主键。只要某字段包含数据，且不包含重复值或空值，就可以为该字段指定主键。
- 多字段主键：在不能保证任何单字段包含唯一值时，可以将两个或更多的字段指定为主键。这种情况最常出现在用于多对多关系中关联另外两个表的表中。例如，"学生成绩表"与"学生档案表"和"课程名表"之间都有关系，因此它的主键包含两个字段："学号"与"课程号"。

设置主键的操作步骤如下：

（1）打开数据库，选择要设置主键的表，在"设计"视图中打开表。

（2）在表的"设计"视图中，选定可作为主键的一个或多个字段。要选择一个字段，可单击所需字段左端的行选定器；要选择多个字段，可按住【Ctrl】键，然后单击每个所需字段左端的行选定器。

（3）单击工具栏上的"主键"按钮或选择"编辑"菜单中的"主键"命令就可将选定的字段设置为主键。

（4）保存表，结束表的主键定义。

3.5.2　表间关联关系类型

在数据库中，各个表中的字段必须是协调的，这样它们才能按照相同的顺序来显示信息。这样的协调必须利用关系来完成。关系通过匹配关键字字段中的数据来执行，关键字字段通常是两个表中具有相同名称的字段。在大多数情况下，这些匹配的字段是表中的主关键字，对于每一个记录提供唯一的标识符，并且在其他表中有一个外部关键字。例如，通过使用"学号"字段来创建"学生档案表"和"学生成绩表"间的关系，以使学生和他们的考试成绩发生相应的关系，这样"学号"在"学生档案表"中是关键字，而在"学生成绩表"中是外部关键字。关系数据库正是通过外部关键字来建立表与表之间的关系。

Access 2003 提供的关系有如下 3 种：

- 一对一：表中的记录仅和另一个表中的一条记录有关。
- 一对多：表中的记录和另一个数据表中的多条记录有关。
- 多对多：每个表中的一条记录分别对应另一条表中的多条记录。

3.5.3　"关系"窗口

表之间的关系一旦创建，其关系就存在了，在窗体、查询、报表或页的应用中，不需要再重新定义。用户可以在打开的"数据库"窗口中单击工具栏上的"关系"按钮，或者选择"工具"菜单中的"关系"命令，打开"关系"窗口，如图 3-48 所示，这里是学生信息管理系统数据库中各表之间的关系。

在"关系"窗口中，可以看到表与表之间的关系形象地用一条关系线表示，在每条线的两端，都标有"1"或"∞"（数学中无穷大的符号，这里表示多的意思）。在图 3-48 中，"课程名表"中的"课程编号"字段与"学生成绩表"中的"课程编号"字段，就是一对多的关系，表明一门课程有多个学生成绩。同时可以看到，每条关系线两端连接的都是相同的字段。Access 数据库就是通过不同表中相同的字段来建立表间关系的。

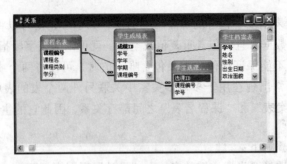

图 3-48 "关系"窗口

3.5.4 创建关系

创建表之间的关系的操作步骤如下：

（1）关闭所有已经打开的表，因为不能在已打开的表之间创建或修改关系。

（2）单击工具栏上的"关系"按钮或者选择"工具"菜单中的"关系"命令。

（3）如果数据库没有定义任何关系，将会自动弹出"显示表"对话框，如图 3-49 所示。如果需要添加一个关系表，而"显示表"对话框中却没有显示，可单击工具栏上的"显示表"按钮。如果关系表已经显示，跳到步骤（5）。

（4）首先单击要添加的表，然后单击"添加"按钮，或直接双击要添加的表名称。添加完所需要的表后，单击"关闭"按钮，关闭"显示表"对话框。

（5）从某个表中将所要的相关字段拖动到其他表中的相关字段，这时弹出如图 3-50 所示的"编辑关系"对话框。如果要拖动多个字段，则在拖动之前按住【Ctrl】键并单击每一个字段。

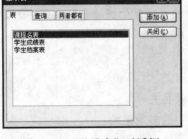

图 3-49 "显示表"对话框

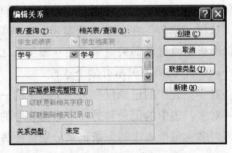

图 3-50 "编辑关系"对话框

（6）检查显示在两个列表中的字段名称以确保正确，必要时可以进行更改。如果需要，还可以设置关系选项。

（7）单击"新建"按钮，Access 会在两个表的相关字段间设置一条关系线，用来表示它们之间的关系。

（8）对要进行关联的每对表都重复步骤（4）到步骤（7）。

对于已经建立好的关系，可以对其进行修改。打开如图 3-48 所示的窗口后，双击要编辑的关系连线就会弹出如图 3-50 所示的"编辑关系"对话框，从中可以对关系进行编辑。要想删除关系，只需在图 3-48 中单击要删除的关系连线（当选中时，关系线会变成粗黑），然后按【Del】键，在弹出的如图 3-51 所示的提示框中单击"是"按钮即可。

图 3-51 确认删除提示框

3.5.5　设置表间的连接类型

具有关系的表与表通过连接产生查询结果，根据查询结果产生的条件将连接划分为如下 3 种类型。

（1）内部连接：仅当连接字段的值符合特定条件时，两个表中的记录才能被合并，然后添加到查询结果中。例如，在查询的"设计"视图中表之间的默认连接即为内部连接，只有连接字段的值相等时，才能从两个表中选择记录。内部连接使用无箭头的连接线表示。

（2）左边外部连接：将查询的 SQL 语句内 RIGHT JOIN 操作左边的所有记录都添加到查询结果的一种外部查询（即使从右边表的连接字段中没有获得相符的值）。而右边表的记录，只有当连接字段中含有匹配值时，才能与左边表的记录相结合。左边外部连接使用从左到右的连接线箭头表示。

（3）右边外部连接：将查询的 SQL 语句内 RIGHT JOHN 操作右边的所有记录都添加到查询结果的一种外表查询（即使从左边表的连接字段中没有获得相符的值）。只有当连接字段的值相符时，左边表中的记录才会与右边表的记录相结合，即结果中包括了右表的全部记录，同时连接字段相等的左表中相关属性也出现在结果中，连接字段不相等的部分相应属性为空。右边外部连接使用从右到左的连接线箭头表示。

例如，有两个表，A 表具有 3 个字段，B 表具有两个字段，其内容如表 3-7、表 3-8 所示。

<table>
<tr><td colspan="3">表 3-7　A 表中的数据</td><td colspan="2">表 3-8　B 表中的数据</td></tr>
<tr><td>A</td><td>B</td><td>C</td><td>D</td><td>E</td></tr>
<tr><td>a1</td><td>b1</td><td>5</td><td>d1</td><td>3</td></tr>
<tr><td>a1</td><td>b2</td><td>6</td><td>d2</td><td>7</td></tr>
<tr><td>a2</td><td>b3</td><td>8</td><td>d3</td><td>10</td></tr>
<tr><td>a2</td><td>b4</td><td>12</td><td>d4</td><td>2</td></tr>
<tr><td>a3</td><td>b5</td><td>13</td><td>d5</td><td>13</td></tr>
</table>

连接条件是 A 表的 C 字段=B 表的 E 字段，如果连接为内部连接，则查询结果只有一条记录，此记录的各字段数据分别是：A=a3，B=b5，C=13，D=d5，E=13。

如果连接为左边外部连接，则查询结果如表 3-9 所示。

表 3-9　左边外部连接查询结果

A	B	C	D	E
a1	b1	5		
a1	b2	6		
a2	b3	8		
a2	b4	12		
a3	b5	13	d5	13

如果连接为右边外部连接，则查询结果如表 3-10 所示。

表 3-10　右边外部连接查询结果

A	B	C	D	E
			d1	3
			d2	7
			d3	10
			d4	2
a3	b5	13	d5	13

在两个表之间定义联接类型的操作步骤如下：

（1）单击工具栏上的"关系"按钮或者选择"工具"菜单中的"关系"命令，打开"关系"窗口。

（2）双击两个表之间的连线，弹出"编辑关系"对话框。

（3）在"编辑关系"对话框中单击"联接类型"按钮，弹出如图 3-52 所示的"联接属性"对话框，选择所需要的联接类型，再单击"确定"按钮以关闭对话框，完成联接类型的设置。

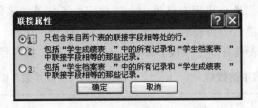

图 3-52　"联接属性"对话框

在"联接属性"对话框中，选项 1 定义一个内部联接，该选项也是默认值；选项 2 定义一个左边外部联接；选项 3 定义一个右边外部联接。

3.5.6　子数据表的应用

子表的概念是相对父表而言的，它是一个嵌在另一个表中的表，两个表通过一个链接字段链接以后，当使用父表时，可以方便地使用子表。

当两个数据表建立了关联后，通过关联字段就有了父、子表关系，只要通过插入子表的操作，就可以浏览表中相关的数据了。

创建子数据表的操作步骤如下：

（1）在"数据表"视图中打开要为其插入子数据表的表、查询或窗体。

（2）选择"插入"菜单的"子数据表"命令，弹出"插入子数据表"对话框，如图 3-53 所示。

（3）选择"表"、"查询"或者"两者都有"选项卡，从中选择要作为子数据表插入的表或者查询。

（4）在"链接子字段"中单击右边的下拉按钮，从列表框中选择用来链接主表的字段，在"链接主字段"中单击右边的下拉按钮，从下拉列表框中选择用来链接子数据表的主表的字段，通过这两个字段，将主表与子数据表的相关记录链接起来。

（5）单击"确定"按钮，关闭该对话框，出现如图 3-54 所示的包含子数据表的表，单击左边的"+"号可以展开子数据表，单击"-"号可以把子数据表折叠起来。

图 3-53　"插入子数据表"对话框　　　　　图 3-54　数据表及其子数据表

已经建好的子数据表，如果要删除，操作步骤如下：

（1）打开要删除子数据表的数据表。

（2）选择"格式"菜单的"子数据表"命令，从中选择"删除"命令即可。

习　　题

一、选择题

1. 不能索引的数据类型是（　　）。

　A. 文本　　　　　B. 备注　　　　　C. 数字　　　　　D. 日期/时间

2. 在数据库中的数据表间（　　）建立关联关系。

　A. 随意　　　　　B. 不可以　　　　C. 必须　　　　　D. 可根据需要

3. 表的结构不用定义的内容是（　　）。

　A. 表名　　　　　B. 字段属性　　　C. 数据内容　　　D. 索引

4. 有关字段属性，以下叙述错误的是（　　）。

　A. "字段大小"属性可用于设置文本、数字或自动编号等类型字段的最大容量

　B. 可对任意类型的字段设置"默认值"属性

　C. "有效性规则"属性是用于限制此字段输入值的表达式

　D. 不同的字段类型，其字段属性有所不同

5. 定义字段的属性不包括的是（　　）。

　A. 字段名　　　　B. 字段默认值　　C. 字段掩码　　　D. 字段的有效性规则

6. 必须输入任一字符或空格的是（　　）。

　A. 0　　　　　　　B. &　　　　　　　C. A　　　　　　　D. C

7. 下面（　　）不属于表间的连接类型。

　A. 内部连接　　　B. 自然连接　　　C. 右边外部连接　D. 左边外部连接

二、填空题

1. 在 Access 数据库中，表与表之间的关联类型分为＿＿＿＿＿、＿＿＿＿＿、和＿＿＿＿＿3种。

2. 在 Access 中，数据类型主要包括：自动编号、_____、_____、_____、备注、OLE 对象、_____、_____、_____和查阅向导。

3. 一个完整的表是由_____和_____两部分构成的。定义_____就是确定表中的字段，主要是为每个字段指定名称、数据类型和宽度，这些信息决定了数据在表中是如何被标识和保存的。

4. 货币类型数据可自动加入_____。

5. 能够唯一标识表中每条记录的字段称为_____。

6. 筛选记录是在_____视图下完成的。

7. 数据的有效性规则是给字段输入数据时设置的_____。

8. Access 提供了两种字段数据类型保存文本或文本和数字组合的数据，这两种数据类型是：_____和_____。

9. 一个表只能有一个_____，而索引可以有多个。

10. 具有关系的表与表通过联接产生查询结果，根据查询结果产生的条件将连接划分为如下 3 种类型：_____、_____和_____。

三、综合题

1. 创建数据库有几种常用的方法？

2. 如何定义表间的关系？

3. Access 2003 支持几大数据类型？举例说明。

4. 如何排序记录？

5. 在 Access 中可以定义字段的哪些属性？各有什么作用？

6. 在一个数据库文件 samp0.mdb 中建立名为 tTeacher 的表，结构如表 3-11 所示。

表 3-11　tTeacher 表结构

字段名称	数据类型	字段大小	格　式
编号	文本	8	
姓名	文本	6	
性别	文本	1	
年龄	数字	整型	
工作日期	日期/时间		短日期
职称	文本	6	
退休否	是/否		是/否

完成以下操作。

（1）设置"编号"字段为主键。

（2）设置"职称"字段的默认值属性为"讲师"。

（3）在 tTeacher 表中输入以下两条记录，如表 3-12 所示。

表 3-12　输入记录

编　号	姓　名	性　别	年　龄	工作日期	职　称	退休否
9851	张军	男	28	1998-9-1	讲师	
0015	李丽	女	62	1958-9-3	教授	v

小　结

　　本章主要介绍了表的基本概念、表的创建方法、表中数据的编辑方法、在表之间建立关系等。表之间的关系体现了关系数据库最重要的方面。对表的修改应从表结构和表数据两方面的修改入手进行学习。数据表的使用与编辑包括修改表中的数据、数据的显示、数据的排序、数据的查找等内容。

　　本章重点掌握的内容有：表的基本概念；创建表的 3 种方法；字段属性的设置，主键和索引的概念及功能，主键和索引的设置方法；表间关系的类型和创建方法；表中数据的编辑等。

实　训　2

一、实训目的

　　本章将上机练习使用 Access 创建数据库和表，以帮助学生了解 Access 关于数据库和表的基本操作。

二、实训内容

　　使用 Access 创建数据库和表，并在数据库中完成各种表的基本操作。

三、实训过程

　　（1）创建一个新的空数据库，保存在 "D:\个人姓名" 文件夹下，文件名为 "学生信息管理系统"。

　　操作步骤如下：

　　① 单击工具栏上的 "新建" 按钮，打开 "新建文件" 任务窗格，选择 "新建" 栏中的 "空数据库" 命令，弹出 "文件新建数据库" 对话框。

　　② 在该对话框中，先指定数据库的位置在 D 盘 "个人姓名" 文件夹下，输入 "学生信息管理系统"，然后单击 "创建" 按钮，即可建立一个名为 "学生信息管理系统" 空的数据库文件，打开如图 3-55 所示的 "数据库" 窗口，在该窗口中就可以创建所需的对象。数据库默认的扩展名为.mdb。

　　（2）在该数据库中创建 3 个新的数据表，表名为 "学生档案表"、"学生成绩表"、"课程名表"。

　　操作步骤如下：

　　① 启动 Access 2003，在任务窗格中选择 "打开文件" 命令，选择刚刚创建的 "学生信息管理系统" 数据库，单击 "确定" 按钮，打开该数据库。

　　② 单击 "对象" 栏中的 "表" 对象后，双击 "使用设计器创建表" 选项，打开表的 "设计" 视图。

　　③ 按表 3-2 的结构要求在 "设计" 视图中定义 "学生档案表" 的各个字段。

　　④ 将所有字段的名称、数据类型、字段大小等属性设置完毕后，关闭表 "设计" 视图，系统提示是否对表进行保存，单击 "是" 按钮后弹出 "另存为" 对话框，在该对话框中输入表名称 "学生档案表" 后单击 "确定" 按钮，弹出 "尚未定义主键" 对话框，提示是否创建主键，单击 "否" 按钮。

⑤ 重复步骤（2）～（4），按表 3-3 和表 3-4 的结构要求分别创建"课程名表"和"学生成绩表"。创建完成后如图 3-56 所示。

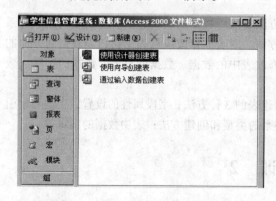 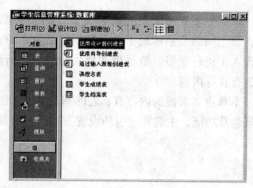

图 3-55 "学生信息管理系统"数据库窗口　　图 3-56 "学生信息管理系统"数据库窗口

（3）设置表的主键。

将"学生档案表"的"学号"字段设置为主键，将"课程名表"的"课程编号"字段设置为主键，将"学生成绩表"的"学号"字段设置为主键。

操作步骤如下：

① 打开"学生信息管理系统"数据库。

② 单击"对象"栏中的"表"对象，再单击右侧窗口中的"学生档案表"，然后单击工具栏上的"设计"按钮，打开表"设计"视图。

③ 在上部窗口中单击"学号"字段。

④ 从系统菜单的"编辑"菜单中选择"主键"命令，则"学号"字段左面加上了主键标识，如图 3-57 所示。

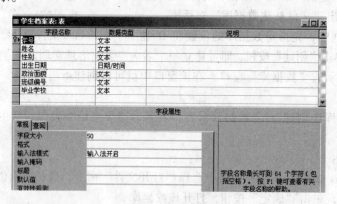

图 3-57 设置主键

⑤ 从系统菜单的"文件"菜单中选择"保存"命令，保存主键设置，然后关闭"设计"视图。

⑥ 用同样的方法将"课程编号"设置为"课程名表"的主键。

⑦ 用同样的方法将"学号"设置为"学生成绩表"的主键。

（4）在"学生信息管理系统"数据库中的"学生档案表"与"学生成绩表"之间、"课程名表"与"学生成绩表"之间分别建立关系。

操作步骤如下：

① 打开"学生信息管理系统"数据库并从"工具"菜单中选择"关系"命令。

② 在"显示表"对话框中依次将 3 个表填加到"关系"窗口，再单击"关闭"按钮。

③ 选择"学生档案表"中的"学号"字段，按住左键将其拖到"学生成绩表"的"学号"字段上并松开，弹出"编辑关系"对话框后单击"创建"按钮，以创建两表的关系。

④ 选择"课程名表"中的"课程编号"字段，按住左键将其拖到"学生成绩表"的"课程编号"字段上并松开，弹出"编辑关系"对话框后单击"创建"按钮，以创建两表的关系。创建完成后的关系如图 3-58 所示。

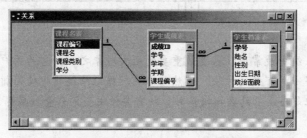

图 3-58　"关系"窗口

（5）打开"学生信息管理系统"数据库，针对"学生档案表"、"课程名表"、"学生成绩表"进行记录操作的练习，主要练习记录的添加、编辑、删除、查找和替换等操作。

① 打开"学生信息管理系统"数据库，然后在"数据表"视图下打开"学生档案表"。

② 在"学生档案表"中进行记录的添加、修改、删除等操作。

③ 在"数据表"视图中打开"学生成绩表"，并针对其中某一门课成绩进行查找替换操作。

四、简要提示

通过本次实训，使学生熟练掌握数据库和表的创建方法，熟练掌握表的基本操作。

第4章 数据查询

查询是数据库系统中最常用、也是最重要的七大对象之一，它为用户快速、方便地查询数据库中的数据提供了一种有效的方法。虽然可以在数据记录编辑中使用排序和筛选来完成查找表中数据的操作，但是当表中的数据较多时，就需要使用查询来查找数据。

本章要点

- 查询的概念。
- 查询的创建和使用。
- 查询的基本操作。

4.1 查询的定义和类型

在 Access 2003 中，任何时候都可以从已经建立的数据库表中根据一定的条件取出需要的记录，查询就是实现这种操作最主要的方法。

4.1.1 查询的定义和功能

所谓查询就是根据给定的条件从数据库的表中筛选出符合条件的记录，构成一个数据的集合。可以对单个表进行查询，也可以对多个表进行复杂的查询，它的主要功能如下：

1. 选择字段

在查询对象中，可以选择表对象中的部分字段。例如，创建一个查询，只显示"学生档案表"中的每个学生的姓名、性别、年龄。利用查询这一功能，可以通过选择一个表中的不同字段生成所需的多个表。

2. 选择记录

根据指定的条件查找所需的记录，并显示找到的记录。例如，创建一个查询，只显示"学生档案表"中性别为"女"的学生信息。

3. 编辑记录

编辑记录主要包括添加记录、修改记录和删除记录等。在 Access 2003 中，可以利用查询添加、修改和删除表中的记录。如将"学生成绩表"中的不及格的学生从"学生成绩表"中删除。

4．实现计算

查询不仅可以找到满足条件的记录，而且还可以在建立查询的过程中进行各种统计计算，如计算课程的平均成绩。另外，还可以建立一个计算字段保存计算结果。

5．建立新表

利用查询得到的结果可以建立一个新表。例如，将"学生档案表"中性别为"女"的学生记录找出来存放到一个新表中。

6．建立基于查询的报表和窗体

为了从一个或多个表中选择合适的数据显示在报表或窗体中，可以先建立一个查询，然后将该查询的结果作为报表或窗体的数据源。每次打印报表或打开窗体时，该查询就从它的基表中查找出符合条件的新记录。这样也提高了报表或窗体的使用效果。

4.1.2　查询的类型

在 Access 2003 中共有 5 种查询：选择查询、参数查询、交叉表查询、操作查询和 SQL 查询。这里先简要加以介绍。

1．选择查询

选择查询是最常见的查询类型，它从一个或多个表中查找数据并显示结果。也可以使用选择查询对记录进行分组，并且还可以对记录作总计、计数、平均值以及其他类型的计算。

选择查询能够使用户查看自己想看的记录。执行一个选择查询时，需要从指定的数据库表中查找数据，数据库表可以是一个表或多个表，也可以是一个查询。查询的结果是一组数据记录，即动态集。

例如，查找"学生档案表"中性别为"女"的学生信息。可以使用查询"设计"视图建立此查询，如图 4-1 所示。可以使用"数据表"视图显示查询的结果（动态集），如图 4-2 所示。

图 4-1　查询"设计"视图　　　　　图 4-2　选择查询结果

2．参数查询

参数查询在执行时显示对话框以提示用户输入参数，然后根据输入的参数来查找符合相应条件的记录。在同一个查询中，用户可以通过输入不同的参数而查看不同的结果。例如，可以设计参数查询来提示输入学生姓名，然后 Access 2003 查找该学生的信息，如图 4-3 所示。

将参数查询作为窗体、报表和数据访问页的基础也很方便。例如，可以以参数查询为基础来创建某课程学生成绩统计报表。打印报表时，Access 2003 显示对话框来询问要显示的课程，在输入课程名后，Access 2003 便打印相应课程的报表。

3. 交叉表查询

交叉表查询是利用表中的行标题和列表题以及交叉点信息来显示来自多个表的数据，显示来源于表中的某个字段的总结值（合计、计数及平均），并将它们分组，一组列在数据表的左侧，一组列在数据表的上方。

例如，统计每个班不及格人数。此时，可以通过建立交叉表查询来实现统计计算。统计结果如图4-4所示。

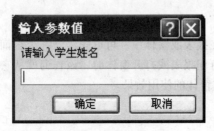

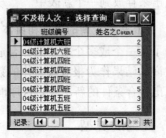

图4-3　参数查询　　　　　　　　图4-4　交叉表查询结果

4. 操作查询

使用操作查询，只需进行一次操作就可对许多记录进行更改和移动。操作查询有以下4种。

- 删除查询：这种查询可以从一个或多个表中删除一组记录。例如，可以使用删除查询来删除所有毕业生。使用删除查询，通常会删除整个记录，而不只是记录中所选择的字段。

- 更新查询：这种查询可以对一个或多个表中的一组记录作全局的更改。例如，可以将所有课程的学分增加2。使用更新查询，可以更改已有表中的数据。

- 追加查询：追加查询将一个或多个表中的一组记录添加到一个或多个表的末尾。例如，假设用户获得了一些学生新的信息以及包含这些信息的数据库，若要避免在已有的数据库中输入这些信息，应将其追加到"学生档案表"中。

- 生成表查询：这种查询可以根据一个或多个表中的全部或部分数据建立新表。生成表查询主要应用于创建表的备份、创建从指定时间显示数据的报表、创建包含所有旧记录的历史表等。例如将成绩不及格的记录找出后放到一个新表中。

5. SQL 查询

SQL查询是用户使用SQL语句创建的查询，SQL是一种具有通用接口的数据库查询语言。

在查询"设计"视图中创建查询时，Access 2003将在后台构造等效的SQL语句。实际上，在查询"设计"视图的属性表中，大多数查询属性在SQL视图中都有等效的可用子句和选项。如果需要，可以在SQL视图中查看和编辑SQL语句。但是，在对SQL视图中的查询做更改之后，查询可能不同于此前在"设计"视图中的显示方式。

SQL查询一般有以下4种。

- 传递查询：SQL特定查询，可以用于直接向ODBC数据库服务器发送命令。通过使用传递查询，可以直接使用服务器上的表，而不用让Microsoft Jet数据库引擎处理数据。

- 数据定义查询：包含数据定义语言（DDL）语句的SQL特有查询。这些语句可用来创建或更改数据库中的对象。

- 联合查询：该查询使用 UNION 运算符来合并两个或更多选择查询的结果。
- 子查询：在另一个选择查询或操作查询内的 SQL SELECT 语句。

上述的前 3 种 SQL 查询，必须直接在 SQL 视图中创建 SQL 语句。对于子查询，可以在查询设计网格的"字段"单元格或"条件"单元格中输入 SQL 语句。

4.1.3 查询对象的视图

在学习建立各种查询之前，必须先熟悉查询环境，在查询环境中会遇到查询"设计"视图、SQL 视图和数据表视图。

1. 查询"设计"视图

查询"设计"视图是用来设计查询的窗口，是查询设计器的图形化表示。图 4-5 显示了查询的"设计"视图，在视图中可以指定需要包括在查询中的表和查询。标题栏显示了查询名称和查询类型。窗口的上半部分是正在创建的查询所基于的全部数据表或查询的字段列表，用户可以向其中添加或删除表和查询；具有关系的表之间有连线，连线上所标数字是两表之间的关系，用户可以添加、删除和编辑关系。窗口的下半部分称为设计网格，在这里可以设置查询结果的字段及其来源表或查询、排列顺序（升序或降序）、准则、计算类型等。

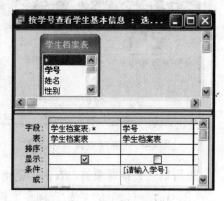

图 4-5 查询"设计"视图

2. 查询的"数据表"视图

查询的"数据表"视图是以行和列格式显示查询结果数据的窗口，例如图 4-2 显示了图 4-1 的设计结果。在"数据表"视图中，可以编辑字段、添加和删除数据、查找数据，也可以进行排序、筛选，还可以改变视图的显示风格，包括调整列宽、行高和单元格显示风格。

4.2　创建简单的选择查询

选择查询是最常用的查询类型，使用它可以：

- 从一个或多个表中查找数据，然后按所需顺序显示。
- 更新选择查询的数据表中的记录。
- 将记录分组，计算总和、计数、平均值及其他类型的统计信息。

一般情况下，在 Access 2003 中，有两种建立查询的方法，一种是使用向导建立查询，另一种是利用"设计"视图建立查询。下面分别介绍如何使用向导创建不带条件的查询和使用"设计"视图创建查询。

4.2.1　简单查询向导

使用"简单查询向导"建立查询比较简单，用户可以在向导的指示下选择表和表中的字段查找数据。如果需要，向导也可以对记录组或全部记录进行总计、计数以及平均值的计算，并且可以找出字段中的最小值和最大值，但不能通过设置条件来限制查找的记录。

启动"简单查询向导"并回答一系列问题之后，向导就能做所有的基本工作。对于一个 Access 初学者来说，从向导中能够了解到建立查询的一般过程。

【例 4-1】查找并显示"学生档案表"中的"学号"、"姓名"、"性别"和"出生日期"4 个字段。操作步骤如下：

（1）在"数据库"窗口中，单击"对象"列表中的"查询"，则右侧列表中显示了数据库中的查询对象。单击"数据库"窗口工具栏上的"新建"按钮，弹出"新建查询"对话框，在该对话框中选择"简单查询向导"选项，如图 4-6 所示。单击"确定"按钮，弹出如图 4-7 所示的"简单查询向导"对话框。

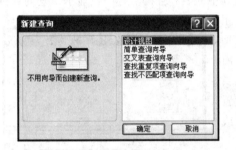

图 4-6　"新建查询"对话框

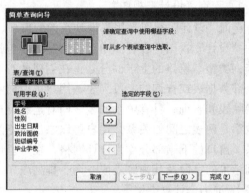

图 4-7　"简单查询向导"对话框

也可以在查询对象窗口双击"使用向导创建查询"选项，弹出"简单查询向导"对话框。

（2）在该对话框的"表/查询"下拉列表框中选择用来建立查询的表，例如，"表：学生档案表"。在"可用字段"列表框中选择要用到的查询字段，例如"学号"，首先选择该字段，然后单击 > 按钮，将其添加到"选定的字段"列表框中，如此反复可以添加多个字段，如图 4-8 所示。如果单击 >> 按钮，则将所有字段添加到"选定的字段"列表框中。

（3）选定用来建立查询的表和要用到的查询字段之后，单击"下一步"按钮，弹出如图 4-9 所示的对话框。

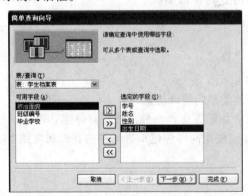

图 4-8　字段选定结果

图 4-9　为查询指定标题

（4）在"请为查询指定标题"文本框中输入查询名称，也可以使用默认标题"学生档案表查询"。如果要打开查询查看结果，则选择"打开查询查看信息"单选按钮；如果要修改查询设计，则选择"修改查询设计"单选按钮。默认选择"打开查询查看信息"单选按钮。

（5）单击"完成"按钮。这时，Access 就开始建立查询，并将查询结果显示在屏幕上，如图 4-10 所示。查询结果只包含了在"简单查询向导"中指定的字段。

图 4-10 显示了"学生档案表"中的一部分信息，也就是需要查找的信息。这个例子说明了使用查询可以从一个表中查找出所需的数据。但在实际工作中，需要查找的信息可能不在一个表中。例如，查询每名学生所选课的成绩，并显示"学号"、"姓名"、"课程名称"和"成绩"等字段。这个查询就涉及到"学生档案表"、"学生成绩表"和"课程名表"等 3 个表。因此，必须建立多个表查询，才能找出满足要求的记录。

【例 4-2】查询每名学生选课成绩，并显示"学号"、"姓名"、"课程名称"和"成绩"等字段信息。操作步骤如下：

（1）在"数据库"窗口中，单击"查询"对象，然后双击"使用向导创建查询"选项，弹出"简单查询向导"第一个对话框。

（2）在该对话框中，单击"表/查询"右侧的下拉按钮，并从列表框中选择"学生档案表"选项，然后分别双击"可用字段"列表框中的"学号"、"姓名"字段，将它们添加到"选定的字段"列表框中，如图 4-11 所示。

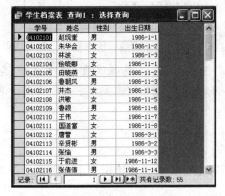

图 4-10　新建的查询结果

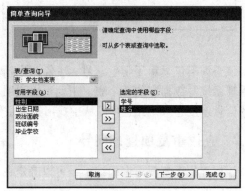

图 4-11　选择字段

（3）单击"表/查询"右侧的下拉按钮，并从列表中选择"课程名表"选项，然后双击"课程名"字段，将该字段添加到"选定的字段"列表框中，如图 4-12 所示。

（4）重复步骤（3），并将"学生成绩表"中的"成绩"字段添加到"选定的字段"列表框中。

（5）单击"下一步"按钮，这时弹出"简单查询向导"的第二个对话框，如图 4-13 所示。

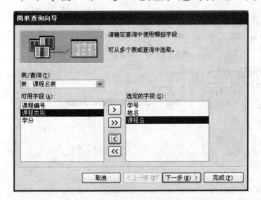

图 4-12　在"课程名表"中选择字段

图 4-13　确定查询类型

（6）在第二个对话框中，需要确定是采用明细查询还是采用汇总查询。选择"明细"单选按钮，则查看详细信息；选择"汇总"单选按钮，则对一组或全部记录进行各种统计。这里选择"明细"单选按钮，然后单击"下一步"按钮，这时弹出"简单查询向导"的第三个对话框。

（7）在第三个对话框中的"请为查询指定标题"文本框内输入"学生选课成绩"，然后选择"打开查询查看信息"单选按钮，如图4-14所示。

（8）单击"完成"按钮。这时，Access 2003就开始建立查询，并将查询结果显示在屏幕上，如图4-15所示。

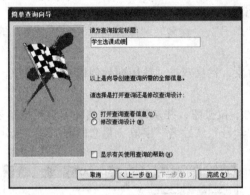

图4-14　输入标题

图4-15　"学生选课成绩：选择查询"查询结果

该查询不仅显示了学生学号、姓名、所选课程名称，并且还显示了选课成绩，它涉及了"学生管理系统"数据库的3个表。由此可以说明，Access的查询功能非常强大，它可以将多个表中的信息连接起来，并且可以从中找出符合条件的记录。

4.2.2　查找重复项查询向导

根据查找重复项查询的结果，可以确定在表中是否有重复记录，或确定记录在表中是否共享相同的值。

【例4-3】使用查询向导创建查找重复项的查询。操作步骤如下：

（1）打开数据库文件，在"数据库"窗口中选择"对象"栏上的"查询"对象，然后单击"新建"按钮，弹出"新建查询"对话框，如图4-16所示。

（2）在该对话框中，选择"查找重复项查询向导"选项，然后单击"确定"按钮，弹出"查找重复项查询向导"的第一个对话框，如图4-17所示。

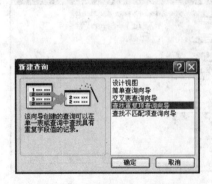

图4-16　"新建查询"对话框

图4-17　"查找重复项查询向导"第一个对话框

（3）在"查找重复项查询向导"的第一个对话框中，选择要查找的表或查询。例如，选择"学生档案表"。

（4）单击"下一步"按钮，弹出"查找重复项查询向导"的第二个对话框，如图 4-18 所示。在该对话框中选择查找哪一字段有重复值，如"班级编号"和"毕业学校"两个字段。"重复值字段"是指在查询中，只显示在这里所选字段中具有重复值的记录，如果选择了多个字段，则在查询中，只有这些字段同时有重复值时才显示该记录。

（5）单击"下一步"按钮，弹出"查找重复项查询向导"的第三个对话框，如图 4-19 所示。在该对话框中选择除重复字段外的其他字段。如果在这一步没有选择任何字段，查询结果将对每一个重复值进行总计。

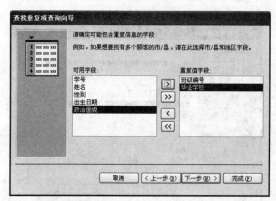
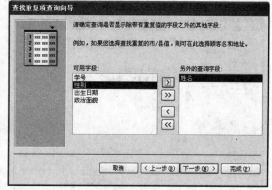

图 4-18 "查找重复项查询向导"第二个对话框　　图 4-19 "查找重复项查询向导"第三个对话框

（6）单击"下一步"按钮，弹出"查找重复项查询向导"的第四个对话框，如图 4-20 所示。在该对话框中指定新建查询的名称。选择"查看结果"或"修改设计"单选项按钮后单击"完成"按钮，即可完成查询的创建过程。图 4-21 显示了查询结果。

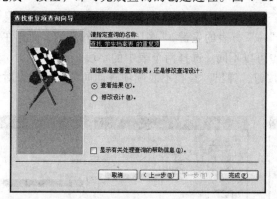

图 4-20 "查找重复项查询向导"第四个对话框

图 4-21 新建的重复查询结果

4.2.3 查找不匹配项查询向导

在具有一对多关系的两个表中，对于"一"方表中的每个记录，在"多"方表中可以有多个记录与之对应，但也可以没有任何记录与之对应。使用查询向导查找表之间不匹配的记录就是查找那些在"多"方没有对应"一"方表中的记录。例如，示例数据库中"学生档案表"与

"学生成绩表"具有一对多的关系，利用查找表之间不匹配的记录的查询就可以查找没有成绩的学生。

【例 4-4】使用查询向导创建查找不匹配项的查询。操作步骤如下：

（1）打开数据库文件，在"数据库"窗口中选择"对象"栏上的"查询"对象，然后单击"新建"按钮，弹出"新建查询"对话框。

（2）在"新建查询"对话框中，选择"查找不匹配项查询向导"选项，然后单击"确定"按钮，弹出"查找不匹配项查询向导"的第一个对话框，如图 4-22 所示。

（3）在"查找不匹配项查询向导"的第一个对话框中，单击包含查询结果的表或查询，即一对多的"一"方表或查询，如"学生档案表"，然后单击"下一步"按钮，弹出"查找不匹配项查询向导"的第二个对话框，如图 4-23 所示。

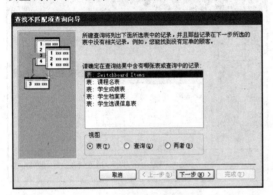

图 4-22 "查找不匹配项查询向导"第一个对话框　　图 4-23 "查找不匹配项查询向导"第二个对话框

（4）在"查找不匹配项查询向导"的第二个对话框中，单击包含相关记录的表或查询，即一对多的"多"方表或查询，如"学生成绩表"，然后单击"下一步"按钮，弹出"查找不匹配项查询向导"的第三个对话框，如图 4-24 所示。

（5）在"查找不匹配项查询向导"的第三个对话框中，选择两个表或查询中的共有信息。一般情况下，在一对多关系中，共有信息是"一"方表的主键，"多"方表的外部键，而且在大多数情况下，共有信息具有相同的名称，但也可以不同。选择两个表中的字段，如"学号"，然后单击"相等"按钮，接着单击"下一步"按钮，弹出"查找不匹配项查询向导"第四个对话框，如图 4-25 所示。

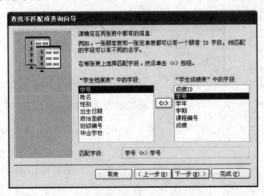
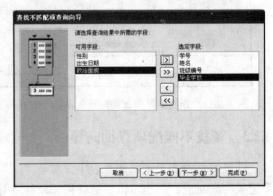

图 4-24 "查找不匹配项查询向导"第三个对话框　　图 4-25 "查找不匹配项查询向导"第四个对话框

（6）在"查找不匹配项查询向导"的第四个对话框中，选择最终查询所包含的字段。然后单击"下一步"按钮，弹出"查找不匹配项查询向导"的第五个对话框，如图 4-26 所示。

（7）在"查找不匹配项查询向导"的第五个对话框中，输入所创建查询的标题，选择"查看结果"或"修改设计"单选按钮后，单击"完成"按钮，即可完成查询的创建过程。图 4-27 显示了查询结果。在成绩表中只有一位同学没有成绩。

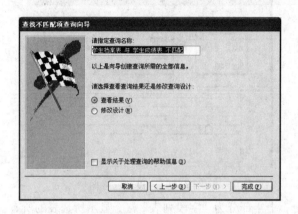

图 4-26　"查找不匹配项查询向导"第五个对话框　　　图 4-27　新建的查询结果

在"数据表"视图显示查询结果时，字段的排列顺序与用户在"简单查询向导"对话框中选定字段的次序相同。因此，在选定字段时，应该考虑按字段的显示顺序选取。当然，也可以在"数据库"视图中改变字段的顺序。

如果使用向导建立查询不能满足实际需要，就需要使用人工的方法来创建查询。下面介绍"设计"视图中自行创建查询的方法。

4.2.4　使用"设计"视图

利用向导创建查询非常方便，对于 Access 2003 初学者来说，无疑很有帮助，但它也有很大的局限性，可以通过查询的"设计"视图来创建查询以克服这些局限。

在查询的"设计"视图中，可以对已经创建的许多查询按需要进行修改。如果这些修改依然不能满足需要，还可以利用设计器从头开始自行创建查询。

使用设计器建立查询的主要优点是，它能自动将创建查询所需的字段列表（即表或查询）添加到"设计"视图的上半部，将字段本身添加到"设计"视图下半部的网格中。另外，在设计器中还可以进一步设计各个字段的查询准则，使新建查询的结果更加精确。

【例 4-5】使用"设计"视图创建【例 4-2】所要创建的查询。操作步骤如下：

（1）在"数据库"窗口中单击"查询"对象，然后双击"在设计视图中创建查询"选项，弹出"显示表"对话框，如图 4-28 所示。

（2）在"显示表"对话框中有 3 个选项卡："表"、"查询"和"两者都有"。如果要创建的查询的数据源来自表，则选择"表"选项卡；如果要创建的查询的数据源来自自己创建的查询，则选择"查询"选项卡；如果要创建的查询的数据源既来自表又有来自查询的数据源，则选择"两者都有"选项卡。在这里选择"表"选项卡。

（3）在"表"选项卡中双击"学生档案表"，这时"学生档案表"字段列表就会添加到查询"设计"视图的上半部分的窗口中，然后分别双击"课程名表"和"学生成绩表"这两个表，将它们添加到查询"设计"视图上半部分窗口中，如图 4-29 所示。然后单击"显示表"对话框中的"关闭"按钮。要从查询的"设计"视图中删除表或查询，可单击视图中的表或查询名，然后按【Del】键，或者右击要删除的对象名，在弹出的快捷菜单中选择"删除表"命令即可将其从查询"设计"视图中删除。

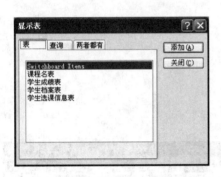

图 4-28 "显示表"对话框

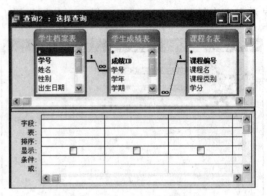

图 4-29 "设计"视图

查询"设计"视图窗口分为上下两个部分，上半部分为"字段列表"区，显示所选表的所有字段；下半部分为"设计网格"区，由一些字段列和已命名的行组成。其中已命名的行有 7 行。

（4）在表的字段列表中选择字段并放在设计网格的字段行上，选择字段的方法有 3 种：一是单击某字段，然后按住左键将其拖动到设计网格的字段行上；二是双击选中的字段；三是单击设计网格中字段行上要放置字段的列，然后单击右侧下拉按钮，并从下拉列表中选择所需的字段。这里选择的是"双击"字段。分别双击"学生档案表"字段列表中的"学号"和"姓名"字段，选择"课程名表"字段列表中的"课程名"字段和"学生成绩表"中的"成绩"字段，将它们添加到"字段"行的第 1 列到第 4 列上。同时"表"行上显示了这些字段所在表的名称，如图 4-30 所示。

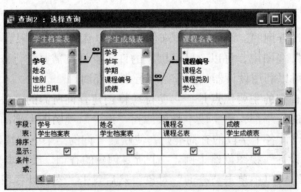

图 4-30 选定字段

在图中设计网格的第 4 行是"显示"行，这行的每一列都有一个复选框，用来确定其对应的字段是否在查询结果中显示。当启用复选框时，表示显示这个字段。按照此例的查询要求和显示要求，所有字段都需要显示出来，因此，需将 4 个字段所对应的复选框全部选中。如果其中某些字段仅作为条件使用，而不是需要在查询结果中显示，应禁用复选框，使对应复选框内为空白。

（5）单击工具栏上的"保存"按钮，这时弹出一个"另存为"对话框，在"查询名称"文本框中输入"学生选课成绩"，如图 4-31 所示，然后单击"确定"按钮。

（6）单击工具栏上的"视图"按钮或"运行"按钮，切换到"数据表"视图。这时可看到"学生选课成绩"查询执行的结果，如图 4-32 所示。

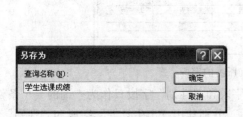

图 4-31 "另存为"对话框   图 4-32 "学生选课成绩"查询结果

在上面的操作中，使用了很多工具按钮，除 Access 2003 的基本工具按钮外，还有一些专门用于查询操作的按钮，这些按钮为建立和使用查询提供了方便。表 4-1 列出了这些按钮的基本功能。

表 4-1 按钮功能

按 钮	功 能	按 钮	功 能
	选择查询的视图方式		显示查询的属性
	运行查询，生成并显示查询结果		生成查询的表达式
Σ	对数据记录进行汇总计算		显示数据库窗口
	显示数据记录进行汇总计算		生成新的 Access 对象
All	显示 TOP 值		选择查询的类型

4.2.5 创建带条件的查询

在日常工作中，用户的查询并非只是简单的查询，往往需要指定一定的条件。在 Access 2003 中可以通过设置不同的查询条件，从而得到不同的查询结果。例如，在"学生档案表"中查找姓名为"林波"同学的基本信息。这种查询需要通过"设计"视图来建立，在"设计"视图的"准则"行输入查询条件，这样 Access 2003 在运行查询时，就会从指定的表中筛选出符合条件的记录。由此可见，使用条件查询可以很容易地获得所需的数据。

【例 4-6】查询出生日期在 1985 年的男同学名单，并显示"姓名"、"班级编号"、"政治面貌"。操作步骤如下：

（1）在"学生信息管理系统"数据库窗口中，单击"查询"对象，然后双击"在设计视图中创建查询"选项，打开查询"设计"视图，同时在此视图上面还弹出了一个"显示表"对话框（见图 4-28）。在"显示表"对话框中选择"学生档案表"，并将其添加到查询"设计"视图的上半部分的窗口中。关闭"显示表"对话框。

（2）分别双击"姓名"、"班级编号"、"政治面貌"、"性别"、"出生日期"字段，这时 5 个字段依次显示在"字段"行上的第 1 列到第 5 列中，同时"表"行显示出这些字段所在表的名称，如图 4-33 所示。

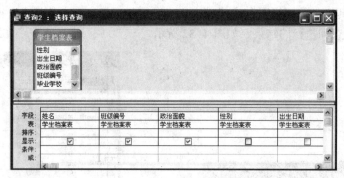

图 4-33 选择查询所需的字段

（3）按照查询要求和显示要求，"出生日期"字段和"性别"字段只作为查询的一个条件，并不要求显示，因此，应该取消这两个字段的显示。分别禁用"出生日期"字段和"性别"字段"显示"行上的复选框，这时复选框内变为空白，表示查询结果不显示该字段。

（4）因为要求查找性别是"男"的学生和"出生日期"为 1985 年的学生信息，所以在"性别"字段列的"条件"单元格中输入条件"男"，在"出生日期"字段列表的"条件"单元格中输入条件"Between #1985-01-01# And #1985-12-31#"，如图 4-34 所示。

提示：因为出生日期的数据类型是日期/时间型，对于日期/时间型的数据在引用时要用 # 作为定界符，这样系统就不会将该数据误认为是文本或其他数据类型。

（5）设置好条件后，单击工具栏上的"保存"按钮，在"另存为"对话框中输入查询名称为"1985 年出生的男同学"，如图 4-35 所示，然后单击"确定"按钮。单击工具栏上的"视图"按钮或"运行"按钮，都将切换到"数据表"视图，查看查询结果。也可以切换到 SQL 视图，查看该查询对应的 SQL 语句。

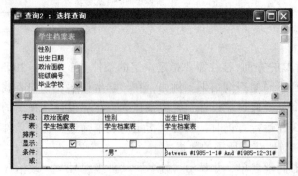

图 4-34 定义条件

图 4-35 "另存为"对话框

4.3 在查询中进行计算

在介绍查询时曾经说过，查询具有计算的功能。在实际工作中，常常需要对查询出来的数据进行计算。前面已经介绍了创建查询的一般方法，而且也创建了一些查询，但这些查询仅仅是为了获取符合条件的记录，并没有对这些记录进行更深入的分析和利用。本节将介绍如何在查询中完成计算。例如，求和、计数、求最大值、求最小值、求平均值等。

4.3.1 查询中的计算功能

在 Access 2003 查询中，可以执行许多类型的计算。例如，预定义计算，即所谓的"总计"计算。在"总计"单元格的下拉列表中共有 12 个选项可供选择。

- Group By（分组依据）：将特定字段列表中相同的记录组合成单个记录。例如，如果要按班级显示成绩总计，那么将"类别名称"字段的"总计"单元格设置为 Group By。
- Sum：计算字段值总和的函数。例如，可以使用 Sum 函数来确定学生的总成绩。适用于数字、日期/时间、货币和自动编号等字段数据类型。
- Avg：使用 Avg 计算的平均值是算术平均值（值的总和除以值的数目）。例如，可以使用 Avg 计算学生的平均值。适用于数字、日期/时间、货币和自动编号等字段数据类型。
- Min：通过 Min 可以基于指定的聚合（或分组）来确定字段中的最小值。例如，可以通过这些函数来返回学生的最低分。如果没有指定聚合函数，将使用整个表查找字段的最小值。适用于文本、数字、日期/时间、货币和自动编号等字段数据类型。
- Max：通过 Max 可以基于指定的聚合（或分组）来确定字段中的最大值。例如，可以通过这些函数来返回学生的最高分。如果没有指定聚合函数，将使用整个表查找字段的最大值。适用于文本、数字、日期/时间、货币和自动编号等字段数据类型。
- Count：可以使用 Count 来统计基本查询的记录数，不包括空值。例如，可以通过 Count 来统计学生人数。适用于文本、备注、数字、日期/时间、货币、自动编号、是/否和 OLE 对象等字段数据类型。
- StDev：对总体样本抽样进行计算。适用于数字、日期/时间、货币和自动编号等字段数据类型。
- Var：计算总体样本抽样。适用于数字、日期/时间、货币和自动编号等字段数据类型。
- First 函数：返回所执行计算的组中的第一个记录。使用该函数将按记录输入的时间顺序返回第一个记录。对记录进行排序并不影响函数。
- Last 函数：返回所执行计算的组中的最后一个记录。使用该函数将按记录输入的时间顺序返回最后一个记录。对记录进行排序并不影响函数。
- Expression（表达式）：创建在其表达式中包含聚合函数的计算字段。通常在表达式中使用多个函数时，将创建这样的计算字段。聚合函数是一种用来计算总计的函数，如 Sum、Count、Avg 或 Var 等。
- Where：指定不用于定义分组的字段条件。如果选择这个字段选项，Access 2003 将清除显示复选框，隐藏查询结果中的这个字段。

4.3.2 创建总计查询

在使用数据库的时候，用户经常需要对表中的数据进行汇总。例如，在成绩表中，可以查看每位同学的成绩，但是没有显示学生各科的平均成绩等，而这些数据往往是非常重要的。要想获得这些汇总数据，就必须建立一个总计查询。

总计查询也是一种选择查询。创建总计查询的方法与前面介绍的创建简单选择查询大致是一样的。所不同的就在于创建总计查询时，应在查询"设计"视图中单击工具栏上的"总计"按钮 Σ ，或者选择"视图"菜单中的"总计"命令，Access 2003 就会在查询"设计"视图下方的设计网格中多出一个"总计"行，如图 4-36 所示。

"总计"行用于将活动查询中的数据分组或执行统计计算，如计算平均值和计数值。用户要进行总计查询，可以单击使用的每个字段所对应列的"总计"单元格，在其下拉列表框中列出的总计选项中选择一个即可。

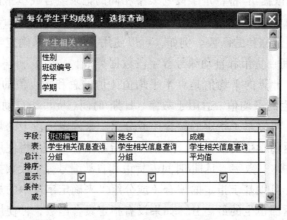

图 4-36　有"总计"行的"设计"视图

1. 创建总计查询

【例 4-7】在查询"设计"视图中，创建一个总计查询计算每班的学生人数。

创建总计查询的操作步骤如下：

（1）在查询"设计"视图中添加作为数据源的"学生档案表"。

（2）将"班级编号"和"学号"两个字段添加到设计网格的"字段"单元格中。

（3）单击工具栏上的"总计"按钮，此时设计网格中增加了"总计"行，如图 4-37 所示。

（4）在"学号"列的"总计"单元格的下拉列表中，选择"计数"选项（Count 有计数的意思）。在"班级编号"列的"总计"单元格的下拉列表中，选择"分组"选项。

（5）单击"视图"按钮并切换至"数据表"视图中，此时窗口中有两列数据。第一列显示的是"班级编号"，第二列的列标题显示为"学号之计数"，统计的是每班学生的人数，如图 4-38所示。

图 4-37　设置分组总计项

图 4-38　总计查询结果

（6）为了方便识别和理解，可以在查询"设计"视图中通过"字段属性"对话框将"学号"字段的"标题"属性改为"班级人数"，如图4-39所示。

（7）单击"视图"按钮，再次切换到查询的"数据表"视图，此时"数据表"视图中第二列的列标题显示为"班级人数"，如图4-40所示。

图4-39 更改标题属性

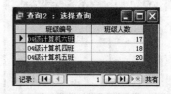

图4-40 更改列标题结果显示

（8）单击工具栏上的"保存"按钮，在"另存为"对话框中输入查询名称，然后单击"确定"按钮，完成总计查询的创建。

Access 2003除了能够对所有记录进行分组汇总以外，还能够选择符合条件的记录进行分组汇总。用户可以在"条件"行以及"或"行中输入选择记录的条件，从而对记录进行有选择的汇总查询。

在Group By字段中指定条件可以限制将用于分组的记录的范围。例如，如果只想汇总"04级"每班学生的人数，就要为"班级编号"的Group By输入条件"Like "04级*""。

为Group By字段设置条件，是先筛选然后再进行汇总的。但是，有时需要对记录首先进行汇总，然后筛选出符合条件的汇总的记录，这时需要为总计字段设置条件。例如，要筛选出学生人数超过20人以上的班级，就需要先对班级人数进行汇总，然后才能筛选出符合要求的结果。

2．添加计算字段

计算字段就是在查询中定义的字段，是根据一个或多个表中的一个或多个字段并使用表达式建立的新字段，它用于显示表达式的结果而非显示存储的数据。每当表达式中的值改变时，就重新计算该值。在字段中显示计算结果时，结果实际并不存储在表中。相反，Access在每次执行查询时都将重新进行计算，以使计算结果始终是以数据库中最新的数据为准。因此，不能手动更新计算结果。

【例4-8】查找平均分低于所在班平均分的学生并显示其班级编号、姓名和平均成绩。

操作步骤如下：

（1）打开查询"设计"视图，添加"学生成绩表"和"学生档案表"作为数据源。

（2）在查询"设计"视图中，把"学生档案表"中的"班级编号"字段直接拖到"字段"行中。然后单击"汇总"按钮，添加"总计"行。在"班级编号"的"总计"行的下拉列表框中选择"分组"选项。然后选择"插入"菜单中的"列"命令添加新列。在"字段"中输入"平均分:成绩"，然后在"总计"行中的下拉列表框中选择Avg，如图4-41所示。然后单击"关闭"按钮，为查询命名为"每班平均分"。

在上述输入的"平均分:成绩"中，冒号（:）左边的文字代表本列的字段名称，右边则是表达式。

（3）再打开查询"设计"视图，添加"学生成绩表"和"学生档案表"作为数据源。

（4）在查询"设计"视图中，把"学生档案表"中的"姓名"字段直接拖到"字段"行中。然后单击"汇总"按钮，添加"总计"行。在"学号"的"总计"行的下拉列表中选择"分组"选项。然后选择"插入"菜单中的"列"命令添加新列。在"字段"中输入"平均分:成绩"，然后在"总计"行中的下拉列表中选择"Avg"，如图 4-42 所示。然后单击"关闭"按钮，为查询命名为"每名学生平均成绩"。

图 4-41　每班平均分查询

图 4-42　学生平均分查询

（5）再打开查询"设计"视图，添加"每班平均分"和"每名学生平均成绩"作为数据源。

（6）在查询"设计"视图中，把"每班平均分"中的"班级编号"字段和"每名学生平均成绩"中的"姓名"字段直接拖到"字段"行中。然后选择"插入"菜单中的"列"命令，添加两列。在其中一列的"字段"中输入"成绩:平均分"，在另一列的"字段"中输入"[每名学生平均成绩]![平均分]-[每班平均分]![平均分]"，"条件"中输入"<0"，如图 4-43 所示。

（7）然后单击"关闭"按钮，为查询命名为"低于所在班平均分学生"，如图 4-44 所示。

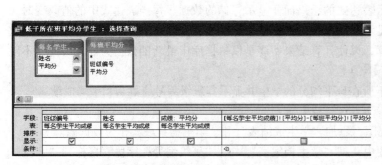

图 4-43　低于所在班平均分学生查询

图 4-44　查询结果

4.4　交叉表查询

使用 Access 2003 提供的查询，可以根据需要查找出满足条件的记录，也可以在查询中执行计算。但是，这两方面的功能并不能很好地解决用户在数据管理工作中遇到的所有问题。交叉表查询也是选择查询的一种附加功能，可用来查找数据，不仅能进行总计计算，还能重构和分析数据。这种查询以表或查询为数据源，分别按行和列对数据进行分组，并且既可按行总计，又可按行与列总计，结果产生一个数据表。

4.4.1 了解交叉表查询

计算和重新组织数据表结构，可以简化数据分析。交叉表就具有计算和重新组织数据表结构的功能。交叉表查询可以计算数据的总和、平均值、计数或其他类型的统计值，而这种数据又分为两类信息：一类沿数据表左侧向下，另一类在数据表的顶端，在行与列的交叉处显示对表中某个字段进行计算所得的值。如图 4-45 所示就是一个交叉表查询，该表中的第一行显示的是课程名称，第一列显示的是班级编号，第二列显示的是总平均成绩，行与列交叉处显示的是平均成绩。

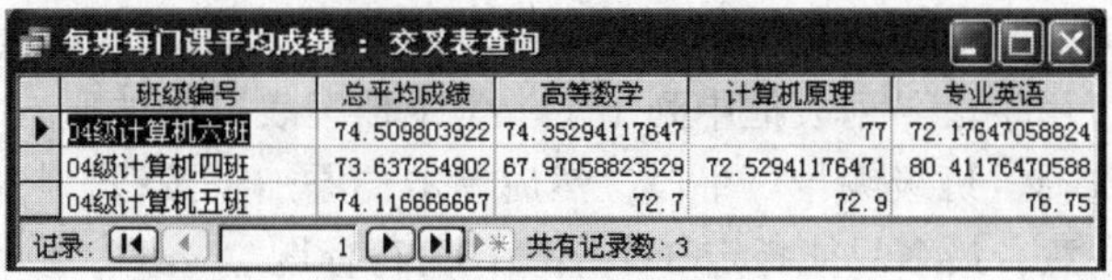

图 4-45 交叉表查询

在创建交叉表查询时，用户需要指定 3 种字段：一是放在数据表最左端的行标题，它把某一字段或相关的数据放入指定的一行中；二是放在数据表最上面的列标题，它对每一列指定的字段或表进行统计，并将统计结果放入该列中；三是放在数据表行与列交叉位置上的字段，用户需要为该字段指定一个总计项，例如 Sum、Avg、Count 等。对于交叉表查询，用户只能指定一个总计类型的字段。

Access 2003 提供了两种创建交叉表查询的方法，一种是使用向导创建查询，另一种是利用"设计"视图创建查询。

4.4.2 交叉表查询向导

创建交叉表查询，最方便也是最快的方法是使用 Access 2003 提供的交叉表查询向导来创建。

【例 4-9】在数据库中创建统计每班男女生人数的交叉表查询，使用向导创建交叉表查询。操作步骤如下：

（1）在"数据库"窗口中，单击"对象"列表中的"查询"对象，此时"数据库"窗口将显示查询对象列表。

（2）单击"数据库"窗口工具栏上的"新建"按钮，弹出"新建查询"对话框，如图 4-46 所示。

（3）选择"交叉表查询向导"选项，然后单击"确定"按钮，即可弹出"交叉表查询向导"对话框。

（4）在该对话框中选择用来创建交叉表查询的数据源，在这里既可选择数据表对象又可选择查询对象。在本例中选择数据表对象中的"学生档案表"作为创建交叉表查询的数据源，如图 4-47 所示。

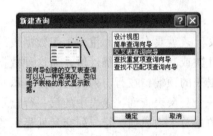

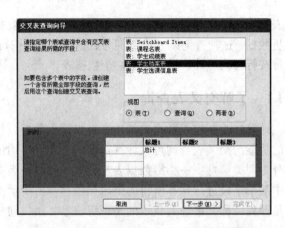

图 4-46 新建查询　　　　　　　图 4-47 选择创建交叉表查询的数据源

（5）然后单击"下一步"按钮，弹出如图 4-48 所示的对话框。在这个对话框中主要完成行标题的指定。在"可用字段"列表框中列出了"学生档案表"中的所有字段，从中选择作为行标题的字段，这里选择"班级编号"字段，然后单击"添加"按钮，将所选字段添加到"选定字段"列表框中。注意，最多只能指定 3 个字段作为行标题。

（6）设置完行标题，单击"下一步"按钮，弹出如图 4-49 所示的对话框。在这个对话框中主要完成列表题的指定。在"请确定用哪个字段的值作为列标题"列表框中列出了"学生档案表"中除了被用作行标题之外的所有字段，从中选择作为列标题的字段。这里选择"性别"字段。注意，只能指定一个字段作为列表题。

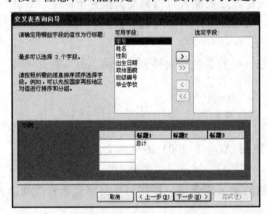

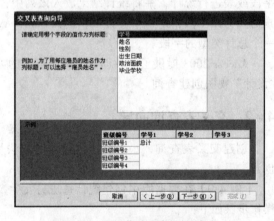

图 4-48 选择作为行标题的字段　　　　图 4-49 选择作为列标题的字段

（7）单击"下一步"按钮，弹出如图 4-50 所示的对话框。在该对话框中，用户要指定表中除了行标题和列标题之外的一个字段作为交叉值，还要在"函数"列表框中选定一个函数对交叉点的字段进行计算。在这里选择"学号"字段作为交叉值，选择的函数是"计数"函数。

（8）然后单击"下一步"按钮，弹出如图 4-51 所示的对话框。在该对话框的"请指定查询的名称"文本框中输入查询名称"每班男女生人数及总人数_交叉表"。

（9）单击"完成"按钮，新建立的查询将添加到数据库的"查询"对象列表中，同时Access 2003 将打开新建的"每班男女生人数及总人数_交叉表"查询，如图 4-52 所示。在该交叉表查询中，行标题为班级编号，列标题为性别，而行和列的交叉处显示的是该班级的总人数。

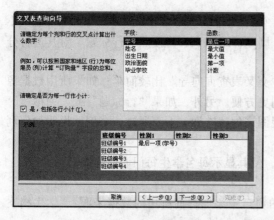 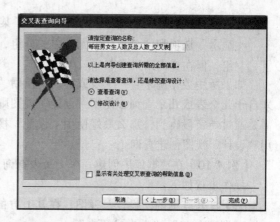

图 4-50 选择作为值的字段和使用的函数　　　　图 4-51 输入查询名称

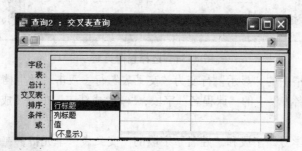

图 4-52 交叉表的查询结果

使用"交叉表查询向导"创建交叉表的数据源必须来自于一个表或查询，如果用户要建立的交叉表中包含多个表中的字段，可以先创建一个含有上述所有字段的多表查询，然后利用此查询建立交叉表查询。

4.4.3 自行创建交叉表查询

在查询"设计"视图中既可以创建选择查询，也可以创建交叉表查询。交叉表查询"设计"视图，如图 4-53 所示。

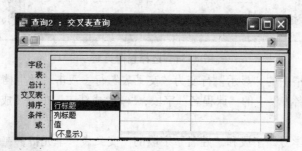

图 4-53 "交叉表查询"的"设计"视图

"交叉表"单元格的下拉列表中的 4 个选项的含义如下。

- 行标题：将字段的值按行显示。一个交叉表可以有多个行标题，但最多不能超过 3 个。必须将这些字段的"总计"单元格保留默认的分组。
- 列标题：将字段的值显示为列标题，可以只选择一个字段的列标题，但必须为这个字段的"总计"单元格保留默认的分组。默认情况下，列标题按字母或数字顺序排序。如果希望以其他方式排序，或者要限制显示的列标题，可以设置查询的"列标题"属性。
- 值：将其值作为用于交叉表的字段。只有一个字段可以设置为值。

- 不显示：如果在查询设计网格中包含了某个字段，但又选择了"交叉表"单元格中的"不显示"选项和"总计"单元格中的分组，则 Access 2003 将按照"行标题"对其进行分组，但在查询结果中不显示此行。

如果所用数据源来自一个表或查询，使用"交叉表查询向导"比较简单；如果所用数据源来自于几个表或几个查询，使用"设计"视图则更方便。另外，如果"行标题"或"列标题"需要通过新字段得到，那么最好使用"设计"视图来创建查询。下面通过一个例题说明如何利用"设计"视图创建查询。

【例 4-10】在数据库中创建一个交叉表查询，使其显示每名学生每门课程的成绩。

操作步骤如下：

（1）打开查询的"设计"视图，在其上方的窗口中添加查询所用的数据来源："学生档案表"、"课程名表"、"学生成绩表"。

（2）在工具栏上单击"查询"菜单，然后在下拉菜单中选择"交叉表查询"命令，如图 4-54 所示。

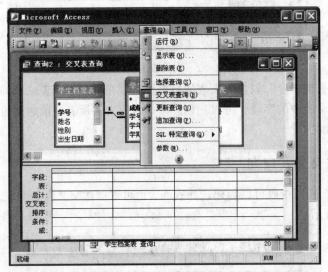

图 4-54 选择查询类型

（3）此时设计网格中的"显示"行变为"交叉表"行。双击"学生档案表"中的"学号"、"姓名"字段，"课程名表"中的"课程名"字段，"学生成绩表"中的"成绩"字段，将其添加到设计网格中。

（4）分别单击"学号"字段和"姓名"字段的"交叉表"单元格，在下拉列表中选择"行标题"，以将这两个字段的值按行显示。这两个字段的"总计"单元格保留默认的分组。

（5）单击"课程名"字段的"交叉表"单元格，在下拉列表框中选择"列标题"，"总计"单元格保留默认的分组

（6）单击"成绩"字段的"交叉表"单元格，在下拉列表框中选择"值"选项，在"总计"单元格选择第一条记录，如图 4-55 所示。

（7）切换到"数据表"视图，查询结果如图 4-56 所示。

（8）单击工具栏上的"保存"按钮，并输入查询的名称，单击"确定"按钮，完成该查询的创建。

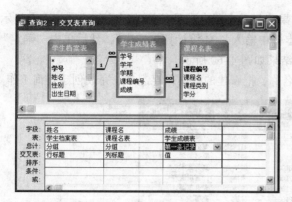

图 4-55　设置交叉表中的字段　　　　　图 4-56　查询结果

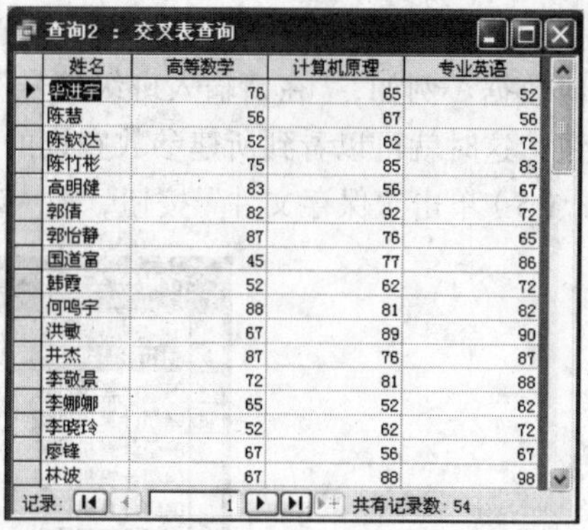

4.5　参　数　查　询

前面介绍的查询无论是内容还是条件都是固定的，如果用户希望根据某个或某些字段不同的值来查询所需的内容，就需要使用 Access 2003 中提供的参数查询功能。参数查询在执行时显示自己的对话框以提示输入信息，如用于查找记录的条件或要插入到字段中的值，如图 4-57 所示。例如，按班级查询选课信息。

4.5.1　单参数查询

图 4-57　参数查询

创建单参数查询，就是在字段中指定一个参数，在执行参数查询时，用户输入一个参数值。

【例 4-11】创建按班级编号查询学生选课信息，并显示学生"学号"、"班级编号"、"姓名"和"课程名称"字段。

（1）打开查询"设计"视图，添加"学生档案表"、"学生选课信息表"和"课程名表"作为数据来源。选择"学生档案表"中的"学号"、"姓名"和"班级编号"；选择"课程名表"中的"课程名"；最后选择"学生选课信息表"中的"课程编号"字段。

（2）在"班级编号"字段的"条件"单元格中输入"[请输入班级编号：]"，结果如图 4-58 所示。在设计网格中输入内容时，方括号中的内容即为查询运行时出现的参数对话框中的提示文本。尽管提示的文本可以包含查询字段的字段名，但不能与字段名完全相同。

（3）切换到"数据表"视图，这时弹出"输入参数值"对话框，如图 4-59 所示。

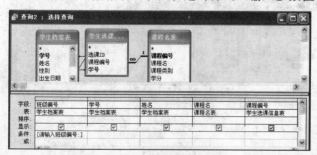

图 4-58　设置查询参数　　　　　　　　图 4-59　"输入参数值"对话框

（4）按照需要输入查询条件，查询的结果将显示出所有满足条件的记录，否则将不会显示任何数据。例如，"在请输入班级编号"文本框中输入"04级计算机四班"，然后单击"确定"按钮，这时就可以看到所建参数查询的查询结果如图4-60所示。

（5）单击"保存文件"按钮，输入查询名称，把新建的查询保存起来，完成创建查询工作。

班级编号	学号	姓名	所选课程
04级计算机四班	04102101	赵现堇	计算机原理
04级计算机四班	04102101	赵现堇	专业英语
04级计算机四班	04102101	赵现堇	高等数学
04级计算机四班	04102102	朱华会	高等数学
04级计算机四班	04102102	朱华会	计算机原理
04级计算机四班	04102102	朱华会	专业英语
04级计算机四班	04102103	林波	高等数学
04级计算机四班	04102103	林波	计算机原理
04级计算机四班	04102103	林波	专业英语
04级计算机四班	04102104	徐晓娜	专业英语
04级计算机四班	04102104	徐晓娜	高等数学
04级计算机四班	04102104	徐晓娜	计算机原理
04级计算机四班	04102105	田晓燕	专业英语
04级计算机四班	04102105	田晓燕	高等数学
04级计算机四班	04102105	田晓燕	计算机原理
04级计算机四班	04102106	鲁朝凤	高等数学

记录：1 共有记录数：51

图 4-60 查询结果

4.5.2 多参数查询

用户不仅可以创建单个参数的查询，如果需要也可使用两个或多个参数创建查询。在要用作参数的每个字段下的"条件"单元格中输入一个表达式，并在方括号内输入相应的提示。例如，要查询某班某门课的学生成绩，就需要两个查询参数。

【例4-12】创建一个查询，使其显示某班某门课的学生"姓名"和"成绩"。

操作步骤如下：

（1）打开查询"设计"视图，添加"学生档案表"、"学生成绩表"、"课程名表"作为数据来源。

（2）双击"学生档案表"中的"姓名"、"班级编号"字段和"课程名表"中的"课程名"字段以及"学生成绩表"中的"成绩"字段，将其添加到设计网格中。

（3）在"班级编号"字段的"条件"单元格输入"[请输入班级编号：]"，在"课程名"字段的"条件"单元格输入"[请输入课程名：]"。由于"班级编号"字段和"课程名"字段只作为参数输入，并不需要显示，因此禁用这两列"显示"行上的复选框，设计结果如图4-61所示。

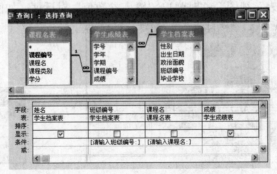

图 4-61 设置多个参数

（4）切换到"数据表"视图，这时弹出"输入参数值"对话框，如图 4-62 所示。在"请输入班级编号"文本框中输入"04 级计算机四班"，然后单击"确定"按钮，这时又弹出第二个"输入参数值"对话框，在"请输入课程名"文本框中输入"高等数学"，如图 4-63 所示，然后单击"确定"按钮。这时就可以看到查询结果，如图 4-64 所示。

图 4-62 输入第一个参数　　　　　　　图 4-63 输入第二个参数

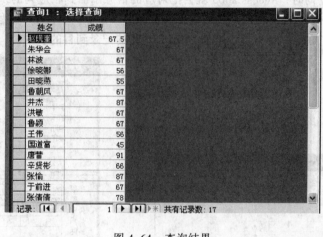

图 4-64 查询结果

4.6 操 作 查 询

操作查询是仅在一个操作中更改或移动许多记录的查询。操作查询利用标准 SQL 语句对数据进行各种操作，这使许多需要通过编程才能完成的数据操作，在 Access 2003 中仅创建一个 SQL 语句即可完成。

操作查询共有 4 种类型：追加查询、删除查询、生成表查询与更新查询。

操作查询是 Access 2003 查询中的一个重要组成部分，使得用户不但可以利用查询对数据库中的数据进行简单的检索、显示和统计，而且可以根据需要对数据库进行一定的修改。

4.6.1 创建追加查询

追加查询可将一个或多个表中的一组记录追加到一个或多个表的末尾。Access 2003 的追加查询能够很容易地实现一组记录的添加。

【例 4-13】新建了一个学生选课信息表，创建一个追加查询将学生成绩表中的选课信息添加到该表中。操作步骤如下：

（1）新建一个查询，该查询中包含一个源表"学生成绩表"，要用其中的记录追加到另一个表中。

（2）在查询的"设计"视图中，选择"查询"菜单中的"追加查询"命令，弹出"追加"对话框，如图 4-65 所示。

（3）在"表名称"文本框中，输入要追加记录的表的名称"学生选课信息表"。因为该表在当前打开的数据库中，所以选择"当前数据库"单选按钮。如果不在当前打开的数据库中，选择"另一数据库"单选按钮选项，单击"浏览"按钮，定位到存放这个表的数据库。完成后单击"确定"按钮，退出"追加"对话框，回到查询的"设计"视图。

（4）此时的窗口显示为追加查询"设计"视图，在下方的设计网格中新增了一个"追加到"行，如图 4-66 所示。如果已经在两个表中选择了相同名称的字段，Access 2003 将自动在"追加到"行中填入相同的名称，如图中的"学号"、"课程编号"。如果在两个表中并没有相同名称的字段，可将光标定位于该行，这时会发现它的每一个单元格都是一个列表框，在其下拉列表框中列出了目的表中所有的字段以供选择。用户需为要添加的字段在目的表中找到一个合适的对象，这样在执行查询时，Access 2003 就会把对应的信息添加到相应列的末尾。用户还可以在字段的"条件"栏中输入用于生成追加内容的查询条件。在本例中，在"课程编号"字段的"条件"单元格中输入"101"，将只追加选修"101"课程的记录到目的表中。

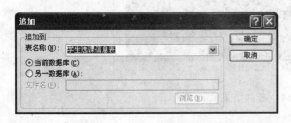

图 4-65　"追加"对话框　　　　　　　图 4-66　创建追加查询

（5）单击工具栏上的"视图"按钮，切换到"数据表"视图，预览将要追加的一组记录，然后再返回"设计"视图，可对查询进行所需的修改。在一般的选择查询中，"视图"按钮的功能和"运行"按钮的功能是一样的，即单击它们执行的结果是一致的。但在操作查询中则有很大的不同。单击"视图"按钮只是转换视图，即操作查询只执行选择查询的查找功能，将信息挑选出来，并不执行操作查询的动作，而单击"运行"按钮才会执行这些操作。

（6）单击工具栏上的"运行"按钮，弹出如图 4-67 所示的提示框，询问用户是否确定要追加选定的行。

图 4-67　追加查询提示框

（7）单击"是"按钮，就可以执行记录的添加。

4.6.2 创建删除查询

随着时间的推移，数据库中的数据会越来越多，其中有些数据是有用的，而有些数据已无用。对于这些没有用处的数据应该及时从数据库中删除。前面介绍的一些删除表中数据的方法，可以较容易地删除表中的某一条记录，但是如果要删除同一类的一组记录，就可以使用 Access 2003 提供的删除查询，利用该查询一次可以删除一组同类的记录。

删除查询可以从一个或多个表中删除一组记录。使用删除查询，将删除整个记录，而不只是删除记录中所选的字段。查询所使用的字段只是用来作为删除查询的条件。

删除查询可以从单个表删除记录，也可以从多个相互关联的表中删除记录。如果要从多个表中删除相关记录必须满足以下条件。

- 在"关系"窗口中定义相关表之间的关系。
- 在"编辑关系"对话框中选中"实施参照完整性"复选框。
- 在"编辑关系"对话框中选中"级联删除相关记录"复选框。

【例 4-14】将学生成绩表中低于 60 分的记录删除。

操作步骤如下：

（1）首先新建包含要删除记录的表的查询。这里以"学生成绩表"为数据源创建一个新的查询。

（2）在查询"设计"视图中，单击工具栏上"查询"按钮旁的箭头，然后选择下拉菜单中的"删除查询"命令，此时在设计网格中将隐去"排序"和"显示"行，新增一个"删除"行。

（3）对于要从中删除记录的表，从字段列表将星号（*）拖到查询设计网格中，From 将显示在这些字段下的"删除"单元格中。

（4）将要为其设置删除记录条件的字段从表中拖到设计网格，如本例的"课程编号"字段和"成绩"字段。此时，Where 显示在这些字段下的"删除"单元格中。

（5）对于已经拖到网格的字段，在其"条件"单元格中输入条件，如图 4-68 所示。这里在"成绩"字段的"条件"单元格中输入"<60"，即删除不及格的记录。

（6）单击工具栏上的"视图"按钮，预览待删除的记录，如图 4-69 所示。

（7）单击工具栏上的"视图"按钮，切换到"设计"视图。单击工具栏上的"运行"按钮，在弹出的如图 4-70 所示的提示框中单击"是"按钮，就可完成创建删除查询的操作。

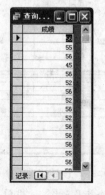

图 4-68　设置删除查询的条件　图 4-69　预览要删除的数据　图 4-70　删除提示框

使用删除查询时的重要注意事项：

- 使用删除查询删除记录后，就不能撤销这个操作了。因此，在执行删除查询之前，应该先预览即将删除的数据。为此，可以单击工具栏上的"视图"按钮，在"数据表"视图中查看查询。
- 应该随时维护数据的备份副本。如果不小心错删了数据，可以从备份副本中恢复它们。

4.6.3 创建生成表查询

生成表查询利用一个或多个表中的全部或部分数据创建新表。生成表查询可应用在以下方面。

- 创建用于导出到其他 Access 数据库的表。
- 创建从特定时间点显示数据的窗体、报表或页。
- 使用宏或代码自动制作表的备份副本。
- 创建包含旧记录的历史表。例如，在从当前的"学生成绩表"中删除记录之前，可以创建表来保存所有不及格学生的记录。
- 改进基于多表查询或 SQL 语句的窗体、报表和数据访问页的性能。例如，假设要打印多个报表，且这多个报表是基于包含总计的多表查询，则可以通过下面的方法来加快速度：首先创建一个生成表查询，查找需要的记录并将结果存储在一个表中。然后将这个表作为报表的基础或在 SQL 语句中将该表指定为窗体、报表或页的记录源，这样无需每次打开窗体、报表或页时都重新运行查询。但是，在运行生成表查询时表中的数据处于冻结状态。

【例 4-15】将成绩在 90 分以上的学生信息存储到一个新表中。

操作步骤如下：

（1）首先在查询"设计"视图中创建一个选择查询，并选择包含要放到新表中的记录的表或查询，这里选择"学生档案表"、"学生成绩表"和"课程名表"。选择"学生档案表"中的"学号"、"姓名"、"班级编号"字段和"课程名表"中的"课程名"字段以及"学生成绩表"中"成绩"号，将它们都添加到设计网格的"字段"单元格内；在"成绩"字段的"条件"单元格中输入">90"，以此字段作为查询的条件，来查找成绩在 90 分以上的学生的记录。在"班级编号"字段的"排序"单元格选择"升序"选项，设定查询结果按该字段的值升序排序，如图 4-71 所示。

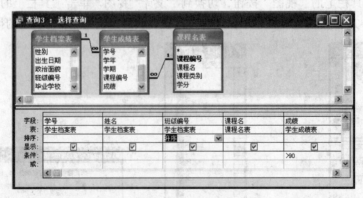

图 4-71 设计视图

（2）选择"查询"菜单中的"生成表查询"命令，或单击工具栏上的"查询类型"按钮，从下拉菜单中选择"生成表查询"命令。

（3）此时会弹出如图 4-72 所示的"生成表"对话框。在"表名称"组合框中输入所要创建或替换的表名称，本例中输入"90 分以上学生情况"，并选择"当前数据库"单选按钮，将新生成的"90 分以上学生情况"表放入当前打开的数据库。单击"确定"按钮，关闭此对话框。

图 4-72 "生成表"对话框

（4）这时查询"设计"视图的标题栏显示为"查询 3：生成表查询"，如图 4-73 所示。

（5）切换到"数据表"视图，可以预览新建的生成表查询，如图 4-74 所示。

（6）如果不满意，可以再切换到"设计"视图对查询进行修改，直到满意为止。

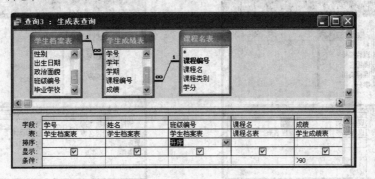

图 4-73 生成表查询"设计"视图

（7）在"设计"视图中，单击工具栏上的"运行"按钮，这时，Access 2003 会弹出一个如图 4-75 所示的提示框。

图 4-74 预览新建的生成表查询　　　　图 4-75 追加查询提示框

（8）单击"是"按钮，即可生成新表。生成的新表将显示在示例数据库的"表"对象列表中。

（9）在"数据库"窗口的"表"对象列表框中，双击"90 分以上学生情况"表，可以看到它和图 4-74 预览的结果完全一样。但是，新建表中的数据并不继承原始表中的字段属性或主键设置。

4.6.4 创建更新查询

更新查询可对一个或多个表中的一组记录作全局的更改。

【例 4-16】创建一个更新查询，更新"课程名表"中的"学分"字段，使"课程类别"为"必修课"的记录，学分加 2。

操作步骤如下：

（1）在查询"设计"视图中，以示例数据库中的"课程名表"为数据来源创建一个选择查询。

（2）从字段列表中将"学分"和"课程类别"字段拖动到查询设计网格中。一定要将要更新或指定条件的字段拖动到查询设计网格中，如本例中的"课程类别"字段。

（3）单击工具栏上"查询类型"按钮旁边的箭头，在下拉菜单中选择"更新查询"命令。这时查询的标题改变为"查询1：更新查询"，并在下方的设计网格中出现了一个"更新到"行，可以在这里设置更新当前字段的新值，同时"排序"行和"显示"行消失，如图 4-76 所示。

（4）在"课程类别"字段的"条件"单元格中输入"必修课"，在"学分"字段的"更新到"单元格中输入用来改变这个字段的表达式或数值，本例中输入"[学分]+2"，如图 4-77 所示。

图 4-76　更新查询

图 4-77　更新查询

（5）然后单击工具栏上的"运行"按钮，将弹出如图 4-78 的所示的提示框，询问用户是否更新记录，单击"是"按钮即可。

图 4-78　更新提示框

Access 不仅可以更新一个字段的值，而且还可以更新多个字段的值。只要在查询设计网格中同时为几个字段输入修改内容，就可以同时修改多个字段。

从以上可以看出，操作查询可以更改很多记录，并且在执行操作查询后，不能撤销更改操作。因此，用户在使用操作查询时应注意：在执行操作查询之前，最好单击工具栏上的"视图"按钮，预览即将更改的记录，如果预览到的记录就是要操作的记录，再执行操作，这样可以防止误操作。

4.7 SQL 查询

SQL 查询是使用 SQL 语句创建的结构化查询。SQL 查询包括联合查询、传递查询、数据定义查询和子查询等。

实际上，Access 2003 的所有查询都可以认为是一个 SQL 查询，因为 Access 2003 查询就是以 SQL 语句为基础来实现查询功能的。如果用户比较熟悉 SQL 语句，那么使用它建立查询、修改查询的条件将比较方便。但若不熟悉 SQL 语法，建议尽量用前面创建的查询来实现相应的功能。

4.7.1 创建联合查询

联合查询用于将来自一个或多个表或查询的字段，组合成为查询结果中的一个字段或列。

【例 4-17】有一个查询是"90 分以上的学生成绩情况"，还有一个查询是"不及格的学生成绩情况"，要创建查询显示这两个查询中的所有记录的"姓名"、"课程名"、"成绩"等字段的内容。创建联合查询的操作步骤如下：

（1）用查询的"设计"视图创建一个新的查询，关闭"显示表"对话框。

（2）单击"查询"菜单，选择"SQL 特定查询"的"联合"命令，打开 SQL 语句输入窗口，输入联合查询语句，如图 4-79 所示。

（3）如果想预览即将要创建的联合查询中的记录，可单击工具栏上的"视图"按钮，再单击"视图"按钮，可以重新打开 SQL 语句输入窗口，修改查询语句。

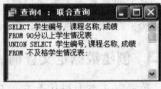

图 4-79 输入 SQL 查询语句

（4）单击工具栏上的"保存"按钮，并将查询命名为"显示 90 分以上和不及格学生信息"，然后单击"确定"按钮。

（5）单击工具栏上的"运行"按钮，查看联合查询的结果，如图 4-80 所示。

（a）不及格学生信息　　　　　（b）90 分以上学生信息　　　　　（c）查询结果

图 4-80 联合查询结果

4.7.2 创建传递查询

传递查询是 SQL 查询中的特定查询之一，Access 2003 传递查询可直接将命令发送到 ODBC（开放式数据库互连）。使用传递查询，不必与服务器上的表进行链接就可以直接使用相应的表。

一般创建传递查询时，需要完成两项工作，一是设置要连接的数据库；二是在 SQL 语句输入窗口中输入 SQL 语句。

创建传递查询的操作步骤如下：

（1）用查询的"设计"视图创建一个新的查询，关闭"显示表"对话框。

（2）单击"查询"菜单，选择"SQL 特定查询"的"传递"命令，打开一个空白的"SQL 传递查询"窗口，如图 4-81 所示。在其中输入想通过 ODBC 驱动器发送到数据库服务器中的指令。

（3）单击工具栏上的"属性"按钮，弹出"查询属性"对话框，如图 4-82 所示。

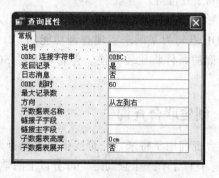

图 4-81 "传递查询"窗口   图 4-82 "查询属性"对话框

（4）在该对话框中，设置"ODBC 连接字符串"属性来指定要连接的数据库信息，可以输入连接信息，也可以单击"生成器"按钮，然后输入要连接的服务器信息。

（5）如果查询不返回记录的类型，将"返回记录"属性设置为"否"。

（6）如果要执行查询，单击工具栏上的"运行"按钮。

4.7.3 创建数据定义查询

数据定义查询与其他查询不同，主要用于创建或更新数据库对象。利用它可以直接创建、删除或更改表，或者在当前数据库中创建索引。

在数据定义查询中要输入 SQL 语句，每个数据定义查询只能由一个数据定义语句组成。Access 2003 支持的数据定义语言如下：

- **CREATE TABLE**：创建新表。
- **ALTER TABLE**：将新字段和限制条件添加到已有的表中。
- **DROP**：从数据库中删除表，或从字段或字段组中删除一项索引。
- **CREATE INDEX**：创建字段和字段组的索引。

【例 4-18】用 CREATE TABLE 语句创建一个新数据表"学生情况"。操作步骤如下：

（1）用查询的"设计"视图创建一个新的查询，关闭"显示表"对话框。

（2）单击"查询"菜单，选择"SQL 特定查询"的"数据定义"命令，出现 SQL 语句定义查询窗口，如图 4-83 所示。在窗口中输入 SQL 语句。

（3）单击工具栏上的"运行"按钮，执行此查询。

（4）在"数据库"窗口单击"表"对象，这时就可以看到新建的"学生情况"表。

图 4-83 数据定义查询窗口

习 题

一、选择题

1. 以下关于查询的叙述正确的是（　　）。

    A. 只能根据数据库表创建查询

    B. 只能根据已建查询创建查询

    C. 可以根据数据库表和已建查询创建查询

    D. 不能根据已建查询创建查询

2. 在查询设计视图中（　　）。

    A. 只能添加数据库表　　　　　　　　B. 可以添加数据库表，也可以添加查询

    C. 只能添加查询　　　　　　　　　　D. 以上说法都不对

3. 以下不属于操作查询的是（　　）。

    A. 交叉表查询　　　　B. 更新查询　　　　　C. 删除查询　　　　D. 生成表查询

二、填空题

1. 创建分组统计查询时，总计项应选择＿＿＿＿＿＿＿＿。

2. 查询"设计"视图窗口分为上下两部分，上半部分为＿＿＿＿＿＿＿＿区；下半部分为设计网格。

3. 根据对数据源操作方式和结果的不同，查询可以分为 5 类：＿＿＿＿＿＿＿、＿＿＿＿＿＿＿、＿＿＿＿＿＿＿、＿＿＿＿＿＿＿、＿＿＿＿＿＿＿。

三、综合题

1. 说明数据库中表和查询的关系。

2. 在 Access 中有几种查询？

3. SQL 语言有什么特点？

4. 选择查询与交叉表查询有什么区别？

5. 数据库文件 samp1.mdb，里面已经设计好两个表对象 tStud 和 tScore，试按以下要求完成设计。

  （1）创建一个选择查询，查找并显示学生的"学号"、"姓名"、"性别"、"年龄"和"团员否" 5 个字段内容，所创建查询命名为 qStud1。

  （2）建立 tStud 和 tScore 两表之间的一对一关系，并实施参照完整性。

  （3）使用查询"设计"视图创建一个选择查询，查找并显示数学成绩不及格的学生的"姓名"、"性别"和"数学" 3 个字段内容，所建查询命名为 qStud2。

  （4）使用查询"设计"视图创建一个选择查询，计算并显示"学号"和"平均成绩"两个字段内容（其中平均成绩是计算数学、计算机和英语三门课成绩的平均值，为计算字段），所建查询命名为 qStud3。

  注意：不允许修改表对象 tStud 和 tScore 的结构及记录数据的值；选择查询只返回选了课的学生的相关信息。

  本题中所使用的数据库在资料中提供。

小　结

本章主要介绍了查询的定义和类型；选择查询、参数查询、交叉表查询、操作查询和 SQL 查询的定义和创建方法。

本章的应掌握的重点内容有：查询的定义和类型；能够利用向导和设计视图创建简单的选择查询，并且在查询中实现各种计算功能；交叉表的定义和创建方法；参数查询的使用方法；四种操作查询的创建方法及特点；了解 SQL 查询的使用和创建方法等。

1．选择查询

选择查询是最常见的查询类型，它从一个或多个表中查找数据，并且在可以更新记录（有一些限制条件）的数据表中显示结果。也可以使用选择查询来对记录进行分组，并且对记录作总计、计数、平均值以及其他类型的总和计算。

2．参数查询

参数查询是这样一种查询，它在执行时显示自己的对话框以提示用户输入信息，如条件，查找要插入到字段中的记录或值。可以设计此类查询来提示更多的内容。例如，可以设计它来提示输入两个日期，然后 Access 查找在这两个日期之间的所有记录。

将参数查询作为窗体、报表和数据访问页的基础也很方便。例如，可以以参数查询为基础来创建月盈利报表。打印报表时，Access 显示对话框来询问报表所需涵盖的月份。在输入月份后，Access 便打印相应的报表。

3．交叉表查询

使用交叉表查询可以计算并重新组织数据的结构，这样可以更加方便地分析数据。交叉表查询计算数据的总计、平均值、计数或其他类型的总和，这种数据可分为两组信息：一类在数据表左侧排列，另一类在数据表的顶端。

4．操作查询

操作查询是这样一种查询，使用这种查询只需进行一次操作就可对许多记录进行更改和移动。有以下 4 种操作查询。

- 删除查询：这种查询可以从一个或多个表中删除一组记录。例如，可以使用删除查询来删除不再生产或没有订单的产品。使用删除查询，通常会删除整个记录，而不只是记录中所选择的字段。
- 更新查询：这种查询可以对一个或多个表中的一组记录作全局的更改。例如，可以将所有奶制品的价格提高 10 个百分点，或将某一工作类别的人员的工资提高 5 个百分点。使用更新查询，可以更改已有表中的数据。
- 追加查询：这种查询将一个或多个表中的一组记录添加到一个或多个表的末尾。例如，假设用户获得了一些客户新的信息以及包含这些信息的数据库。若要避免在已有的数据库中输入所有这些信息，最好将其追加到客户表中。
- 生成表查询：这种查询可以根据一个或多个表中的全部或部分数据新建表。生成表查询有助于创建表以导出到其他 Microsoft Access 数据库或包含所有旧记录的历史表。

5. SQL 查询

SQL 查询是用户使用 SQL 语句创建的查询。可以用结构化查询语言来查询、更新和管理 Access 这样的关系数据库。

在查询"设计"视图中创建查询时，Access 将在后台构造等效的 SQL 语句。实际上，在查询"设计"视图的属性表中，大多数查询属性在 SQL 视图中都有等效的可用子句和选项。如果需要，可以在 SQL 视图中查看和编辑 SQL 语句。但是，在对 SQL 视图中的查询做更改之后，查询可能无法先前在"设计"视图中所显示的方式进行显示。

有一些 SQL 查询，称为"SQL 特定查询"，无法在设计网格中进行创建。对于传递查询、数据定义查询和联合查询，必须直接在 SQL 视图中创建 SQL 语句。对于子查询，可以在查询设计网格的"字段"行或"条件"行输入 SQL 语句。

实 训 3

一、实训目的

（1）掌握创建查询的方法。

（2）掌握创建表达式字段、设置查询排序与准则的方法。

（3）掌握汇总查询、参数查询、交叉表查询、动作查询等查询的创建方法。

二、实训内容

1. 使用向导创建查询

在"学生档案表"中选择"学号"、"姓名"，在"学生成绩表"中选择"期中成绩"、"期末成绩"、"平时成绩"；在"课程名表"中选择"课程名称"；选择"明细"方式，查询名称命名为"成绩查询 A"。

2. 使用"设计"视图创建查询

在"设计"视图中建立"成绩查询 1"，包括 1 中的所有字段，并且增加一列"总评成绩"，总评成绩=期中成绩*30%+期末成绩*60%+平时成绩*10%。

3. 设置查询排序及准则

（1）设置"成绩查询 1"按照"课程名称"的降序排序，课程名称相同时，按照"学号"的升序排序（提示：改变"设计"视图中"课程名称"和"学号"字段的出现顺序，即可调整排序的优先顺序）。

（2）设置准则：只对总评成绩及格的人排序。

4. 汇总查询

创建"成绩查询 B"，求每个人各科成绩总平均分，包括"学号"、"平时成绩"字段。

5. 交叉表查询

创建交叉表查询，"成绩查询 1"为数据源，以"学号"作为行标题、各门课的"课程名称"作为列标题；列出每个人的学号、选修的各门课程的期末成绩。

6. 参数查询

创建"成绩查询 C"，查询参数为"请输入课程名称:"，对"成绩查询 1"按"课程名称"

进行查询，查询动态集将显示所有选修课程的学生的记录。

7. 动作查询

（1）删除查询：创建"成绩查询 D"，删除课程表中所有"学分"少于 2 的记录。

（2）更新查询：创建"成绩查询 E"，对于课程号为"1001"或"1002"的课程，要将所有"期中成绩"在 60 分以上的同学的"期中成绩"用该课程对应的分数来更新，60 以下的期中成绩用 0 来更新，61~70 为 1，71~80 为 2，81~90 为 3，91~100 为 4。

（3）追加查询

① 复制"学生档案表"的表结构到"学生档案 1"表中。

② 创建追加查询"成绩查询 F"，将"学生档案表"的记录追加到"学生档案 1"表。

（4）生成表查询：创建"成绩查询 G"。包括"学生信息"表中的"学号"、"性别"字段，"学生成绩"表中的"期中成绩"字段和"课程表"中的"课程名称"字段；生成表的名称为"生成表"。

三、实训过程

创建数据库，该数据库有 3 个数据表，表名分别为"产品"、"类别"和"供应商"。其中，"产品"表包括如下字段：产品 ID、品名、类别 ID、供应商 ID、序列号、单价、库存量和进货日期。"类别"表包括如下字段：类别 ID、类别名称。"供应商"表包括如下字段：供应商 ID、供应商名称、地址、市/县、邮政编码、电话号码、传真号码、电子邮件地址、附注。

（1）以"产品"数据表为数据源表，分别创建选择查询、按"供应商 ID"创建查找重复项的查询。

（2）以"供应商"和"产品"表为数据源创建一个查找不匹配项的查询。

（3）通过查询的"设计"视图，以"产品"表为数据源创建查询，选择其中的"品名"、"单价"、"库存量"、"进货日期"以及计算字段：总价值：[单价]*[库存量]。

（4）以"产品"数据表为数据源表，创建总计查询，计算每种类别产品的总库存量。

（5）创建交叉表查询，统计每个供应商提供每类产品数。

（6）利用"产品"表，并选择其中的"进货日期"字段，确定一个"生产日期"区间，建立参数查询。

（7）创建删除查询，删除"库存量"等于 0 的产品。

（8）创建更新查询，在"供应商"表中的"地址"字段值前面加上"中国"。

（9）用"供应商"和"产品"表创建联合查询，选择"产品"表中的字段"品名"、"序列号"、"库存量"和"供应商"表中的字段"供应商名称"。

（10）用 SQL 语句创建一个数据定义查询，创建一个名称为"员工"表，该表包括如下字段："员工姓名"（文本类型）、"性别"（文本类型）、"出生日期"（时间/日期型）、"联系电话"（文本类型）。

（11）用"产品"表创建子查询。

四、简要提示

通过本章的实训，读者应该能够熟悉 Access 中创建查询的操作，了解 Access 数据库中各种类型的查询的创建及操作。

第5章 窗 体

窗体是 Access 2003 数据库的七大对象之一，它是 Access 2003 数据库中为用户提供操作界面的对象。通过它可以向数据表中输入数据；创建切换面板，可以打开其他窗体或报表；创建自定义对话框等操作。由此可见，窗体是 Access 2003 数据库应用程序系统中必不可少的一个对象。本章主要介绍窗体的功能及分类、窗体的创建、窗体控件的应用及窗体的编辑。

本章要点
- 窗体的概念和结构。
- 窗体的各种创建、设计方法。
- 各种控件的使用。
- 设计界面友好的窗体。

5.1 窗 体 概 述

窗体又叫表单，是用户和 Access 2003 应用程序之间的主要接口，也是 Access 2003 中的一种对象，能够直观地显示数据库中的表或查询中的数据。由于很多数据库都不是给创建者自己使用的，所以还要考虑到别的使用者的使用方便，建立一个友好的使用界面将会给他们带来很大的便利，让更多的使用者都能根据窗口中的提示完成工作，而不用专门进行培训。这是建立一个窗体的基本目标。

5.1.1 窗体的作用

一般情况下利用窗体能够完成下列功能。
（1）浏览并编辑数据库中的数据。
（2）控制应用程序的流程。
（3）显示信息。
（4）打印数据。

5.1.2 窗体的种类

1. 纵栏式窗体

纵栏式窗体是一个页面显示一条记录，各个字段垂直排列，字段较多时分为几列，每个字段左边带一个标签，如图 5-1 所示是一个纵栏式窗体。

图 5-1　纵栏式窗体

2．表格式窗体

表格式窗体类似数据表窗体，也具有行与列。表格式窗体是一个页面显示所有记录，每条记录的所有字段显示在一行上，字段标签显示在窗体顶端，如图 5-2 所示。表格式窗体与数据表窗体有两点不同：一是其字段与标签均是控件；二是在设计视图创建的控件不能在数据表中显示，但能在表格中使用。

图 5-2　表格式窗体

3．主/子窗体

主/子窗体用来同时显示多个表，表间有一对多的关系。对于主窗体采用纵栏的记录，子窗体采用表格或数据表记录，如图 5-3 所示。

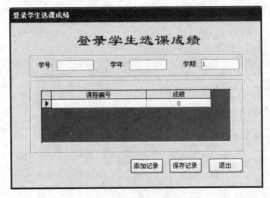

图 5-3　主/子窗体

4．数据表窗体

数据表窗体与通常的数据表一样，它以行与列的格式显示所有的记录与字段。字段的名称显示在每一列的顶端，如图 5-4 所示。

5．图表窗体

对数据表中的数据进行处理形成图表窗体，如图 5-5 所示。

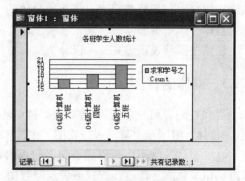

图 5-4　数据表窗体　　　　　　　　　　图 5-5　图表窗体

6．数据透视表窗体

通过 Excel 编辑的数据表，用于形成数据透视（交叉表）演示，如图 5-6 所示。

窗体还可以从它的作用和表现形式两方面进行分类。按照窗体的作用分类，可以分为数据输入窗体、切换面板窗体和弹出式窗体。

（1）数据输入窗体是 Access 2003 最常用的窗体，该窗体一般被设计为结合型窗体，它主要由各类结合型控件组成，这些控件的数据来源为窗体所基于的表或查询的字段，如图 5-7 所示。利用数据输入窗体可以添加或删除记录，可以筛选、排序或查找记录，可以编辑、拼写检查或打印记录，还可以直接定位到所需记录。在数据输入窗体上，充分利用各种类型的控件，例如，单选按钮、复选框、命令按钮、组合框等，可以设计出功能强大、使用便捷的窗体。

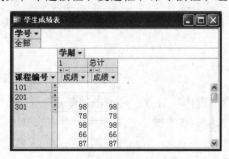 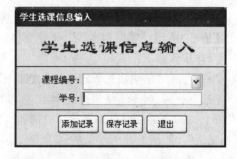

图 5-6　数据透视表窗体　　　　　　　　图 5-7　数据输入窗体

（2）切换面板窗体是窗体的特殊应用，它主要用于实现在各种数据库对象之间的切换。切换面板窗体虽然是一种窗体，但很少直接使用窗口"设计"视图来创建切换面板窗体。Access 2003 为创建切换面板窗体提供了两种方法。一种是在使用"数据库向导"创建数据库时，由数据库向导自动创建一个切换面板窗体，该面板对浏览数据库很有帮助；另一种是使用"切换面板管理器"来创建并管理切换面板窗体。切换面板窗体中有一些按钮，单击这些按钮可以打开相应的窗体和报表（或打开其他窗体和报表的切换面板窗体）、退出 Access 2003 或自定义切换面板窗体。

（3）弹出式窗体用来显示信息或提示用户输入数据。即使其他窗体正处于活动状态，弹出式窗体始终都会显示在所有已经打开的窗体之上。弹出式窗体可以是非独占式的，也可以是独占式的。如果弹出式窗体是非独占式的，可以在打开窗体时访问其他对象及菜单命令。例如，可以在订单窗口中添加一个显示产品的弹出式窗体的命令按钮，这个弹出式窗体将在订单窗体中显示产品的信息。如果弹出式窗体为独占式，除非关闭或隐藏该窗体，否则将不能访问任何其他对象或菜单命令。独占式弹出窗体就是自定义对话框。例如，可以创建一个自定义对话框来询问用户要打印哪些报表。将普通窗体的"弹出方式"属性设置为"是"，即可将其转换为弹出式窗体。如果将窗体的"模式"属性设置为"是"，则窗体就成为独占式窗体。

窗体按照其表现形式又可以分为多页窗体、连续窗体、子窗体、弹出式窗体等。

5.1.3 窗体的视图

表和查询有两种视图："数据表"视图和"设计"视图，而窗体有3种视图，即"设计"视图、"窗体"视图和"数据表"视图。在窗体的"设计"视图中可以完成窗体的修改或者创建操作；在"窗体"视图中可以完成记录数据的显示，记录的添加或者修改；在"数据表"视图中可以编辑、添加、修改、查找或者删除数据。

5.2 窗体向导的应用

Access 2003 为了方便用户，提供了向导功能。通过前几章学习，可以发现向导能够提高工作效率。窗体设计较之数据表对象和查询对象设计操作而言要复杂一些，很好地利用向导是必要的。

本节主要介绍应用窗体向导创建"源于单一数据集的窗体"和"源于多重数据集的窗体"。所谓"源于单一数据集的窗体"是指窗体的数据源是一个数据表或者是一个查询，而"源于多重数据集的窗体"是指窗体的数据源是多个数据表或多个查询的某种组合。

5.2.1 创建源于单一数据集的窗体

通过上节的介绍，已经了解了窗体的基本概念，下面使用向导创建源于单一数据集的窗体。

【例5-1】用"学生档案表"创建窗体。

操作步骤如下：

（1）打开"学生信息管理系统"数据库。

（2）在"数据库"窗口中，单击"对象"列表中的"窗体"对象，再单击"新建"按钮。

（3）在"新建窗体"对话框中，选择"窗体向导"选项。在数据来源下拉列表框中选择"学生档案表"，如图5-8所示，然后单击"确定"按钮。

（4）在弹出的"窗体向导"对话框中，选择窗体所需的字段，如图5-9所示。

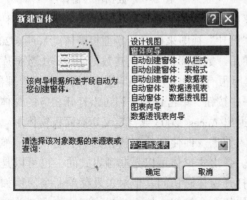

图5-8 "新建窗体"对话框

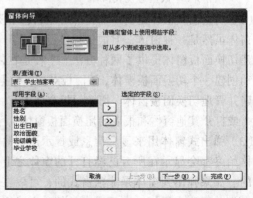

图5-9 选择窗体中使用的字段

（5）单击"下一步"按钮，在对话框中选择窗体布局，如图 5-10 所示。

（6）单击"下一步"按钮，在对话框中选择窗体的样式，如图 5-11 所示。

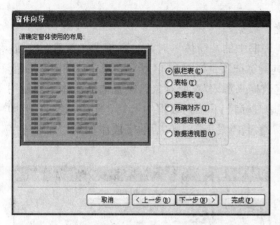 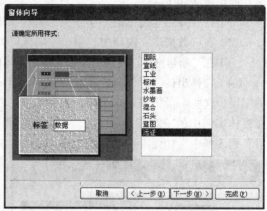

图 5-10　选择窗体布局　　　　　　　　　图 5-11　选择窗体的样式

（7）单击"下一步"按钮，在对话框中为窗体命名，如图 5-12 所示。

（8）利用"学生档案表"创建的窗体如图 5-13 所示。

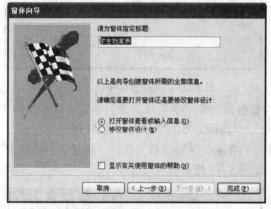 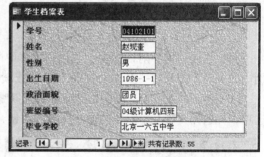

图 5-12　为窗体命名　　　　　　　　　图 5-13　"学生档案表"窗体

5.2.2　创建源于多重数据集的窗体

同查询对象可以基于一个表也可基于多个表一样，窗体对象不仅可以源于单一数据集，还可以源于多重数据集。在创建之前，要确定作为主窗体的数据源与作为子窗体的数据源之间存在着一对多的关系。Access 2003 处理多重数据源的形式为：为其开设子窗体。即主窗体基于一个数据源，而任意其他数据源的数据处理则必须为其开设对应的子窗体。子窗体是窗体中的窗体，在显示有一对多关系的表或查询中的数据时，子窗体特别有效。

【例 5-2】创建带有子窗体的主窗体，用于显示"学生档案表"和"学生成绩表"中的数据，"学生档案表"中的数据是一对多关系中的"一"端，而"学生成绩表"中的数据是这个关系的"多"端，每个学号对应多门功课的成绩。

在这类窗体中，主窗体和子窗体彼此连接，使得子窗体只显示与主窗体当前记录相关的记录。例如，主窗体显示学号为"04102101"时，在子窗体中就只会显示学号为"04102101"的学生的各个学期的各科成绩。

操作步骤如下：

（1）打开要创建窗体的"学生信息管理系统"数据库。

（2）在"数据库"窗口中，单击"对象"列表框中的"窗体"对象，再单击"新建"按钮。

（3）在"新建窗体"对话框中，选择"窗体向导"选项，如图5-14所示，单击"确定"按钮。

（4）在弹出的"窗体向导"对话框中，指定数据来源表/查询对象，接着选择窗体中要使用的字段，这些字段将绑定在窗体上。例如，在"表/查询"下拉列表框中选择"学生档案表"（即在窗体实例中的一对多关系中的"一"端），将"学生档案表"中包括的字段添加到"选定的字段"列表框中，如图5-15所示。

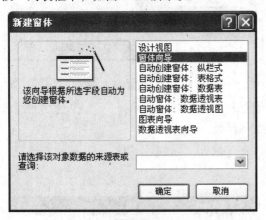

图 5-14 "新建窗体"对话框

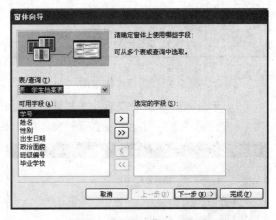

图 5-15 选择窗体中使用的字段

（5）在同一向导对话框中，选择子窗体中的数据源对象"学生成绩表"学生（即在窗体实例中的一对多关系的"多"端）。从"学生成绩表"中选择需要的字段，如图5-16所示。

（6）单击"下一步"按钮，向导将询问以哪一个表或查询来查看，选择"通过学生档案表"选项，并选择"带有子窗体的窗体"单选按钮，如图5-17所示。

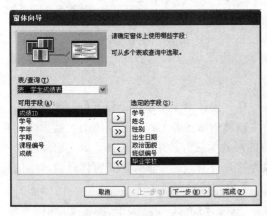

图 5-16 选择窗体中使用的字段

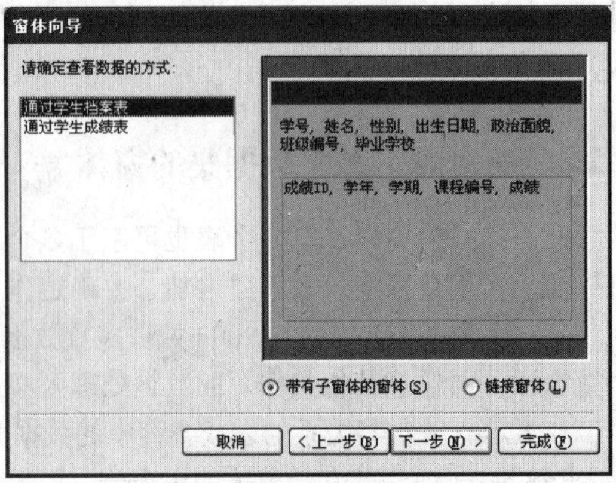

图 5-17 确定数据的查看方式

（7）单击"下一步"按钮，向导将询问关于子窗体的使用布局是"表格"形式还是"数据表"形式，如图5-18所示。

（8）单击"下一步"按钮，向导询问有关于主表的样式，可以根据需要选择，如图 5-19 所示。

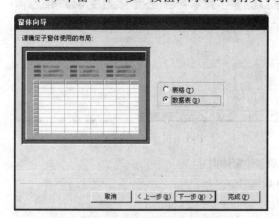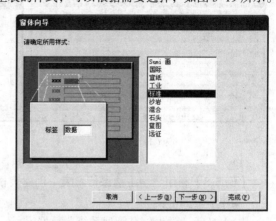

图 5-18　确定子窗体使用的布局　　　　　　　图 5-19　确定主表的样式

（9）单击"下一步"按钮，向导将给新的主窗体以及子窗体命名，如图 5-20 所示。

（10）单击"完成"按钮后，Access 2003 将同时创建两个窗体，一个是主窗体和子窗体控件，另一个则是子窗体，如图 5-21 所示。

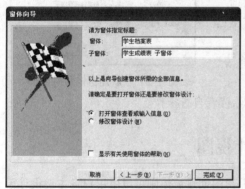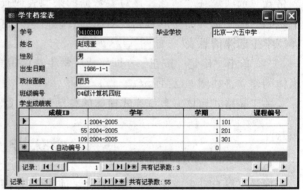

图 5-20　为窗体命名　　　　　　　图 5-21　带子窗体的窗体显示效果

5.2.3　使用"自动创建窗体向导"创建窗体

应用"自动创建窗体向导"这种方法可自动创建基于一个表或查询的纵栏式窗体、表格式窗体以及数据表式窗体。这 3 种窗体的创建步骤相同，只是显示方式不同：纵栏式窗体一屏显示一条记录，表格式窗体一屏显示多条记录，数据表窗体一屏显示多条记录（类似于数据表的显示），如图 5-22 所示。

（a）纵栏式窗体

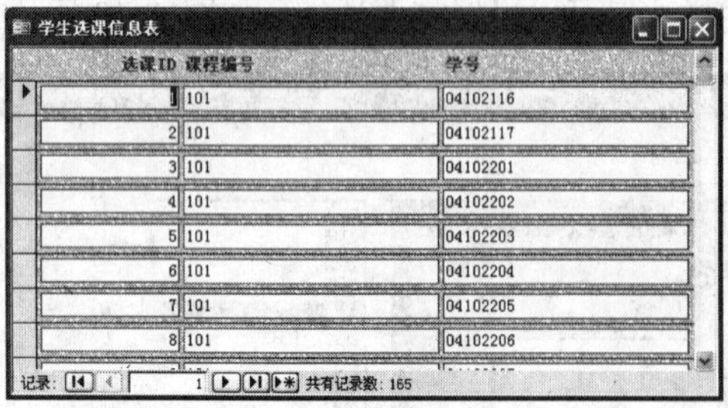

（b）表格式窗体

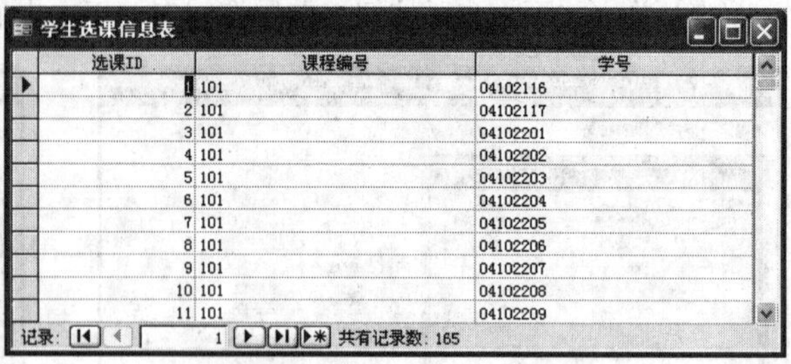

（c）数据表式窗体

图 5-22　使用自动创建窗体向导

【例 5-3】利用"学生选课信息表"创建表格式窗体。

操作步骤如下：

（1）打开"学生信息管理系统"数据库。

（2）在"数据库"窗口中，单击"对象"列表中的"窗体"对象，再单击"新建"按钮。

（3）在"新建窗体"对话框中，选择"自动创建窗体：表格式"选项。在"请选择该对象数据的来源表或查询"下拉列表框中选择需要的数据表对象或查询对象，这里选择"学生选课信息表"，如图 5-23 所示。

（4）单击"确定"按钮，立即完成"学生选课信息表"窗体的建立，如图 5-22 所示。

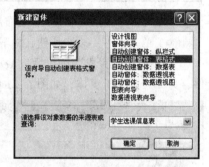

图 5-23　"新建窗体"对话框

关于表格式窗体、数据表式窗体的自动创建，留给读者自行操作。

5.3　窗体设计视图

向导可以自动生成比较实用的窗体，使用"设计"视图创建窗体则可以由用户自主地设计窗体中的所有内容。这种方法创建窗体最为灵活，但操作相对复杂些。因此，一般都是先利用向导创建窗体，然后用设计视图修改窗体、向窗体添加控件等，最终使窗体更加满足用户的需要。

5.3.1　窗体的结构

窗体的每一部分称为一个节，窗体最多可以拥有 5 个节，分别是窗体页眉、页面页眉、主体、页面页脚和窗体页脚，如图 5-24 所示。

- 窗体页眉：用于显示窗体的标题和使用说明或打开相关窗体，执行其他任务的命令按钮显示在窗体视图中顶部或打印页的开头。
- 主体：用于显示窗体或报表的主要部分，该节通常包含绑定到记录源中字段的控件。但也可能包含未绑定控件，如字段或标签等。
- 窗体页脚：用于显示窗体的使用说明、命令按钮或接受输入的未绑定控件。显示在窗体视图中的底部和打印页的尾部。
- 页面页眉：用于在窗体中每页的顶部显示标题、列标题、日期或页码。
- 页面页脚：用于在窗体和报表中每页的底部显示汇总、日期或页码。

窗体页眉和窗体页脚显示在"窗体"视图中窗体的上方和下方,以及打印窗口的开头和结尾。页面页眉和页面页脚显示在打印报表的开头和结尾,窗体页眉和窗体页脚则显示在每一打印页的顶部和底部,不出现在"窗体"视图中。

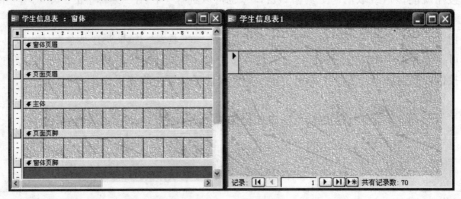

图 5-24　窗体结构

5.3.2　窗体"设计"视图的组成

1．怎样打开窗体设计视图

在设计视图中打开窗体,就可显示现有窗体的设计视图。在数据库的"窗体"对象列表中,单击某个窗体选项(如"学生成绩表"),然后单击"数据库"窗口工具栏中的"设计"按钮,窗体"设计"视图就会显示出来。如图 5-25 所示为"学生成绩表"窗体的设计视图。

2．窗体"设计"视图的组成

窗体的"设计"视图主要包括标题栏、水平标尺、垂直标尺、工具箱和工作区。

（1）标题栏:用于显示正在编辑窗体的名称。

（2）水平标尺和垂直标尺:用于标定控件的位置。

（3）工具箱:它是设计窗体最重要的工具,利用它可以给窗体添加控件。

（4）工作区:它是窗体设计的中心。

图 5-25　"学生成绩表"窗体"设计"视图

5.3.3　窗体"设计"视图工具栏

在窗体"设计"视图中的工具栏如图 5-26 所示。正是依靠这些工具提供的功能,窗体设计操作才可能全面地进行。

图 5-26　窗体"设计"视图中的工具栏

窗体"设计"视图工具栏中的第一行是窗体控件设计工具箱,第二行是常用工具栏,第三行是窗体设计格式。

1. 窗体控件设计工具箱

该工具箱用于创建控件。打开和关闭工具箱的方法很多。可以单击窗体设计工具栏中的"工具箱"按钮就能显示或取消"工具箱"窗口，也可以选择"视图"菜单中的"工具箱"命令。

工具箱中共有 20 个按钮，在这些按钮中，除了"选择对象"和"控件向导"这两个按钮是辅助按钮外，其余都是控件定义按钮。如图 5-27 所示工具箱，如果要在某个窗体中设计某个控件，则可在工具箱中单击所需控件按钮。然后移动光标到窗体，按住左键拖动到合适位置，松开即可将控件放在窗体上。表 5-1 列出了窗体控件设计工具箱中的按钮及其功能。

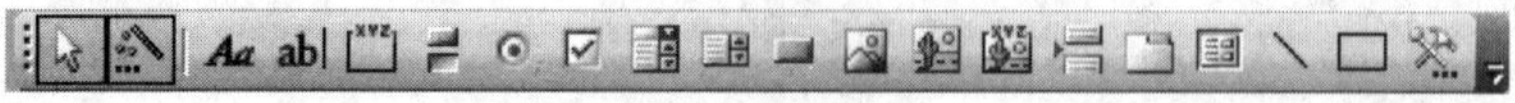

图 5-27　工具箱控件

表 5-1　窗体控件设计工具箱中的按钮及其功能

名　　称	图　标	功　　能
选择对象		单击该按钮可以释放事先锁定的工具栏按钮
控件向导		用于激活"控件向导"。此按钮处于按下状态时，"控件向导"将在创建新控件时，帮助用户输入控件属性
标签		用于显示说明文本的控件，如窗体上的标题或指示文字
文本框		用于显示、输入、编辑窗体的基本记录源数据，显示计算结果或接收用户输入数据的控件
选项组		与复选框、选项按钮或切换按钮搭配使用，可以显示一组可选值
切换按钮		用于创建保持开/关、真/假、是/否值的切换按钮控件。单击切换按钮时，其值变为-（表示开、真或是），并且按钮表现为按下状态。再次单击该按钮，其值变为 0（表示关、假或否）
选项按钮		用于创建保持开/关、真/假、或是/否值的选项按钮控件（有时称为"调节选项按钮"）。单击选项按钮时，其值变为-1（表示开、真或是），并且按钮中央出现实心圆。再次单击该按钮，其值将变为 0（表示关、段或否）
复选框		用于创建保持开/关、真/假或是/否值的选项按钮控件
组合框		该控件结合了文本框和列表框的性能，既可以在文本框中输入内容，也可在列表框中选择
列表框		显示可滚动的数据列表
命令按钮		用于在窗体上创建命令按钮
图像		用于在窗体上创建静态图片，但是不能编辑图片
非结合对象		在窗体上创建非绑定型 OLE 对象
结合对象		在窗体上创建绑定型 OLE 对象
分页符		用于在多页窗体上添加分页符
选项卡控件		用于在窗体上创建一个多页选项卡，用来切换页面
子窗体子报表		用于在当前窗体中嵌入另一个来自多个表的数据的窗体

续表

名 称	图 标	功 能
直线		用于向窗体中添加直线以增强其外观
矩形		用于向窗体中添加填充的或空的矩形以增强其外观
其他控件		用于显示系统中所装的所有 ActiveX 控件

2．常用工具栏中的工具

以上是窗体控件设计工具箱中所包含的按钮的主要功能。表 5-2 列出了窗体"设计"视图常用工具栏中的部分工具按钮的主要功能。

表 5-2　常用工具栏中的部分按钮及其主要功能

名 称	图 标	功 能
字段列表		显示窗体数据源包含的字段列表
工具箱		显示或隐藏工具箱
自动套用格式		将事先定义的格式用于窗体
代码		在"模块"窗口中显示选定窗体所包含的程序代码
属性		显示所选项目的属性表
生成器		选定项目或属性具有生成器，则显示该选定项目或属性的生成器

5.3.4　对象属性

窗体对象共有 100 多个属性，一般分为格式、数据、事件几类。可以通过窗体对象的属性表来设置这些属性，下面介绍窗体对象的主要属性。

1．窗体控件常用的格式属性

表 5-3 列出了窗体控件常用的格式属性、功能及其应用对象。

表 5-3　格式属性、功能及其应用对象

属性名称	说 明	主要应用对象
标题	属性值为字符串。在窗体视图中显示为该窗口的标题栏	窗体、标签、命令按钮等
名称	指定对象的名字（区分对象，在代码中引用对象）	节、控件
背景色	指定对象内部的背景色	节、标签、文本框、列表框等
前景色	指定控件的前景色（文本和图形的颜色）	标签、文本框、命令按钮、列表框
宽度	指定窗体（所有的节），控件的宽度	窗体、控件
字体名称	指定字体前景字体名称	标签、文本框、命令按钮、列表框等
字体大小	指定字体前景文字的大小	
字体粗细	指定前景文本粗细	
倾斜字体	指定控件前景文本是否倾斜	
高度	指定节、控件的高度	节、控件
背景样式	指定控件背景是常规还是透明。透明则背景着色无效，且后面对象的颜色可见	标签、文本框、图像等
边框样式	指定边框样式为无、细边框、可调边框等	窗体、文本框、标签等

属性名称	说　　　明	主要应用对象
默认视图	属性值共有 5 个选择，分别是：连续窗体、单个窗体、数据表、数据表透视表、数据表透视表，这一项决定窗体打开时所用的视图窗体的显示形式	窗体
允许的视图	该属性共有 3 种选择，分别是窗体、数据表、数据表和窗体，用来指定是否可以切换到窗体视图	
滚动条	指定窗体中是否有滚动条	
记录选定器	属性值为是/否，用来指定窗体中是否有记录选定器	
浏览按钮	属性值为是/否，用来指定窗体中是否包括记录浏览器	
分隔线	属性值为是/否，用来指定是否使用分隔线来分隔窗体的节或连续窗体显示的记录	
自动调整	窗体是否根据记录的大小来自动调整以便显示完整的记录	
自动居中	使用自动居中属性可以指定窗体打开时，是否自动位于应用程序窗口中央	
控制框	用来定义窗体中是否有控制菜单和按钮	窗体
最大化／最小化按钮	定义窗体视图中是否有最小化/最大化按钮。若将边框样式属性设为对话框，则会自动删除最大化/最小化按钮	
关闭按钮	指定标题框中是否有关闭按钮	
可移动的	指定窗体视图能否移动	

2. 窗体对象的数据属性

在窗体的设计过程中，除了要对相应控件的格式属性做定义以外，有时还要根据需要对窗体对象的数据属性做相应的定义，表 5-4 列出了窗体对象的数据属性、功能及其应用对象。

表 5-4　窗体对象数据属性、功能及其应用对象

属性名称	说　　　明	主要应用对象
记录源	指定窗体的数据源	窗体
筛选	在记录集中根据条件筛选出相关记录	
排序依据	指定记录的排序方式	
允许筛选	指定记录可否应用筛选	
允许编辑	指定用户是否可在使用窗体时编辑已保存的记录	
允许删除	指定用户可否删除记录	
允许添加	指定用户可否添加记录	
数据输入	指定是否允许打开绑定窗体进行数据输入	
记录集类型	指定何种类型的记录集可以在窗体中使用	
记录锁定	可以确定记录如何锁定以及当两个用户试图同时编辑同一条记录时将发生什么	
抓取默认值	返回或设置一个 Boolean 值，指明 Microsoft Access 在指定窗体上的新行保存前是否显示新行的默认值。如果 Access 显示指定窗体上新行的默认值，则值为 True	

5.4 窗体控件应用

窗体是一个容器对象，它可以包含标签、直线、命令按钮等控件。用这些窗体控件可以表达数据、显示图片等。每一种控件都有它的功能和操作方法，本节主要介绍它们的设计方法。

5.4.1 标签

标签（Label）控件可以显示说明性文本，例如标题、题注或简短的说明，但不能显示字段或表达式的值，属于未绑定型控件。标签的值从一个记录移动到另一个记录时，不会改变。

【例 5-4】在"学生档案表"窗体中创建一个标题名为"学生信息管理系统"的标签控件。

操作步骤如下：

（1）在"设计"视图打开"学生档案表"窗体。

（2）单击工具箱中的"标签"工具按钮 Aa。

（3）在窗体上单击放置"标签"的位置，然后在"标签"上输入"学生信息管理系统"文本，如图 5-28 所示。

（4）修改标签的属性。标签建立好之后，其字体名称、字号、背景色等属性，都可根据要求进行编辑，如字体选择宋体，字号选择 28，如图 5-29 所示。

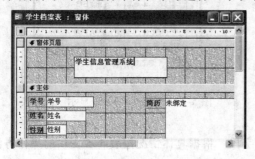

图 5-28 在标签中输入文本

图 5-29 标签属性设置

（5）窗体建立好以后要进行保存，单击工具栏上的"保存"按钮，将窗体命名为"学生档案表"，如图 5-30 所示。

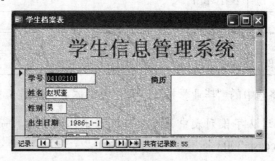

图 5-30 "学生档案表"窗体

5.4.2 文本框

文本框（TextBox）控件用于输入或编辑数据，它可分为绑定文本框、未绑定文本框和计算文本框这 3 种类型。

绑定文本框即绑定控件，它是在窗体中使用的控件，用来显示和修改来自表、查询或 SQL 语句的数据。控件的来源属性存储了控件绑定到的字段的名称。未绑定文本框即未绑定控件，它表示未与基础表、查询中的字段或 SQL 语句连接的控件。未绑定控件通常用于显示信息性文本或装饰性图片。计算文本框即计算控件，它在窗体用来显示表达式结果的控件。每当表达式所基于的值发生改变，就重新计算结果。如何创建文本框取决于文本框的类型。

1. 创建绑定文本框

创建绑定控件前，必须确定窗体已绑定记录源与数据库相连接。

【例 5-5】在"学生档案表"窗体中增加一个"毕业学校"字段。

操作步骤如下：

（1）在"设计"视图中打开"学生档案表"窗体，如图 5-31 所示。

（2）在窗体"设计"视图中，如果字段列表不可见，则单击工具栏上的"字段列表"按钮，如图 5-32 所示。

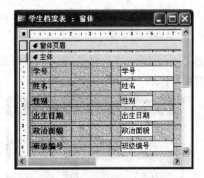

图 5-31 "学生档案表"窗体

图 5-32 在设计视图中显示字段列表

（3）单击工具箱中的"文本框"工具按钮 abl。

（4）在窗体的字段列表中选择一个或多个字段。根据具体情况按表 5-5 提供的操作方法选择不同的操作。

表 5-5 操作方法

要 选 择	执行该操作
一个字段	单击此字段
相邻的字段	单击其中的第一个字段，按住【Shift】键，然后单击最后一个字段
不相邻的字段	按住【Ctrl】键并单击要包含的每一个字段的名称

（5）从字段列表中将选中的"毕业学校"字段拖至窗体上，如图 5-33 所示。

注意：如果不是通过从字段列表中拖动所选字段来添加字段，而是试图通过单击字段列表添加，Microsoft Access 2003 将不会创建此控件。

（6）调整文本框的大小，以便它们有合适的大小来容纳要显示的数据。

（7）如果需要，可以更改标签文本。

（8）切换至"窗体"视图测试该控件，如图 5-34 所示。

Access 2003 将在窗体中为在字段列表中所选择的每一个字段放置一个文本框。每个文本框都会与基础数据源中的一个字段绑定。而且，每个文本框都有一个默认的附加标签。

图 5-33 将"毕业学校"字段拖至窗体   图 5-34 "学生档案表"窗体

2. 创建未绑定文本框

【例 5-6】在"学生档案表"窗体中增加一个"简历"字段。

操作步骤如下：

（1）在"设计"视图的设计窗口中打开"学生档案表"窗体。

（2）单击工具箱中的"文本框"工具按钮 **abl**。

（3）单击窗体上的任何位置，即可创建一个默认大小的文本框，也可以用拖动方式来创建所需大小的文本框。

（4）在文本框标签中输入"简历"，如图 5-35 所示。

注意：如果窗体上的文本框中的数据包含多行文本，可能需要将"滚动条"属性设置为"垂直"。

（5）切换至"窗体"视图测试该控件，试图在该控件中输入一些文本内容，如图 5-36 所示。

图 5-35 创建未绑定型文本框   图 5-36 "学生档案表"窗体

注意：在未绑定的控件中输入的文本内容，并不能保存到数据源中。

3. 创建计算型文本框

【例 5-7】创建计算型文本框（利用"学生成绩表_交叉表"创建"学期总成绩"这一项，并计算总成绩 = [101] + [201] + [301]），交叉表数据源如图 5-37 所示。

操作步骤如下：

（1）在"设计"视图中打开窗体，指定数据源为"学生成绩表-交叉表"，如图 5-38 所示。

（2）单击工具箱中的"文本框"工具按钮。

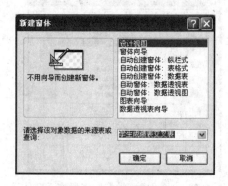

图 5-37　交叉表数据源　　　　　　　　　图 5-38　指定数据源

（3）单击窗体上的任何位置，即可创建一个默认大小的文本框，也可以用拖动方式来创建所需大小的文本框。

（4）在文本框中放置插入点，并输入计算总计的表达式或；选择文本框，单击工具栏上的"属性"按钮，并在"控件来源"属性框中输入表达式，如图 5-39 所示。然后再修改文本框的标签名为"总成绩"。

（5）再打开字段列表，选定所有字段一次拖动到窗体的"设计"视图中。

（6）切换到"窗体"视图测试该控件，如图 5-40 所示。

图 5-39　文本框数据属性设置

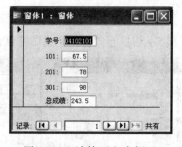

图 5-40　计算型文本框

注意：

如果在"控件来源"属性框中需要更多空间来输入表达式，则按【Shift+F2】组合键来打开"显示比例"对话框，如图 5-41 所示。

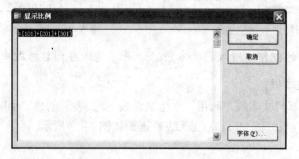

图 5-41　"显示比例"对话框

5.4.3　列表框与组合框

列表框与组合框可以是一个绑定或未绑定的控件，并且可以在一个固定的列表或表、查询中查找值。二者都有一个供用户选择的列表，列表由数据行组成，并可包含多列。从列表中选择一个值，通常比输入该值更快，并能确保输入的正确性。两者之间的区别有以下两点。

（1）列表框任何时候都显示它的列表；而组合框平时只能显示一个数据，待单击它的下拉按钮后才能显示下拉列表。列表框显示可滚动的值列表。当在"窗体"视图中打开窗体时，可以从列表中选择值输入到新记录中，或者更改现有记录中的值。

（2）组合框实际是列表框和文本框的组合，用户可以在其文本框中输入数据。

从上可知，若窗体有足够空间来显示列表，可以使用列表框；若要节省空间，且突出当前选定的数据，或者需要输入数据，则可使用组合框。创建组合框还是列表框，需要考虑有关控件在窗体中如何显示，以及用户如何使用。这两个控件有各自的优点。

1．使用向导创建列表框、组合框

【例 5-8】在"学生档案表"窗体中利用向导创建组合框。

操作步骤如下：

（1）在"设计"视图中打开窗体。

（2）在工具箱中确保选定了"控件向导"按钮 ![按钮图标]。

（3）单击工具箱中的"组合框"按钮 ![按钮图标]。

（4）在窗体上，单击要放置组合框的位置，弹出创建"组合框向导"对话框，如图 5-42 所示。

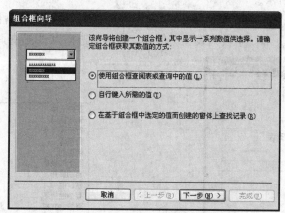

图 5-42　"组合框向导"对话框

弹出的"组合框向导"会询问如何为控件获得"组合框"列表中的值。如果要显示几乎不进行更改的一串固定值，则选择"自行键入所需的值"单选按钮。如果要显示记录源中的当前数据，则选择"使用组合框查阅表或查询中的值"单选按钮。例如，在"学生档案表"窗体中创建"政治面貌"组合框，该列表中的值几乎是不进行更改的一串固定值，所以，这时就选择"自行键入所需的值"单选按钮。

（5）单击"下一步"按钮，这时"组合框向导"需要用户确定列表的列数以及列表中具体的数值。例如，输入"团员"、"党员"、"群众"，如图 5-43 所示。

（6）单击"完成"按钮，切换至"窗体"视图来测试该控件，如图 5-44 所示。

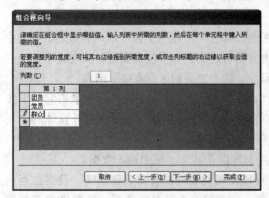

图 5-43　确定列表的列数及列表的数值　　　　　图 5-44　"学生档案表"窗体

2．不使用向导创建列表框、组合框

【例 5-9】在窗体中创建"课程名称"组合框。

操作步骤如下。

（1）在"设计"视图中打开窗体。

（2）在工具箱中，确保未选择"控件向导"工具按钮。

（3）单击工具箱中的"组合框"按钮。

（4）单击窗体，以创建默认大小的控件，或单击并拖动直至控件达到所需的大小。

（5）在该控件仍被选定的情况下，单击窗体设计工具栏上的"属性"按钮，打开控件的属性对话框，如图 5-45 所示。

（6）为窗体中组合框的列表指定数据源类型。在"行来源类型"属性框中，根据情况选择"表/查询"、"值列表"和"字段列表"。例如，在这里选择为"表/查询"，如图 5-46 所示。

图 5-45　"组合框"属性对话框　　　　　图 5-46　定义"行来源类型"属性

（7）为窗体中的组合框列表指定具体数据。在"行来源"属性框中，可执行下列操作之一：选择希望在列表框中出现的值或字段名称所在的表或查询；输入一系列固定值，每项固定值之间以分号(;) 隔开；输入一个 SQL 语句，或单击"生成器"按钮打开"查询生成器"。如在本例中，打开"查询生成器"，在"查询生成器"中添加"课程名表"作为数据源，在设计网格中添加"课程名称"字段，如图 5-47 所示。

（8）切换到"窗体"视图，测试"课程名称"组合框控件，如图 5-48 所示。

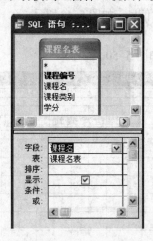

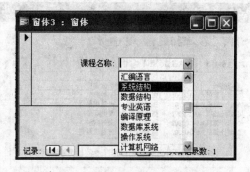

图 5-47 "查询生成器" 　　　　　　　　图 5-48 学生选课信息输入

3. 列表框或组合框属性的设置

列表框和组合框控件有很多的属性，表 5-6 列出了它们的部分属性。

表 5-6 列表框和组合框控件部分属性

属　　性	说　　　　　　明
控件来源	指定在控件中显示的数据 **String** 型
行来源类型	说明如何为列表框、组合框提供数据。类型有"表/查询"、"值列表"和"字段列表"
行来源	如果"行来源类型"是"表/查询"，则指定表名称、查询名称或者 SQL 语句； 如果"行来源类型"是"值列表"，则指定列表的输入项，以分号 (;) 作为分隔符； 如果"行来源类型"是"字段列表"，则指定表名称、查询名称或者 SQL 语句
绑定列	将确定 Microsoft Access 把哪一列的值用作控件的值
限于列表	有两个值一个是一个否。选择是，表示如果用户在组合框的列表中选择了某个项，或输入了与列表项相匹配的文本，都将接受。如果输入的文本不在列表项当中，则不接受该文本，用户必须重新输入，或选择列表项，或按【Esc】键，或在"编辑"菜单中选择"撤销"命令。选择否，表示将接受任何符合属性的文本
自动展开	指定当在组合框中输入时，是否用组合框列表中与输入字符相匹配的值自动填充组合框的文本框部分。这样可以在不显示组合框的文本框部分的情况下，快速输入组合框中现有的值
默认值	可以指定一个字符串值，该值在新建记录时会自动输入到字段中。例如，在"学生档案表"中可以将"政治面貌"字段的默认值设为"团员"。当用户在表中添加记录时，既可以接受该默认值，也可以输入其他政治面貌的名称

5.4.4 选项卡

选项卡也称为页（Page），可用来放置其他控件，包括单一窗体或对话框。选项卡控件可以包含多个选项卡，用分页方法放置不同类别的数据，或隔离不适宜一起显示的数据，可以有效地扩展窗体面积。在"窗体"视图中，当单击某选项卡的标签（这里所称的"标签"不同于标签控件）时，该选项卡即被激活。

【例 5-10】在窗体中创建一个选项卡控件，要求第一选项卡显示"课程信息查询"，用于浏览课程信息；第二选项卡显示"选课情况查询"，用于浏览选课情况信息，如图 5-49 所示。

操作步骤如下：

（1）在"设计"视图中打开窗体"课程选课信息查询"，如图 5-50 所示。

图 5-49　"课程及选课信息查询"窗体　　　　　　图 5-50　打开窗体

（2）单击工具箱中的"选项卡控件"按钮。

（3）然后单击窗体，以创建默认大小的控件，或单击并拖动直至控件达到所需的大小，如图 5-51 所示。

（4）在工具箱中单击"控件向导"按钮，然后单击"列表框"按钮，再单击"页 2"选项卡标签下方，弹出如图 5-52 所示的"列表框向导"对话框。该向导操作共有如下 3 步：

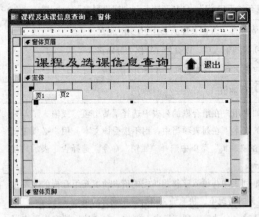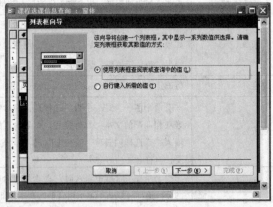

图 5-51　创建选项卡控件　　　　　　图 5-52　"列表框向导"对话框

① 保持"使用现有的表和查询"单选按钮的默认选定。单击"下一步"按钮。

② 在"请选择为列表框提供数值的表或查询"对话框（见图 5-53）中，选择"课程名表"选项及其所有字段，单击"下一步"按钮。

③ 在"请为指定列表框制定标签名"对话框的文本框中输入"课程名选项卡"，单击"完成"按钮后，即显示如图 5-54 所示的窗体"设计"视图，并在窗体对象列表中添入了"课程名选项卡"列表框。

单击附加的"课程名选项卡"标签，按【Del】键删除。

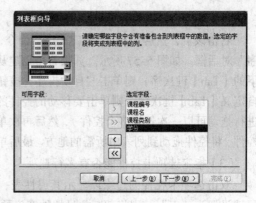

图 5-53 "选择表/查询及字段"对话框

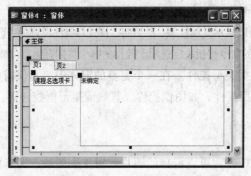

图 5-54 窗体"设计"视图

（5）双击"页 1"选项卡的标签，在其属性表的"标题"属性框中输入"课程信息查询"更改选项卡标签文本，如图 5-55 所示。

（6）对"页 2"选项卡的设置同"页 1"选项卡的设置方法一样。只是以"学生选课情况"查询为数据源，来创建"选课情况查询"列表框，删除附加的"选课情况查询"标签，并将"页 2"选项卡标签文本更改为"选课情况查询"，如图 5-56 所示。

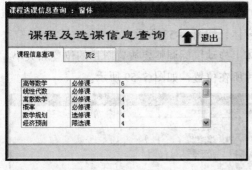

图 5-55 设置选项卡 1

图 5-56 "选课信息查询"选项卡

经过上述设置后，打开窗体视图，可试看选项卡控件既有分类、隔离又有联系的效果。

另外，也可以在窗体"设计"视图中打开选项卡控件或其选项，使用属性表和快捷菜单对选项卡进行如下自定义。

（1）添加、删除或更改选项卡的次序

右击选项卡控件的边缘，然后选择"插入页"、"删除页"或"页次序"命令。

（2）更改页中控件的【Tab】键次序

右击该页，然后选择"Tab 键次序"命令，弹出"Tab 键次序"对话框，如图 5-57 所示。如果希望创建从左到右，从上到下的【Tab】键次序，则单击"自动排序"按钮。如果希望创建自定义【Tab】键次序，则单击要移动的控件的选定器（单击并进行拖动可以一次选择多个控件），然后再次单击选定器以选定控件，将控件拖动到列表中所需的地方。最后单击"确定"按钮。

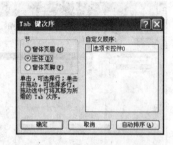

（3）指定选项卡控件能否有多行选项卡

图 5-57 "Tab 键次序"对话框

双击选项卡控件的边缘以显示其属性表，然后将"多行"属性设置为"是"。如果"多行"属性设置为"否"，则将截断超过控件宽度的选项卡，并添加一个滚动条。

（4）指定是否在选项卡控件的顶端显示选项卡或命令按钮

双击选项卡控件的边缘以显示其属性表，然后将"样式"属性设置为"选项卡"、"按钮"或"无"。如果打算用选项卡控件外部的命令按钮决定选项卡控件的哪个页拥有焦点可能需要选择"无"。

以上几种控件属于数据类型控件。在一个完整的窗体中，不仅需要数据类型控件，还需要一部分美观作用的图形类型控件，如图像控件、直线或矩形框控件等。

5.4.5 图像控件

图像控件是一种图形控件。可以添加的图片或对象有两种：即未绑定图片或对象和绑定图片或对象，前者不会因在记录间的移动而更改，而后者会因在记录间的移动而更改。也可以添加嵌入或链接的图片或对象。

1. 添加未绑定图片或对象

在窗体中，可以添加背景图片，背景图片类似于水印或在图像控件中所显示的图片，也可以使用未绑定对象框向窗体或报表中添加图片或对象。

【例 5-11】为了使窗体美观，给"学生档案表"窗体添加一个背景图片。

操作步骤如下：

（1）在"设计"视图中打开"学生档案表"窗体，如图 5-58 所示。

（2）在工具栏上，选择"图片"控件，在窗体上拖动鼠标调整要放置图片的位置和大小。

（3）在弹出的"插入图片"对话框中选择图片所在位置，如图 5-59 所示。

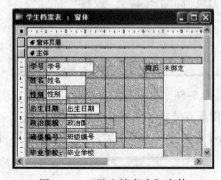

图 5-58 "学生档案表"窗体

图 5-59 "插入图片"对话框

（4）选中图片控件并右击，在弹出的快捷菜单中选择"属性"命令，在"图片类型"属性框中指定图片的添加方式，在"缩放模式"属性框中选择"拉伸"选项，如图 5-60 所示。

（5）此时图片覆盖在窗体字段上，选择"格式"菜单中的"置于底层"命令，使背景在其他控件的下方。

（6）调整控件的位置及窗体的位置。切换至"窗体"视图查看结果，如图 5-61 所示。

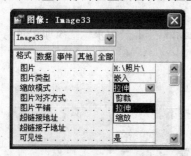

图 5-60 图片属性

图 5-61 "学生档案表"窗体

2．图片属性

（1）"图片"属性包含"（位图）"和显示的位图或其他类型图形的路径和文件名。也可以单击属性框（命令按钮和切换按钮所属的）右侧的"生成器"按钮。从"可用图片"列表中选取一个位图文件后，属性设置就变为"（位图）"。

（2）"图片类型"属性可以指定图片存储为链接对象，它表示图片链接到对象中。存储的只是指向图片在磁盘上所在位置的指针。还可以是嵌入对象（默认值），它表示图片嵌入到对象中成为数据库文件的一部分。

（3）"缩放模式"属性可以指定如何调整绑定对象框、未绑定对象框或图像控件中的图片或其他对象的大小。"剪裁"是指按实际大小显示图片。如果图片比"窗体"窗口大，则图片将被剪裁。"拉伸"调整图片大小以符合"窗体"窗口大小，该项设置可能会扭曲图像。"缩放"调整图片大小使其填满"窗体"窗口的高度或宽度，该项设置不会剪裁图片或扭曲它的比例。

（4）"图片对齐方式"属性可以指定背景图片在图像控件或在窗体中的位置。

（5）"图片平铺"属性可以指定背景图片是否在整个"窗体"窗口中平铺。

（6）"可见性"属性是用来显示或隐藏窗体图片控件。如果要保持对窗体信息的访问而又不让窗体可见，该属性就很有用。

（7）"何时显示"属性可以指定窗体中将在屏幕上显示及打印的图片控件。"两者都显示"（默认值）对象在"窗体"视图中显示，在打印时打印。"只打印显示"对象在"窗体"视图中隐藏，但在打印时打印。"只屏幕显示"对象在"窗体"视图时显示，但在打印时不打印。

5.4.6 直线及矩形框控件

工具箱中提供了"直线"和"矩形"两个工具，分别用于绘制线条和矩形框，以便修饰或突出显示某些对象，进而设计清晰美观的用户界面。

（1）创建线条："直线"工具可以绘制的线条包括横线、竖线和斜线。单击工具箱中的"直线"按钮后，只要再单击窗体中任何位置，即会显示默认的一定长度的横线，或通过拖动来创建所需长度的横线、竖线或斜线。

（2）创建矩形：创建矩形方法与创建线条类似：单击工具箱中的"矩形"按钮后，只要再单击窗体中任何位置，即会显示默认的正方形；或通过拖动来创建所需大小的矩形。

5.4.7 命令按钮

命令按钮是最常见的控件之一。单击命令按钮时，其外观能产生先按入后释放的动态视觉效果，它不但在应用程序中可起控制作用，还可用于完成某些特定的操作，其操作代码通常放置在其"单击"事件中。

【例 5-12】在"学生档案表"中使用向导创建"上一记录"、"下一记录"、"添加记录"、"保存记录"、"退出"命令按钮。

操作步骤如下：

（1）在窗体"设计"视图中打开"学生档案表"窗体。

（2）单击工具箱中的"控件向导"按钮，确认此按钮按下。

（3）在工具箱中单击"命令按钮"按钮。

（4）在窗体上，用鼠标拖动要放置命令按钮的大小位置。

（5）弹出"命令按钮向导"对话框，在"类别"列表框中选择"记录导航"选项，并在"操作"列表框中选择"转至前一项记录"选项，如图 5-62 所示。

（6）单击"下一步"按钮，向导将询问按钮的标题显示方式是图片还是文本。这里使用"前一记录"文本，在文本框中输入"前一记录"，如图 5-63 所示。

图 5-62 "命令按钮向导"对话框 图 5-63 向导第二步

（7）单击"下一步"按钮，进入"命令按钮"向导的最后一个对话框，将命令按钮命名为"前一记录"，单击"完成"按钮。

（8）单击工具栏上的"视图"按钮，查看命令按钮的功能，如图 5-64 所示。

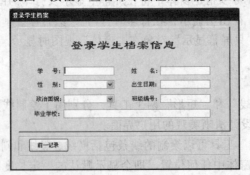

图 5-64 窗体视图

其他几个命令按钮创建方法同"前一记录"，留给读者自行操作。

5.4.8 选项组

与复选框、选项按钮或切换按钮搭配使用，可以显示一组可选值。例如，可以使用选项组指定教师职称是助教、讲师、副教授还是教授。在数据访问页中，选项组可以仅包含选项按钮。可以自行创建一个选项组，或如果正使用窗体或报表，也可利用向导创建选项组。使用向导可以加快创建选项组的过程，因为向导为用户完成了所有基本的任务。使用向导时，Microsoft Access 2003 会提示用户输入所需的信息，然后根据用户的回答创建选项组。本节介绍怎样使用向导创建选项组和自行创建选项组。

1．利用向导创建选项组

【例 5-13】使用向导创建"学生政治面貌"选项组，如图 5-65 所示。

操作步骤如下：

（1）在"设计"视图中打开窗体。

（2）如果尚未选择工具箱中的"控件向导"工具 ，则单击该按钮。

（3）在工具箱中，单击"选项组"工具按钮 。

（4）在窗体上，在合适的位置上按住左键拖动到合适大小松开，这时将弹出"选项组向导"对话框，如图 5-66 所示。

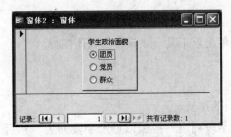

图 5-65 "学生政治面貌"选项组

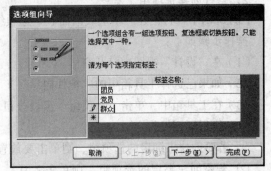

图 5-66 "选项组向导"对话框

（5）在控件向导中输入"标签名称"，如此例输入：团员、党员和群众，如图 5-66 所示。

（6）单击"下一步"按钮，在弹出的如图 5-67 所示的对话框中指定默认选项。

（7）单击"下一步"按钮，弹出"为选项赋值"对话框，如图 5-68 所示。

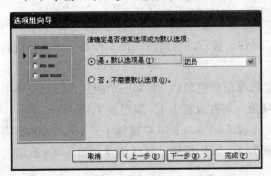

图 5-67 指定默认选项

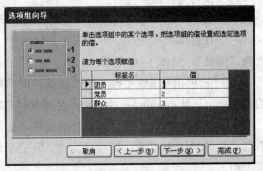

图 5-68 "为选项赋值"对话框

（8）单击"下一步"按钮，弹出"选定控件类型和样式"对话框，在这里控件类型是"选项"按钮，样式选择"蚀刻"，如图 5-69 所示。

（9）单击"下一步"按钮，弹出"为选项组指定标题（作为选项组名称和附加标签的标题）"对话框，在其中输入"学生政治面貌"，如图 5-70 所示。

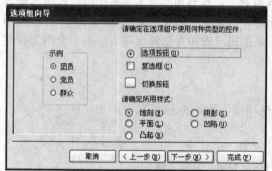 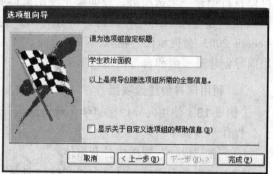

图 5-69 "选定控件类型和样式"对话框　　　　图 5-70 "选项组指定标题"对话框

（10）单击"完成"按钮，就可以利用向导创建如图 5-65 所示的选项组。

2. 自行创建选项组

【例 5-14】自行创建"学生政治面貌"选项组，如图 5-65 所示。

操作步骤如下：

（1）在"设计"视图中打开窗体。

（2）如果已选择工具箱中的"控件向导"工具，则单击该工具。该操作将关闭向导。

（3）在工具箱中，单击"选项组"工具按钮。

（4）执行下列操作之一：

① 若要创建未绑定的选项组，则单击要放置选项组的位置。

② 若要创建绑定的选项组，则单击工具栏上的"字段列表"按钮以显示字段列表，然后从字段列表中将合适的字段或列拖到窗体中。注意，如果不是从字段列表中拖动选定的字段，而是通过单击窗体，则所创建的控件将不是绑定控件。

（5）在窗体工具箱中，单击"复选框"、"选项按钮"或"切换按钮"工具按钮。在这里单击"选项按钮"按钮。

（6）在选项组框架内，单击合适的位置作为复选框、选项按钮或切换按钮的左上角。

（7）在窗体上单击控件再单击工具栏上的"属性"按钮，然后将控件"标签"属性标题名改为"团员"，如图 5-71 所示。

（8）"选项值"属性更改为单击该控件时希望选项组拥有的值。将第一个控件添加到窗体上的选项组时，Microsoft Access 2003 会将其"选项值"属性设置为 1，如图 5-72 所示。

（9）对每一个要添加到选项组的控件，重复步骤（5）～（8）。在窗体上，Access 2003 将第二个控件的"选项值"属性设为 2，第三个设为 3。以此类推，就能创建如图 5-65 所示的选项组。

为简化数据输入，可以通过设置选项组的"默认值"属性，将最常见的选定选项设置为默认值。

图 5-71 "标签"属性 图 5-72 "选项组按钮"属性

5.4.9 分页符

分页符用于在窗体上开始一个新的屏幕，或在打印窗体或报表上开始一个新的页，它在窗体中表示以新屏幕显示内容的开始位置，在报表中表示以新页打印内容的开始位置。

将分页符控件插入在其他控件之间，不会影响窗体的数据，并且插入的分页符还可以移动。

注意：

分页符控件用在窗体中时：

（1）按 PageDown 键才能实现向下翻屏，按【PageUp】键才能向上翻屏。

（2）仅当窗体的"默认视图"属性设置为"单个窗体"时，分页符才在窗体视图起作用。

【例 5-15】将密码窗口的操作控件和提示信息分两屏显示。

在"设计"视图中打开窗体，利用工具箱中的"分页符"按钮在"直线"控件上方插入分页符。分页符控件显示为 5 个点，如图 5-73（a）所示。然后适当缩小"设计"视图窗口，以使"窗体"视图大小恰当。

经过上述设置，打开窗体视图将显示操作屏如图 5-73（b）所示，可以进行密码操作；按【PageDown】键即显示提示屏如图 5-73（c）所示；按【PageUp】键则又返回上一屏。

（a）插入分页符控件 （b）显示操作屏 （c）显示提示屏

图 5-73 分页符用于分屏显示

5.5 切换面板概述

Access 2003 数据库的操作方式与传统的数据库不太一样，用户可以使用其提供的开发步骤完成一个应用系统的主要功能，可以使用表、查询、窗体、报表来完成各项任务。但是，这样操作不方便，管理也不系统。用户可以使用切换面板管理器创建一个良好的应用系统集成环境，轻松地把各种数据库对象组织起来。

5.5.1　创建切换面板

【例 5-16】将"学生信息管理"窗体设计为切换面板。

操作步骤如下：

（1）打开"学生管理信息系统"数据库。

（2）在"工具"菜单中选择"数据库实用工具"子菜单，然后选择"切换面板管理器"命令。

（3）如果是第一次建立切换面板，那么 Microsoft Access 2003 在询问是否要新建切换面板时，单击"是"按钮，如图 5-74 所示。

（4）单击"新建"按钮。

（5）输入新切换面板的名称，例如，输入"学生信息管理"，然后单击"确定"按钮，如图 5-75 所示。

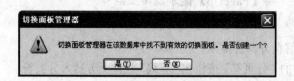

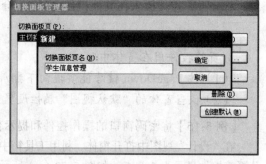

图 5-74　"切换面板管理器"提示框　　　　图 5-75　"切换面板管理器"对话框

（6）Microsoft Access 2003 将在"切换面板页"列表框中添加相应的切换面板。

（7）选择"学生信息管理"新切换面板，然后单击"编辑"按钮。

（8）单击"新建"按钮。

（9）在"文本"文本框中为第一个切换面板项目输入文本，例如，这里输入"查阅学生信息"。然后选择"命令"列表框中相应的命令，在这里选择"在'编辑'模式下打开窗体"选项。"窗体"选择"登录学生档案"选项，如图 5-76 所示。

图 5-76　"编辑切换面板项目"对话框

注意：若要创建一个可形成其他切换面板分支的切换面板，则选择"命令"列表框中的"转至'切换面板'"命令，然后指定要转到的切换面板。

（10）然后单击"确定"按钮。

（11）重复步骤（8）和（9），直到已经在切换面板中添加了所有要添加的项目为止。

注意：若要编辑或删除某项目，则在"切换面板上的项目"列表框中单击该项目，然后单击"编辑"或"删除"按钮。如果要重新安排项目，则单击列表框中相应的项目，然后单击"向上移"或"向下移"按钮。

（12）在完成创建切换面板后，单击"关闭"按钮。

5.5.2 切换面板自定义

对切换面板进行自定义操作步骤如下：

（1）打开数据库。

（2）在"工具"菜单中选择"数据库实用工具"子菜单，然后选择"切换面板管理器"命令。

（3）在"切换面板管理器"对话框中，选择要编辑的切换面板，然后单击"编辑"按钮。

（4）在切换面板上单击要修改的项目，然后执行下列操作之一：

① 若要更改项目的文本、由该项目执行的命令或单击项目时打开或执行的对象，则单击"编辑"按钮。

② 若要添加项目，则单击"新建"按钮，输入项目的文本，然后选择"命令"列表框中的选项。Microsoft Access 2003 是否在"命令"列表框中显示另一个框取决于所选择的选项。如有必要，可单击该框中的项目。例如，如果在"命令"列表框中选择了某个窗体命令，就需要选择要打开的窗体名称。

③ 若要删除项目，则单击"删除"。

④ 若要移动项目，则单击"向上移"或"向下移"按钮。

（5）单击"关闭"按钮。

习 题

一、选择题

1. 不是窗体组成部分的是（ ）。
   A. 窗体页眉 B. 窗体页脚
   C. 主体 D. 窗体设计器
2. 自动窗体不包括（ ）。
   A. 纵栏式 B. 新奇式 C. 表格式 D. 数据表
3. 为窗体上的控件设置【Tab】键的顺序，应选择属性表中的（ ）。
   A. "格式"选项卡 B. "数据"选项卡
   C. "事件"选项卡 D. "其他"选项卡
4. 创建窗体的数据来源不能是（ ）。
   A. 一个表 B. 任意
   C. 一个单表创建的查询 D. 一个多表创建的查询
5. 不是窗体控件的为（ ）。
   A. 表 B. 标签 C. 文本框 D. 组合框

6. 窗体中的工具箱可以向窗体添加各种控件，下列说法正确的是（　　　）。
  A. 标签控件用来在指定的地方显示标题
  B. 文本框控件可以在窗体上显示输入或编辑的数据
  C. 标签控件也可以用来接受用户输入或输出的计算结果
  D. 图像控件可以用来向窗体添加图片

7. 利用"窗体向导"创建窗体可以有（　　　）种形式的布局。
  A. 1　　　　　　　　B. 2　　　　　　　　C. 3　　　　　　　　D. 4

8. 窗体事件是指操作窗口时引发的事件，下列不属于窗体事件的是（　　　）。
  A. 打开　　　　　　　B. 关闭　　　　　　　C. 加载　　　　　　　D. 取消

二、填空题

1. 窗体通常由窗体页眉、窗体页脚、页面页眉、页面页脚及_____5部分组成。
2. 窗体的每个部分都称为窗体的_____。
3. 使用窗体设计器，一是可以创建窗体，二是可以_____。
4. 窗体中的数据来源主要包括表和_____。
5. 文本框和列表框的主要区别是是否可以在框中_____。

三、综合题

1. 简述窗体的主要功能。
2. 什么是控件？控件可分为哪几类？
3. 窗体有几种视图？各有什么作用？
4. 组合框和列表框的区别是什么？
5. 属性窗口有什么作用？如何显示属性窗口？
6. 数据库文件 samp2.mdb，里面已经设计好窗体对象 fStaff。试在此基础上按照以下要求补充窗体设计。

（1）在窗体对象的窗体页眉节区位置添加一个标签控件，其名称为 bTitle，标题显示为"员工信息输出"。

（2）在主体节区位置添加一个选项组控件，将其命名为 opt，选项组标签显示内容为"性别"，名称为 bopt。

（3）在选项组内放置两个选项按钮控件，分别命名为 opt1 和 opt2，标签显示内容分别为"男"和"女"，名称分别为 bopt1 和 bopt2。

（4）在窗体页脚节区位置添加两个命令按钮，分别命名为 bOK 和 bQuit，标题分别为"确定"和"退出"。

（5）将窗体标题设置为"员工信息输出"。

注意：不允许修改窗体对象 fStaff 中已设置好的属性。

本题中所使用的数据库在资料中提供。

小　　结

窗体是一种用于在数据库中输入和显示数据的数据库对象，也可以将窗体用作切换面板来打开数据库中的其他窗体和报表，或者用自定义对话框来接受用户的输入及根据输入执行操作。

实 训 4

一、实训目的

熟悉和掌握以下知识点：

（1）利用"窗体向导"创建含有单表或多表数据的窗体。

（2）利用"自动创建窗体"工具快速生成各种形式的窗体。

（3）利用"设计"视图创建窗体；掌握各类窗体的创建和编辑方法。

（4）利用"命令按钮向导"创建和使用命令按钮控件；利用"组合框向导"创建和使用组合框控件；利用"子窗体向导"创建和使用子窗体控件；选项卡控件的创建和使用。掌握常用控件的使用方法。

二、实训内容

（1）使用向导创建窗体。

（2）创建自动窗体。

（3）创建包含子窗体的组合窗体。

（4）在窗体设计视图中创建和修改窗体。

（5）在窗体上添加附加了事件处理代码的控件。

三、实训步骤

（1）利用向导创建如图 5-77 所示的窗体，通过它可以对学生成绩表中的记录进行浏览、修改和添加。

操作步骤如下：

① 在"新建窗体"对话框中选择"窗体向导"选项，单击"确定"按钮，如图 5-78 所示。

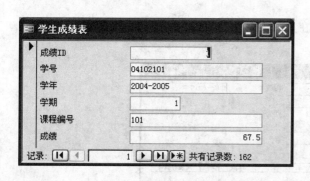

图 5-77　"学生成绩表"窗体

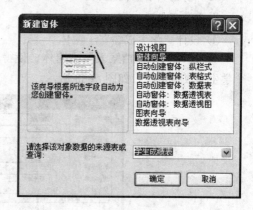

图 5-78　"新建窗体"窗体

② 弹出"窗体向导"对话框，选择"学生成绩表"，添加可用字段到"选定的字段"列表中，如图 5-79 所示。

③ 确定窗体的布局为"纵栏表"，如图 5-80 所示。

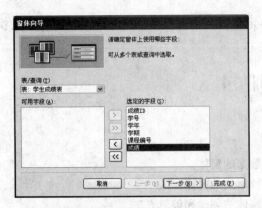

图 5-79 "窗体向导"第一步　　　　　　图 5-80　确定窗体布局

④ 确定样式为"标准"样式，如图 5-81 所示。

⑤ 在"请为窗体指定标题"文本框中输入窗体的名称为"学生成绩表"，如图 5-82 所示。

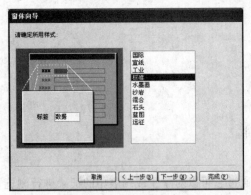

图 5-81　确定所用样式　　　　　　　图 5-82　为窗体指定标题

⑥ 最后单击"完成"按钮，结果如图 5-77 所示。

（2）创建"学生档案表"一对多窗体。

- 实验要求

① 设计"学生成绩"子窗体。

② 设计"学生档案表"主窗体，使得在显示某个学生信息的同时，能够自动显示有关这个学生的成绩情况，如图 5-83 所示。

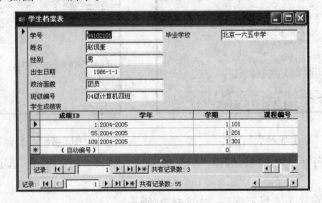

图 5-83　"学生档案表"窗体

● 操作步骤

① 打开数据库。在"数据库"窗口中，选择"窗体"为操作对象。然后单击"数据库"窗口中的"新建"按钮，弹出"新建窗体"对话框，在其中指定使用向导创建窗体，如图 5-84 所示。

② 在弹出的"窗体向导"对话框中指定数据来源表/查询对象，接着选择窗体中要使用的字段，这些字段将绑定在窗体上。例如，在"表/查询"下拉列表框中选择"学生档案表"（即在窗体实例中的一对多关系中的"一"端），将"学生档案表"中包括的字段添加到"选定的字段"列表框中，如图 5-85 所示

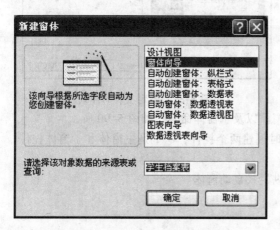

图 5-84 "新建窗体"对话框

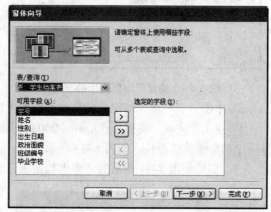

图 5-85 选择窗体中使用的字段

③ 在同一向导对话框中，选择子窗体中的数据源对象"学生成绩表"（即在窗体实例中的一对多关系的"多"端）。从"学生成绩表"中选择需要的字段，如图 5-86 所示。

④ 单击"下 步"按钮，向导询问以哪 个表或查询来查看，选择"通过学生档案表"选项，并选择"带有子窗体的窗体"单选按钮，如图 5-87 所示。

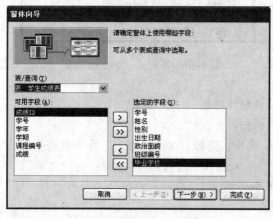

图 5-86 选择窗体中使用的字段

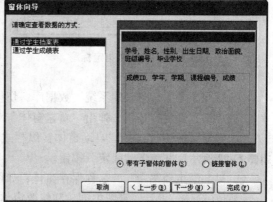

图 5-87 确定数据的查看方式

⑤ 单击"下一步"按钮，向导询问关于子窗体的使用布局是"表格"形式还是"数据表"形式，如图 5-88 所示。

⑥ 单击"下一步"按钮，向导询问有关于主表的样式，可以根据需要选择，如图 5-89 所示。

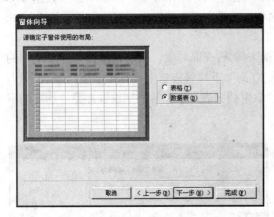

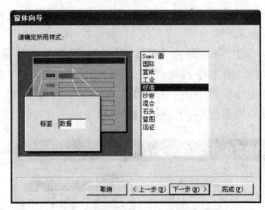

图 5-88　确定子窗体使用的布局　　　　　　图 5-89　确定主表的样式

⑦ 单击"下一步"按钮，向导将给新的主窗体以及子窗体命名，如图 5-90 所示。

⑧ 单击"完成"按钮后，Access 2003 将同时创建两个控件，一个是主窗体和子窗体控件，另一个则是子窗体控件，如图 5-83 所示。

（3）创建如图 5-91 所示的"学生档案表"纵栏式自动窗体。

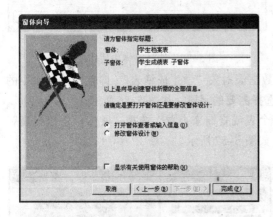

图 5-90　为窗体指定标题　　　　　　　　图 5-91　纵栏式"学生档案表"

操作步骤如下：

① 打开"学生信息管理系统"数据库，切换到窗体对象。

② 单击"新建"按钮，弹出"新建窗体"对话框。

③ 在对话框中，选择"自动窗体：纵栏式"选项，选择"学生档案表"作为数据来源，如图 5-92 所示，并单击"确定"按钮。

④ 以"学生档案表"的名称保存窗体，如图 5-91 所示。

（4）在窗体"设计"视图中创建和修改窗体。

① 在"学生信息管理系统"数据库的窗体中，选择"在设计视图中创建窗体"选项，打开窗体"设计"视图，如图 5-93 所示。

② 给窗体页眉添加一个标签控件，输入"学生信息管理"作为窗体标题，如图 5-94 所示。

③ 选定窗体，打开窗体属性窗口，并使用"数据"页的"记录源"行右侧的 [...] 按钮启动查询生成器。

④ 将"学生档案表"中的"学号"、"姓名"、"性别"和"出生日期"4 个字段，拖放到查询设计网格中，如图 5-95 所示。

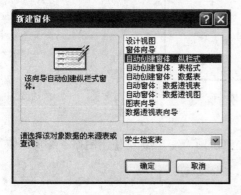

图 5-92 "新建窗体"对话框

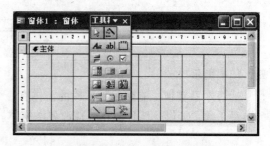

图 5-93 窗体"设计"视图

图 5-94 设置窗体标题

图 5-95 查询生成器

⑤ 用窗体设计工具栏上的"字段列表"按钮调出字段列表，逐个将各字段拖放到窗体主体节，如图 5-96 所示。

⑥ 单击窗体设计工具栏上的"自动套用格式"按钮，弹出"自动套用格式"对话框，选择列表中的"宣纸"作为窗体格式，如图 5-97 所示。并将窗体页眉上标签的字体设置为"宋体"、字体大小设置为 18。

图 5-96 设置窗体主体

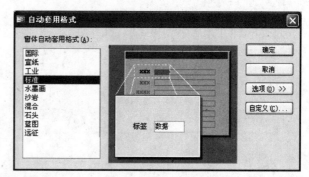

图 5-97 自动套用格式

⑦ 以"学生档案表"的名称保存窗体，如图 5-98 所示。

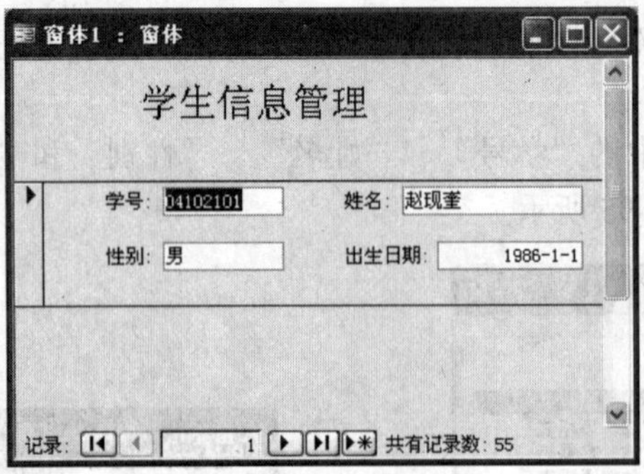

图 5-98　保存窗体

四、简要提示

通过本章实训，能够对数据库的窗体有一个系统全面的了解，熟练的使用制作、编辑窗体的各种工具，能够熟练地制作、修改各类窗体。

第6章 ⬚ Access 报表对象

在 Access 2003 中，报表也是一种数据库对象，它能以打印方式显示数据。窗体主要用于显示查询数据的结果，报表则着重于数据的打印。报表是为计算、归类、汇总、排序数据而设计的一种数据库对象。在数据库管理系统中，大多数用户最终目的是想得到有关数据信息的一张或多张报表，并打印出来。以往设计一个数据库系统时，编写打印报表是最麻烦的，而在 Access 2003 中，可以使用报表对象，轻松地进行打印输出的设计。

本章要点

- 报表对象的创建和编辑页面设置。
- 自动创建报表和自行创建。
- 设置报表页面和打印报表。

6.1 报表的定义与类型

报表也是 Access 2003 重要的数据库对象，数据库中的信息不仅可以通过计算机数据表格的方式供人们使用，还可以打印出来被更广泛地传阅。报表是以打印格式显示数据的一种有效方式。因为能够控制报表上所有内容的格式和外观，所以可以按照自定义的方式显示要查看的信息。报表和窗体在某种程度上具有互换性，即两者可以互相转换。报表打印功能几乎是每一个数据库系统都必须具备的功能，而 Access 2003 的报表对象就是提供这一功能的主要对象。

报表可以通过报表向导来自动生成，也可以通过报表视图进行自定义。报表的设计是可视化的，通过对数据的仔细组织，可以设计出效果良好的报表。

报表中的大部分数据都是从基表、查询或 SQL 语句中获得的，它们是报表的数据来源。报表中的其他数据，如各类计算得到的数据，将存储在为报表设计的相关控件中，这类控件通常都是非绑定型的文本框控件。

通过报表预览能够查看报表的效果，发现不满意的地方回到设计视图中进行修改。报表建立完毕后可以直接通过打印命令将报表打印出来，不需要用户在打印机上控制。

6.1.1 报表类型

1. 纵栏式报表

在纵栏式报表中，每个字段的信息都用单独的一行来显示，左边是标签控件（显示字段的标题名），右边是字段中的值。图 6-1 所示为一个纵栏式的报表。

2．表格式报表

在表格式报表中，一行显示一条记录。在第一行上显示的是字段的标题名（标签控件）。图 6-2 所示为一个表格式的报表。

图 6-1　纵栏式报表　　　　　　　图 6-2　表格式报表

3．组合、合计和汇总报表

在组合、合计和汇总报表中，将数据按某个字段分组，组织成表格形式，并根据需要在该类型报表中计算总和、平均值、最小值和最大值。图 6-3 所示为汇总报表。

4．图表报表

图表是将表或查询中的数值变成直观的图形表示形式，如图 6-4 所示。

图 6-3　汇总报表　　　　　　　图 6-4　图表报表

5．邮件标签

如图 6-5 所示是一个邮件标签报表，邮件标签主要用于一些较特殊的用途，比如印制名片、信封、介绍信等格式的报表。当然，印制这些报表，使用一般的文字处理软件也可以实现。但是，当印制的数量非常大且从数据表中提取数据时，使用 Access 2003 系统提供的邮件标签报表，要比文字处理软件方便、省时、省力。

图 6-5　邮件标签报表

6.1.2　报表设计视图

报表对象的结构与窗体对象的结构十分相似，也是由 5 个节构成，分别是报表页眉、页面页眉、主体、页面页脚和报表页脚，如图 6-6 所示。

图 6-6　报表结构

- 报表页眉：在报表的开始处，用来显示报表的标题、图形或说明性文字，每份报表只有一个报表页眉。
- 页面页眉：用来显示报表中的字段名称或对记录分组的名称，报表的每一页有一个页面页眉。
- 主体：打印表或查询中的记录数据，是报表显示数据的主要区域。
- 页面页脚：打印在每页的底部，用来显示本页的汇总说明，报表的每一页有一个页面页脚。
- 报表页脚：用来显示整份报表的汇总说明，在所有记录都被处理后，只打印在报表的结束处。

在默认方式下，报表分为 3 个节，分别为页面页眉、主体和页面页脚，在系统的"视图"菜单中选择"报表页眉/页脚"命令或右击报表设计视图，在弹出的快捷菜单中选择"报表页眉/页脚"命令，则报表出现报表页眉和报表页脚。在报表分组显示时，还可以增加相应的组标头和组注脚。Access 2003 是成对添加或删除报表页眉和报表页脚的。

由报表设计视图知道，报表中的内容是以节来划分的，每一个节都有其特定的目的，而且按照一定的顺序打印在页面及报表上。报表中的信息分在多个节中，所有报表都必须有一个主体节，但可以不包含其他节。

报表中的节可以进行格式的编辑，可以隐藏节或调整其大小、添加图片或设置节的背景颜色。另外，还可以设置节属性，以对节内容的打印方式进行自定义。

6.1.3　报表视图窗口的类型

报表与 Access 2003 数据库中的其他对象一样，也具有不同的视图窗口。报表具有 3 种视图窗口："设计视图"窗口、"打印预览"窗口、和"版面预览"窗口。

1. "设计视图"窗口

在"设计视图"窗口中，可以创建报表或更改已有报表的结构。如果在报表中分组显示，还有组页眉和组页脚。图 6-6 所示为一个报表的"设计视图"窗口。

2．"打印预览"窗口

可以显示报表打印时的样式，同时运行所基于的查询，并在报表中显示出全部数据。图 6-1 和 6-2 所示的都是报表的"打印预览"窗口。

3．"版面预览"窗口

可以查看报表的版面设置，它与报表的"打印预览"窗口几乎完全一样，它近似地显示报表打印时的样式，能够很方便地浏览报表的版面。在"版面预览"窗口上将显示全部报表节以及主体节中的数据分组和排序，但仅使用示范数据，并且忽略所有基本查询中的准则和连接。

上述 3 种窗口有不同的功能，使用设计视图可以创建报表或更改已有报表的结构；使用打印预览可以查看将在报表每一页上显示的数据；使用版式预览可以查看报表的版面设置，其中只包括报表中数据的示例。

4．不同视图的切换方法

（1）在任意视图中打开所需的报表。

（2）单击工具栏上的"视图"按钮可以更改视图，这些视图由相应的图形来指示。如果参阅其他可选视图类型的列表，则单击按钮旁边的箭头。

6.2　使用自动报表创建报表

作为一种面向办公人员的数据库软件，Access 2003 最大的优点就是简便性，在创建报表时也是如此。虽然可以用报表"设计"视图来设计并创建报表，但这是个比较复杂的过程，需要了解数据库的一些详细情况以及报表"设计"视图的使用方法。因此，Access 2003 提供了自动报表和报表向导功能帮助用户按常用的报表格式创建报表。对于一般的应用来说，自动报表完全能满足要求，如果其中数据的格式有特殊的格式要求，仍可以通过报表"设计"视图进行修改。

所以，创建报表的一般过程是：根据表或查询，利用自动报表或报表向导创建基本的报表"框架"，然后在报表"设计"视图中根据具体的需求进行修改。

本节主要讲解使用自动报表创建报表，Access 2003 提供了两种自动报表格式：纵栏式和表格式。下面简单介绍这两种格式的报表，并以"学生信息管理系统"数据库为例，学习如何使用自动报表创建报表。

6.2.1　创建纵栏式报表

当需要打印纵栏式报表时，使用自动报表中的纵栏式向导最为简单。只需选择数据源，其他工作全部由 Access 2003 完成。

【例 6-1】利用"学生选课信息表"创建纵栏式自动报表。

操作步骤如下：

（1）打开要创建报表的"学生信息管理系统"数据库。

（2）在"数据库"窗口中，单击"对象"列表中的"报表"对象，然后单击"新建"按钮，弹出"新建报表"对话框，如图 6-7 所示。

（3）在该对话框中，选择"自动创建报表：纵栏式"选项，它表示每个字段都显示在独立的行上，并且左边带有一个标签。

（4）在"请选择该对象数据的来源表或查询"下拉列表框中选择包含报表所需数据的表或查询。例如，这里选择"学生选课信息表"。

（5）最后，单击"确定"按钮，报表向导就会自动创建一个纵栏式报表，结果如图 6-8 所示。

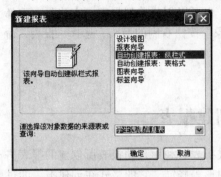

图 6-7　"新建报表"对话框

图 6-8　纵栏式报表

（6）如果要保存该报表，可选择"文件"菜单中的"保存"命令，弹出"另存为"对话框，如图 6-9 所示。在该对话框中输入报表名称，这里输入"学生选课信息表"。

图 6-9　"另存为"对话框

6.2.2　创建表格式报表

在 Access 2003 中还可以创建另一种格式的报表，即人们经常使用的表格，这种表格每行为一条记录，每列为一个字段。

【例 6-2】利用"学生选课信息表"使用自动报表创建表格式报表。

操作步骤如下：

（1）打开"学生信息管理系统"数据库。

（2）在"数据库"窗口中，单击"对象"列表中的"报表"对象，单击"新建"按钮，弹出"新建报表"对话框。

（3）在该对话框中，选择"自动创建报表：表格式"选项，它表示每条记录的所有字段都显示在同一行中，标签只打印在每页的顶端。

（4）在"请选择该对象所用数据的来源表或查询："列表中选择要使用的表或查询。例如，这里选择"学生选课信息表"，然后单击"确定"按钮，即可生成表格式报表，如图 6-10 所示。

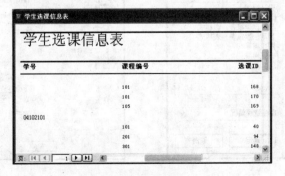

图 6-10　表格式报表

在使用自动报表时，Access 2003 将套用用户在报表中最后一次使用的自动套用格式。如果还不曾使用过向导来创建报表，或者还没使用过"格式"菜单中的"自动套用格式"命令，Access 2003 将使用"标准"自动套用格式。

基于打开的表或查询，或者在"数据库"窗口选定，也可以创建单列报表。方法是：选择"插入"菜单中的"报表"命令，或单击工具栏上"新对象"按钮右侧的箭头，选择"报表"命令，然后选择自动报表方式。

读者可用同样的方法创建邮件标签报表和图表报表。

6.3 使用报表向导创建报表

上一节介绍了使用自动报表方法创建纵栏式和表格式报表。利用自动报表所创建的报表格式比较单一，仅有纵栏式和表格式两种方式，并且没有图形等修饰，它的格式在创建报表的过程中是无法设定的，而且表或查询中所有字段内容都会出现在报表中，这就可能使用户不便于阅读重要信息。如何才能设计出符合实际需要的报表？本节将讨论报表向导的使用。

使用报表向导则可灵活地创建基于一个或多个表或查询的若干字段的报表，如果基于多个表，必须建立对应表的关联。只要根据向导的提示完成相关选择，Access 2003 就能自动完成一个报表的创建工作。

【例 6-3】使用向导创建基于"学生选课情况"的报表。

操作步骤如下：

（1）在"数据库"窗口，单击"对象"列表中的"报表"对象。

（2）单击"数据库"窗口工具栏上的"新建"按钮。

（3）在"新建报表"对话框中，选择要用的向导。

（4）在"请选择该对象所用数据的来源表或查询："列表中选择要使用的表或查询。例如，这里选择"学生选课情况"，如图 6-11 所示。

（5）单击"确定"按钮，弹出"报表向导"对话框（一），如图 6-12 所示。在该对话框中确定选取表（或查询）及字段。在"可用字段"列表中选择要在报表中使用的字段，然后单击 $\boxed{>}$ 按钮将其添加到"选定的字段"列表中。可以从多个表或查询中选择需要使用的字段。这里选择字段的顺序将影响以后报表中字段的排列次序，在选择字段时应多加注意。

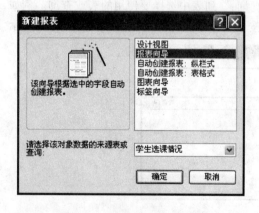

图 6-11 "新建报表"对话框

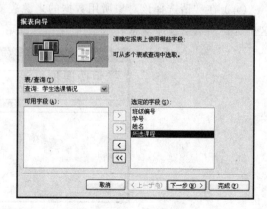

图 6-12 "报表向导"对话框（一）

（6）单击"下一步"按钮，在弹出的"报表向导"对话框（二）中可以添加分组级别。选择可以用于分组的字段，将其添加到右边的列表框中。并不是所有的字段都能作为分组字段，一般来说，只要所有记录的某一字段具有重复值，这一字段就可以作为分组字段。如"学号"和"课程编号"等就可以作为分组字段，而"选课 ID"就不能作为分组字段，因为每个记录的"选课 ID"字段值都是唯一的，用它来分组没有任何意义。这里选择"学号"作为分组字段，还可以选择多个字段进行多级分组。多级分组具有优先级，先按优先级级别高的分组，然后再按级别低的进行分组，如图 6-13 所示。可以通过优先级按钮调整优先关系。

（7）单击"下一步"按钮，弹出如图 6-14 所示的对话框（三）。在这个对话框中，可以设定对记录顺序的排序。从图中可以看出，最多只能对 4 个字段进行排序。排序既可以按升序排列，也可以按降序排列，单击排序字段右边的下拉按钮，打开排序字段列表，在列表中选择要排序的字段，如选择"课程编号"字段按升序作为排序字段。

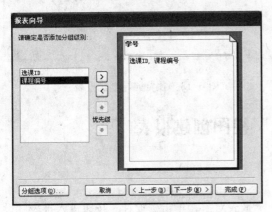

图 6-13　"报表向导"对话框（二）

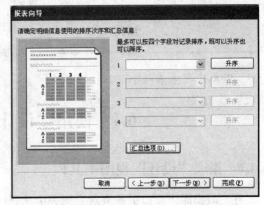

图 6-14　"报表向导"对话框（三）

（8）单击"下一步"按钮，弹出"报表向导"对话框（四），如图 6-15 所示。在这个对话框中可以设置报表的"布局"和"方向"。选择"布局"和"方向"选项组中的单选按钮，可以看到左边的方框里显示出报表布局。

（9）单击"下一步"按钮，弹出"报表向导"对话框（五）。在这个对话框中可以指定报表所用样式，这里选择"组织"，如图 6-16 所示。

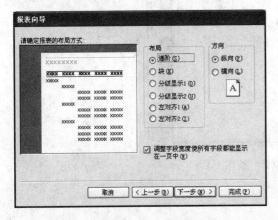

图 6-15　"报表向导"对话框（四）

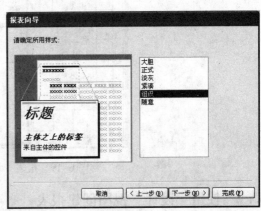

图 6-16　"报表向导"对话框（五）

（10）单击"下一步"按钮，在弹出的对话框中为新建的报表命名为"学生选课信息表 1"，如图 6-17 所示。

（11）单击"完成"按钮。Access 2003 开始创建报表，并自动打开预览窗口，如图 6-18 所示。

图 6-17 "报表向导"对话框（六）

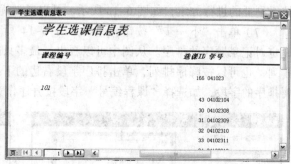

图 6-18 预览向导创建报表

6.4 使用"设计"视图创建报表

6.4.1 报表"设计"视图工具栏

在"数据库"窗口的报表对象列表中选择一个报表对象，单击"设计"按钮进入报表"设计"视图。报表"设计"视图工具栏如图 6-19 所示。

请将此工具栏与 5.3.3 节中介绍的窗体"设计"视图工具栏做比较，可以看到它们完全一样，且其各个工具按钮的功能也是相同的。此处不再赘述，可参阅 5.3.3 所述。

图 6-19 报表"设计"视图工具栏

6.4.2 使用"设计"视图创建报表

【例 6-4】利用"学生选课信息表"根据需要创建相应的报表。

操作步骤如下：

（1）在"数据库"窗口中，单击"对象"列表框中的"报表"对象。

（2）单击"数据库"窗口工具栏中的"新建"按钮，在弹出的"新建报表"对话框中选择"设计视图"选项。

（3）单击包含报表所需数据的表或查询。（如果需要的是未绑定报表，则不要在本列表中选择任何选项。）如果用户已有表或查询中的字段作为新建报表的数据来源，可以在"请选择该对象数据的来源表或查询"下拉列表中选择相应的表或查询。如选择"学生选课信息表"。

（4）单击"确定"按钮，将创建一个空白表，报表名称暂时命名为"报表 1"，如图 6-20 所示。

（5）利用"工具箱"工具栏中提供的控件向报表中添加所需的控件（工具栏控件的使用方法同窗体控件）。

（6）单击工具栏中的"保存"按钮，保存刚创建的报表。

图 6-20　"报表 1"

6.4.3　设计报表中显示的字段格式

【例 6-5】在"报表 1"中添加字段到"设计"视图中的主体节中。

操作步骤如下。

（1）在"设计"视图中打开"报表 1"。

（2）单击工具栏中的"字段列表"按钮，出现相应表或查询的字段列表，如图 6-21 所示。

（3）将字段列表中的字段拖到主体节中，如图 6-22 所示。

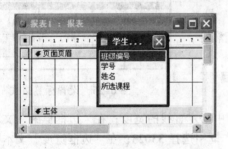

图 6-21　报表"设计"视图

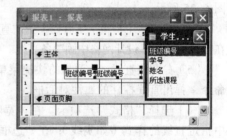

图 6-22　拖动字段到主体中

（4）为了报表的每一页都出现字段名，则选中字段的标签，如选中"学号"标签，然后单击工具栏中的"剪切"按钮，将此标签与其文本框分离。在页面页眉中右击，从弹出的快捷菜单中选择"粘贴"命令，将"学号"标签粘贴到页面页眉中。

（5）重复步骤（4），将其他字段的标签粘贴到页面页眉中。

（6）选择这些标签，然后选择"格式"菜单中的"对齐"命令，从弹出的子菜单中选择"靠上"命令，将它们排列整齐，然后安排好它们之间的距离。

（7）将主体中的文本框与页面页眉中的标签对应起来，如图 6-23 所示。

（8）拖动主体、页面页脚的底部，紧贴在字段框的下面，不要留有任何空隙，查看报表设计效果，如图 6-24 所示。

图 6-23　对齐文本框与标签

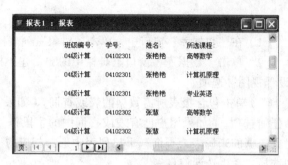

图 6-24　报表预览

6.4.4　设计报表中的页眉/页脚

报表中可以包含报表页眉/页脚和页面页眉/页脚。

【例 6-6】在"报表 1"中使用报表页眉设计标题。

操作步骤如下：

（1）选择"视图"菜单中的"报表页眉/页脚"命令，以便在报表中添加报表页眉和报表页脚。

（2）单击"工具箱"工具栏上的"标签"按钮，在"报表页眉"设计网格中画一个矩形框，然后在该框中输入"学生选课情况"作为标题。

（3）单击"格式"工具栏上的"字体"下拉列表框右边的下拉按钮，从中选择"宋体"；单击"格式"工具栏中的"字号"下拉列表框右边的下拉按钮，从中选择28；单击"线条颜色"按钮，从中选择"黑色"，结果如图 6-25 所示。

图 6-25　设置标签格式

（4）单击"工具箱"工具栏上的"直线"按钮，然后在"页面页眉"设计网格中画一条直线。

（5）右击该直线，从弹出的快捷菜单中选择"属性"命令，弹出直线控件的属性对话框。

（6）选择"格式"选项卡。在"宽度"文本框中指定直线的宽度；在"边框样式"文本框中指定直线的样式（如实线）；在"边框颜色"文本框中选择 33023；在"边框宽度"文本框中指定直线的粗细（如 5 磅），如图 6-26 所示。

为了预览设计的效果，可以单击"打印浏览"按钮，结果如图 6-27 所示。

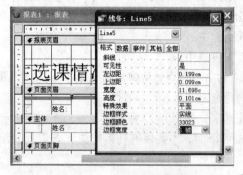

图 6-26　设置直线的属性

图 6-27　查看设计的报表

6.4.5　添加报表中的页码

在使用向导创建报表时，Access 2003 自动在报表页脚中插入页码。

【例 6-7】在"报表 1"中插入页码。

操作步骤如下：

（1）在"设计"视图中打开要插入页码的报表。

（2）选择"插入"菜单中的"页码"命令，弹出如图 6-28 所示的"页码"对话框。

（3）在"位置"选项组中指定页码所在报表中的位置。Access 2003 只允许用户将页码插入到报表的页面页眉或页面页脚中。

（4）在"对齐"下拉列表框中指定页码的对齐方式。

（5）如果需要在报表的第一页显示页码，可以启用"首页显示页码"复选框。

图 6-28　"页码"对话框

（6）单击"确定"按钮，在指定位置插入指定格式的页码。

6.5　报 表 编 辑

6.5.1　报表计算

与窗体一样，在报表中也可创建计算控件来计算表达式的值。同样，计算控件中的表达式须以等号开头，既可直接在文本框中输入，也可在文本框的"控件来源"属性设置。报表表达式可以是运算符、常量、函数、字段名称、控件和属性的任意组合。例如：

```
＝Now()        返回当前日期/时间
＝"共"&[Pages]& "页,第"&[Page]& "页"
```

Pages 和 Page 是 Access 2003 提供的通用表达式，前者表示总页数，后者表示页码。

在报表中常需汇总数据。数值汇总本指分组求和，但有时也泛指求和、计算平均值、最大值、最小值和百分比等各种统计计算。Access 2003 提供了多种专用于汇总的聚合函数，只须将含有聚合函数的计算文本框放置在适当的报表节，即可获得正确的汇总结果。使用报表向导便可直接为报表生成这类文本框。

【例 6-8】利用"学生成绩表"创建报表，添加一个计算每个同学总成绩的字段，总成绩 = [101] + [201] + [301]。

操作步骤如下：

（1）用报表向导创建一个"学生成绩表"报表。切换到"设计"视图中。

（2）单击工具箱中"文本框"控件按钮，添加到报表主体中，单击要放置控件的位置。

（3）单击工具栏上的"属性"按钮打开控件的属性表，接着在"控件来源"属性框中输入表达式，或单击"生成器"按钮打开表达式生成器，输入公式，如图 6-29 所示。

（4）根据需要，可以修改新创建的计算控件的名称，也就是修改它的标签名。

（5）单击工具栏中的"保存"按钮，最后关闭报表的"设计"视图。

图 6-29　表达式生成器

6.5.2　排序与分组

在利用报表向导创建报表时，在回答向导各对话框的过程中，可以设置记录排序所依据的字段，但是利用向导创建排序报表时只能使生成的报表按照某一个字段排序，而不是按照字段的部分或若干字段经过运算后的值进行排序。下面所介绍的操作方法可以实现后者的排序要求，并且最多可以按 10 个字段（向导中为 4 个）或表达式进行排序。

1. 更改排序或分组的次序

操作步骤如下：

（1）在"设计"视图中打开报表。

（2）单击工具栏上的"排序与分组"按钮，弹出"排序与分组"对话框，如图 6-30 所示。

（3）在该对话框中，单击要移动的字段或表达式的行选定器。

（4）再次单击该选定器，将行拖动到列表中的新位置上。

2. 插入排序或分组级别

操作步骤如下：

（1）在"设计"视图中打开报表。

（2）单击工具栏上的"排序与分组"按钮，弹出"排序与分组"对话框，如图 6-30 所示。

（3）在该对话框中，单击要插入新字段或表达式处的行选定器，然后按【Insert】键。

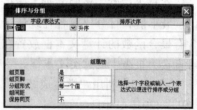

图 6-30　"排序与分组"对话框

（4）在空白行的"字段/表达式"列，选择要作为排序依据的字段，或者输入一个表达式。在填充"字段/表达式"列后，Microsoft Access 2003 将把"排序次序"设置为"升序"。若要改变排序次序，可以在"排序次序"列表中选择"降序"。

3. 删除排序或分组级别

操作步骤如下：

（1）在"设计"视图中打开报表。

（2）单击工具栏上的"排序与分组"按钮，弹出"排序与分组"对话框，如图 6-30 所示。

（3）在该对话框中，单击要删除的字段或表达式的行选定器，然后按【Del】键。

（4）单击"是"按钮，删除该排序或分组级别，或单击"否"按钮，保留排序或分组。

6.6　报表的预览和打印

6.6.1　页面设置与报表预览

1．页面设置

打开报表后，在"文件"菜单中选择"页面设置"命令，或者在"预览"中选择页面设置，弹出如图 6-31 所示的对话框。在"边距"选项卡中，可以设置页边距（上、下、左、右距页边沿的距离），以及是否"只打印数据"；在选项卡的右上角有报表当前设置的示例。

在"页"选项卡（见图 6-32）中选择"打印方向"，分为"纵向"和"横向"打印，在"纸张"中显示当前的默认纸张大小以及来源，在"打印机"选项中选择使用"默认打印机"——使用 Windows 的默认打印机。

图 6-31　"页面设置"对话框

图 6-32　"页"选项卡

在"列"选项卡中（见图 6-33），设置报表的列数、宽度和高度以及行/列间距，如果列数大于 1，还需要设置列的布局。这时 Access 2003 按照多列打印的方式来处理报表。

2．报表预览

在预览方式下打开报表，通常在打印之前，先在屏幕上显示报表在打印时的样式，然后根据需要调整不合适的地方，直到满意才打印出来。使用打印预览方式打开报表的方法非常简单，用双击报表列表中的报表名称即可。此外，也可通过以下两种方式来打开报表预览视图。

（1）单击报表名，然后单击"预览"按钮。

（2）右击报表名，从弹出的快捷菜单中选择"打印预览"命令。

图 6-33　"列"选项卡

6.6.2 报表打印

在"文件"菜单中选择"打印"命令或者在"预览"对话框中选择"打印"，弹出"打印"属性对话框，在该对话框中可以设置打印机、打印范围及打印份数。设置好页面以及打印属性后，单击"打印"对话框中的"确定"按钮，即可按照当前的设置将报表输出到打印机上。当然，报表还可以以各种格式的文件导出，如 HTML 文件或文本文件。

习　题

一、选择题

1. 若要用自动创建报表向导创建一个纵栏式报表，正确的操作是先打开"数据库"窗口，然后（　　　）。
   A. 单击"报表"→"设计"，选择"自动创建报表：纵栏式"，选择数据源，单击"确定"按钮
   B. 单击"报表"→"新建"，选择"自动创建报表：纵栏式"，选择数据源，单击"确定"按钮
   C. 单击选择"自动创建报表：纵栏式"，选择数据源，单击"预览"→"确定"按钮
   D. 单击"使用向导创建报表"→"设计"，选择字段，布局："纵栏式"，选择标题，单击"确定"按钮

2. 利用自动报表能创建出（　　　）形式的报表。
   A. 横栏式　　　　　B. 数据表　　　　　C. 表格　　　　　D. 调整表

3. 只在报表的最后一页底部输出的信息是通过（　　　）设置的。
   A. 报表页眉　　　B. 页面页脚　　　　C. 报表页脚　　　D. 报表主体

4. 不是报表的组成部分是（　　　）。
   A. 报表页眉　　　B. 报表页脚　　　　C. 报表主体　　　D. 报表设计器

5. 只在报表的每页底部输出的信息是通过（　　　）设置的。
   A. 报表主体　　　B. 页面页脚　　　　C. 报表页脚　　　D. 报表页眉

6. 创建（　　　）报表时，必须使用报表向导。
   A. 纵栏式　　　　B. 表格式　　　　　C. 邮件标签式　　D. 图表式

7. 创建报表的数据来源不能是（　　　）。
   A. 任意的　　　　　　　　　　　　　B. 一个多表创建的查询
   C. 一个单表创建的查询　　　　　　　D. 一个表

二、填空题

1. 使用报表可以将数据库中的数据信息和文档信息以表格的形式通过_____显示出来。
2. 使用报表可以将数据库中的数据信息和文档信息以表格的形式通过_____打印出来。
3. 在创建报表的过程中，可以控制数据输出的内容、输出对象的显示或打印格式，还可以在报表制作过程中，进行数据的_____。
4. 报表不能对数据源中的数据_____。
5. 报表通常由报表页眉、报表页脚、页面页眉、页面页脚及_____5部分组成。
6. 使用报表向导创建报表，报表包含的字段个数在创建报表时可以选择，还可以定义_____。

三、综合题

1. 简述并比较窗体和报表的形式和用途。

2. 在 Access 2003 数据库的对象：窗体、报表和数据访问页中，哪些主要是用做输入数据的？哪些主要是用做输出数据的？

3. 作为查阅和打印数据的一种方法，与表和查询相比，报表具有哪些优点？

4. 应该如何为报表对象指定数据源？

5. Access 2003 提供了哪几种自动报表格式？每种格式有何区别？

6. 打印分组的作用是什么？

7. Access 2003 最多提供多少个字段排序？最多提供多少个字段分组？

8. 置于报表对象中的文本框控件能够响应发生在其上的事件吗？

9. 如何在报表对象中设置计算控件？

10. 在数据库文件中已经设计好表对象 tEmployee 和 tGroup 及查询对象 qEmployee，同时还设计出以 qEmployee 为数据源的报表对象 rEmployee。试在此基础上按照以下要求补充报表设计。

（1）在报表的报表页眉位置添加一个标签控件，其名称为 bTitle，标题显示为"职工基本信息表"。

（2）在"性别"字段标题对应的报表主体距上边 0.1 厘米、距左侧 5.2 厘米位置添加一个文本框，显示出"性别"字段值，并命名为 tSex。

（3）设置报表主体内文本框 tDept 的控件来源为"所属部门"字段。

注意：不允许修改数据库中的表对象 tEmployee 和 tGroup 及查询对象 qEmployee；不允许修改报表对象 qEmployee 中未涉及的控件和属性。

本题中所使用的数据库在资料中提供。

小　结

报表是以打印格式显示数据的一种有效方式。因为能够控制报表上所有内容的大小和外观，所以可以按照所需的方式显示要查看的信息。

1．创建报表

通过使用向导，可以快速创建各种不同类型的报表。使用标签向导可以创建邮件标签，使用图表向导可以创建图表报表，使用报表向导可以创建标准报表。向导会提问一些问题，并根据问题的答案创建报表。然后可以在"设计"视图中对报表进行自定义。

2．自定义报表

- **记录源**：更改以此为基础创建报表的表和查询。

- **排序和分组数据**：可以按升序和降序对数据进行排序，也可以根据一个或多个字段对记录进行分组，并在报表上显示小计和总计。

- **报表窗口**：可以添加或删除"最大化"和"最小化"按钮，更改标题栏文本以及其他"报表"窗口元素。

- 节：可以添加、删除、隐藏报表的页眉、页脚和主体并调整大小，也可以设置节属性以控制报表的外观与打印。
- 控件：可以移动控件、调整控件的大小或设置其字体属性，也可以添加控件以显示计算值、总计、当前日期与时间以及有关报表的其他有用信息。

实 训 5

一、实训目的

（1）掌握各种报表设计工具的使用方法。

（2）掌握各类报表的创建、编辑和使用方法。

二、实训内容

（1）理解报表的功能和分类。

（2）了解自动报表的设计方法。

（3）了解报表向导的使用方法。

（4）了解报表"设计"视图的结构和使用方法。

（5）了解报表中计算、汇总等功能的实现方法。

三、实训过程

（1）创建纵栏式自动报表

① 打开"学生管理信息系统"数据库，切换到报表对象。

② 单击"新建"按钮，弹出"新建报表"对话框。

③ 在对话框中，选择"自动创建报表：纵栏式"选项，选择"学生选课信息表"作为数据来源，并单击"确定"按钮。

④ 以"选课纵栏报表"的名称保存报表。

（2）使用向导创建基于多表的报表

① 在"学生信息管理系统"数据库的报表对象中，选择"使用向导创建报表"选项，启动报表向导。

② 分别选择"学生档案表"中的"学号"、"姓名"这两个字段以及"学生选课信息表"中的"课程号"、"选课 ID"这两个字段。

③ 选择"学生选课信息表"作为查看数据的方式。

④ 选择"课程号"作为更高的分组级别。

⑤ 选择报表的布局方式为"递阶"、"纵向"。

⑥ 选择报表样式为"紧凑"。

⑦ 以"课程报表"的名称保存报表。

（3）在报表"设计"视图中制作报表

① 在"学生信息管理系统"数据库的报表对象中，选择"在设计视图中创建报表"选项，打开报表"设计"视图。

② 给页面页眉添加一个标签控件，输入"按学生查看成绩"作为报表标题。

③ 选定报表，打开报表属性窗口，使用"数据"页的"记录源"行右侧的 [...] 按钮启动查询生成器。

④ 将"学生档案表"中的"学号"、"姓名"这两个字段以及"学生成绩表"中的"课程号"和"成绩"两个字段添加到设计网格中。

⑤ 使用报表设计工具栏上的"排序与分组"按钮，打开"排序与分组"对话框，选择按"学号"的升序，"成绩"的降序来排序。

⑥ 将"学号"设置为组页眉。

⑦ 将字段列表中的"学号"、"姓名"、"课程号"、"成绩"字段拖放到报表主体，调整其大小和布局。

⑧ 将自动套用格式设置为"随意"。将窗体页眉上标签的字体设置为"华文新魏"、字体大小设置为 16。

⑨ 以"按班级查看成绩报表"的名称保存报表。

四、简要提示

通过本章实训，能够熟练掌握各种报表设计工具的使用方法和操作细节，全面了解数据库报表，能够熟练地制作、编辑各类报表。

第7章 数据访问页

Access 2003 数据访问页是 Access 2003 数据库中的又一个数据库对象，是数据库对象与 Internet Explorer 的综合应用，它的界面是 Internet Explorer 浏览器的界面，而发布的内容则是数据库中的数据。Access 2003 数据访问页与 Access 2003 数据库中的其他数据库对象不同，它是以存储在数据库之外的独立文件形式存在。

本章要点

- 页对象的创建和编辑。
- 页面设置。
- 掌握使用向导。
- 自动创建页和自行创建。
- 设置页的方法。

7.1 创建数据访问页

7.1.1 数据访问页概述

通过前面的学习已经了解了报表的特点，那么数据访问页与显示报表相比都有哪些优点呢？它主要具有下列优点。

（1）由于与数据绑定的页连接到数据库，因此这些数据访问页显示当前数据。

（2）页是交互式的。

（3）用户可以只对所需的数据进行筛选、排序和查看，数据访问页可以通过电子邮件以电子方式进行分发。每当收件人打开邮件时都可看到当前数据。

与其他 Access 2003 数据库对象不一样，数据访问页虽是在 Access 2003 数据库中创建的对象，但是它却能够产生独立于 Access 2003 扩展名为 html 的文件，这样处理将便于 Web 页单独发布到网站。使用传统的方法制作网页是比较复杂的，而 Access 2003 为创建网页提供了非常便利的手段，使用向导可以快速完成网页的制作。向导将会就记录源 、字段、版面以及所需格式等提出详细问题，并根据用户的回答来创建数据访问页。

7.1.2　自动创建数据访问页

【例 7-1】采用自动创建数据访问页的方法生成"学生档案表"的纵栏式数据访问页。

操作步骤如下：

（1）在"数据库"窗口的页对象中，单击"新建"按钮，弹出"新建数据访问页"对话框，如图 7-1 所示。

（2）在该对话框中选择"自动创建数据页：纵栏式"选项，然后在数据来源列表框中选择"学生档案表"，如图 7-2 所示。

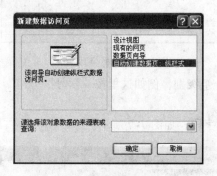 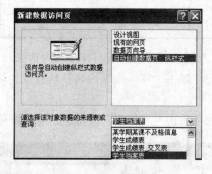

图 7-1　"新建数据访问页"对话框　　　　图 7-2　选择数据页格式和数据来源

（3）单击"确定"按钮，Access 自动创建所需的数据访问页，如图 7-3 所示。

图 7-3　自动创建的数据访问页

（4）关闭数据访问页，系统提示是否保存该数据访问页，单击"是"按钮，则显示"另存为数据访问页"对话框，在该对话框中指定 Web 页存放的路径和文件名，假设文件名是 Page1，然后单击"确定"按钮。这样就完成了自动创建数据访问页的过程。

7.1.3　使用向导创建数据访问页

【例 7-2】利用"学生档案表"使用向导创建数据访问页。

操作步骤如下：

（1）在"数据库"窗口中的"对象"列表中单击"页"对象。

（2）在"数据库"窗口工具栏上单击"新建"按钮。

（3）在"新建数据访问页"对话框中，选择"数据页向导"选项，在"请选择该对象数据的来源和查询"下拉列表框中选择"学生档案表"，如图 7-4 所示，单击"确定"按钮。

（4）在"数据页向导"对话框第一步中选择字段，如图 7-5 所示。

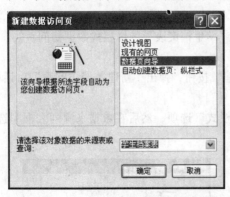
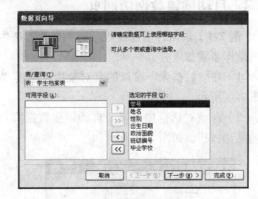

图 7-4 "新建数据访问页"对话框   图 7-5 选择字段

（5）单击"下一步"按钮，给数据访问页指定分组级别，例如这里按"学号"分组，如图 7-6 所示。

（6）单击"下一步"按钮，指定数据访问页排序字段，如图 7-7 所示。

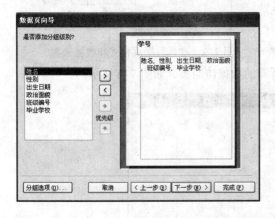
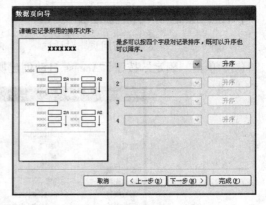

图 7-6 指定分组级别   图 7-7 指定排序字段

（7）单击"下一步"按钮，给数据访问页指定标题，如图 7-8 所示。

（8）单击"完成"按钮，如图 7-9 所示，这是利用"学生档案表"创建的数据访问页。

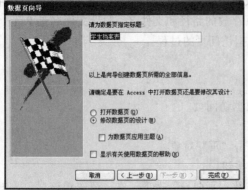
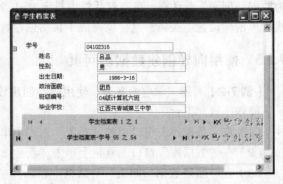

图 7-8 指定标题   图 7-9 "学生档案表"数据访问页

7.2 编辑数据访问页

7.2.1 设计视图

数据访问页有两种视图方式：页视图和设计视图。

图 7-10 工具箱

页视图是用来预览生成的数据访问页样式的一种视图方式。设计视图可以对要修改的数据访问页进行修改，是创建与设计数据访问页的一个可视化的集成界面。

打开数据访问页的设计视图时，系统会同时打开工具箱，如图 7-10 所示。如果工具箱没有打开，则可通过选择"视图"菜单中的"工具箱"命令或单击"工具箱"按钮来打开工具箱。

数据访问页增加了专用于网上浏览数据的工具，主要包括的工具如表 7-1 所示。

表 7-1 工具箱

工 具	名 称	功 能
	滚动文字	在数据访问页中插入一段可以移动的文本或者在指定框内滚动的文本
	展开	在数据访问页中插入一个展开按钮，以便显示已被分组的记录
	超链接	在数据访问页中插入一个包含超链接地址的文本字段，使用该字段可以快速链接到指定的 Web 页
	图像超级链接	在数据访问页中插入一个包含超级链接地址的图像，以便快速链接到指定的 Web 页
	影片	在数据访问页中创建影片控件，用户可以指定播放影片的方式，如打开数据页、鼠标移动等

7.2.2 添加滚动文字

用户在上网浏览时，会发现许多滚动的文字，这些文字很容易吸引人的注意力。在 Access 中，用户可以利用"滚动文字"控件来添加滚动文字。

【例 7-3】在"学生档案表"数据访问页的顶部添加滚动文字"欢迎您访问本页"。操作步骤如下：

（1）在数据访问页的"设计"视图中，单击工具箱中的"滚动文字"按钮 。

（2）将鼠标指针移动到数据访问页要添加滚动文字的位置，按住左键拖动，直到适当大小，松开左键。按住左键拖动鼠标是为了确定滚动文字的大小，如图 7-11 所示。

（3）在滚动文字控件中输入要滚动显示的文字："欢迎您访问本页"，如图 7-12 所示。

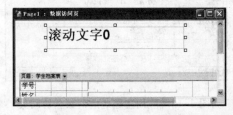

图 7-11 添加滚动文字

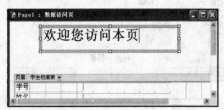

图 7-12 输入滚动文字内容

（4）选择滚动文字框，双击打开"滚动文字"属性对话框，如图 7-13 所示。设置相关属性，如滚动文字的字体类型、字号大小、滚动方向等。

（5）切换到"页"视图方式下，就可以看到沿横向滚动的文字，如图 7-14 所示。

 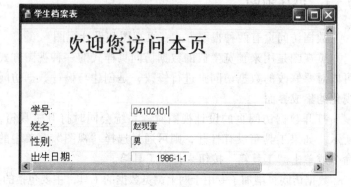

图 7-13　属性对话框　　　　　　　图 7-14　加入滚动文字的数据访问页

7.2.3　使用主题

主题是一个为数据访问页提供字体、横线背景图像以及其他元素的统一设计和颜色方案的集合。使用主题可以帮助用户很容易地创建一个具有专业水平的数据访问页。

【例 7-4】在"学生档案表"数据访问页中使用主题。操作步骤如下：

（1）以"设计"视图方式打开数据访问页，选择"格式"菜单中的"主题"命令，弹出"主题"对话框，如图 7-15 所示。

（2）在"请选择主题"列表框中选择所需的主题，在右侧的预览框中可以看到当前所选主题的效果。

（3）在主题列表的下方启用相关的复选框，以便确定主题是否使用鲜艳颜色、活动图形和背景图像。

（4）单击"确定"按钮，所选择的主题就会应用于当前的数据访问页。如图 7-16 所示为给"学生档案表"数据访问页应用了主题之后的效果。

 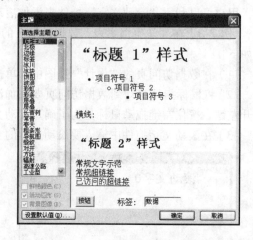

图 7-15　"主题"对话框　　　　　　图 7-16　应用主题之后的数据访问页

如果在"请选择主题"列表中选择了"（无主题）"，则可以从现有数据访问页中删除主题。

7.2.4　设置背景

在 Access 2003 中，使用主题可以使数据访问页具有一定的图案和颜色效果，但这不一定能够满足用户的需要，所以 Access 2003 还提供了设置数据访问页背景的功能。在 Access 2003 数据访问页中，用户可以设置自定义的背景颜色、背景图片以及背景声音等，以便增强数据访问页的视觉效果和音乐效果。但在使用自定义背景颜色、图片或声音之前，必须删除已经应用的主题。

本节介绍设置背景颜色、背景图片和背景声音的方法。以设计视图方式打开需要设置背景的数据访问页，然后选择"格式"菜单中的"背景"命令，显示背景级联菜单。

如果在背景级联菜单中选择"颜色"命令，则会显示"颜色"级联菜单，如图 7-17 所示，从中选择所需的颜色，即可将指定的颜色设置为数据访问页的背景颜色。

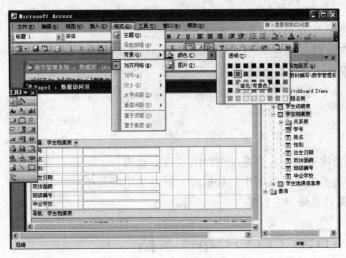

图 7-17　选择背景颜色

如果在背景级联菜单中选择"图片"命令，则弹出"插入图片"对话框，如图 7-18 所示。在该对话框中找到需要作为背景的图片文件，然后单击"插入"按钮。

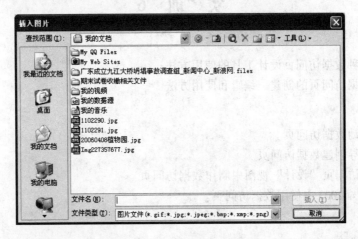

图 7-18　"插入图片"对话框

如果在背景级联菜单中选择"声音"命令，则显示"插入声音文件"对话框，在该对话框中找到需要的背景声音文件，然后单击"插入"按钮。这样，当以后每次打开该数据访问页时，就会自动播放该背景音乐。

习 题

一、选择题

1. 数据访问页可以简单地认为是一个（　　　）。

    A. 网页　　　　　　　B. 数据库文件　　　　　C. Word 文件　　　　　D. 子表

2. 使用自动数据访问页功能创建数据访问页时，Access 会在当前文件夹下自动保存创建数据访问页，其格式为（　　　）。

    A. HTML　　　　　　B. 文本　　　　　　　C. 数据库　　　　　　D. Web

3. Access 通过数据访问页可以发布的数据（　　　）。

    A. 只能是静态数据　　　　　　　　　　　B. 只能是数据库中保持不变的数据

    C. 只能是数据库中变化的数据　　　　　　D. 是数据库中保存的数据

4. 将 Access 数据库中的数据发布在 Internet 上可以通过（　　　）。

    A. 查询　　　　　　B. 窗体　　　　　　　C. 表　　　　　　　　D. 数据访问页

二、填空题

1. 在 Access 数据访问页中，有静态的 HTML 文件，也有＿＿＿＿＿＿＿＿文件。

2. 当在 Access 中需要发布数据库中的数据时，可以采用的对象是＿＿＿＿＿＿。

3. 数据访问页有两种视图，它们是＿＿＿＿＿和＿＿＿＿＿＿＿＿。

小 结

本章主要介绍了页对象的基本功能，页对象的创建方法。

实 训 6

一、实训目的

（1）掌握各种数据访问页设计工具的使用方法。

（2）掌握数据访问页的创建、编辑和使用方法。

二、实训内容

（1）创建自动数据访问页。

（2）使用向导创建数据访问页。

（3）在数据访问页"设计"视图中制作数据访问页。

（4）在 Access 2003 中使用数据访问页。

三、实训过程

（1）创建自动数据访问页

①　打开"学生信息管理系统"数据库，切换到"页"对象。

②　单击"新建"按钮，弹出"新建数据访问页"对话框。

③　在该对话框中，选择"自动创建数据页：纵栏式"选项，选择"学生档案表"作为数据来源，并单击"确定"按钮。

④　以"学生档案信息页"的名称保存数据访问页。

（2）使用向导创建数据访问页

①　在"学生信息管理系统"数据库的"页"对象中，选择"使用向导创建数据访问页"选项，弹出"数据页向导"对话框。

②　分别选择"学生档案表"中的"学号"、"姓名"这两个字段以及"学生选课信息表"中的"课程编号"和"选课 ID"两个字段。

③　选择按"学号"分组。

④　选择按"课程编号"的升序排序。

⑤　输入"选修库—学生页"作为数据页标题，并单击"完成"按钮。

四、简要提示

熟练掌握数据访问页的创建、编辑和使用方法。

第8章 宏

本章主要讲解在 Access 2003 中使用宏的基本知识。在 Access 2003 中，一些简单重复的操作如打开和关闭窗体、显示和隐藏工具栏、运行并打印报表等，如果实现了自动化就可以极大地提高工作效率，同时也可以减少因操作失误引起的错误。要实现自动化，可以用宏操作。Access 2003 提供了功能强大的创建宏的工具，开发人员可以利用该工具完成各种各样的宏的创建。

本章要点

- 宏的概念
- 宏的创建
- Access 2003 中常用的宏动作

8.1 宏 的 概 述

前面介绍了 5 种数据库对象，它们都具有强大的功能，但这些对象彼此之间相互独立、缺少联系，无法构成一个功能完整的应用系统。为此，Access 提供的宏功能和 VBA（第 9 章介绍）功能可以把各个对象有机地结合在一起，构成一个完整的数据库应用系统。

8.1.1 宏的概念

宏是指用来自动完成特定任务的操作或操作集，它可以包含一个或多个操作。其中，每个操作实现特定的功能，如打开某个窗体或打印某个报表。宏可以使某些普通的任务自动完成。例如，可设置某个宏，当用户单击某个命令按钮时运行该宏，以打印某个报表。

可以定义宏来执行用键盘或鼠标启动的任务，在宏中可以定义各种类型的操作。

注意：在 Microsoft Access 2003 中，不可以录制宏。

在 Microsoft Word 中如果要反复执行某项任务，可以使用宏记录器记录当前操作（即一系列 Word 命令和指令），形成宏命令，然后运行创建的这个宏来反复自动执行此类任务。与此类似，在 Microsoft Access 中，宏是执行特定任务的操作或操作集合，用户只要简单地为宏指令指定要完成的操作，宏即可完成相应功能。而这些操作是 Access 已经定义好的，能够完成一定功能的程序模块，并且这些程序模块已被封装，用户无须查看内部结果和进行修改，应用起来十分方便。

8.1.2 宏的构成

宏由操作名和操作参数组成。

在运行宏时，所包含的宏操作将按顺序执行，不能跳转。Access 提供了能完成许多功能的宏操作命令，几乎涉及数据管理的各个方面，用户无须编程，直接使用宏操作即可生成一个完整的数据库应用系统。图 8-1 所示为一个宏对象。

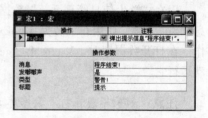

图 8-1 宏对象

8.1.3 宏组

宏组是以宏名存储的相关宏的集合。数据库对象宏列表中显示的宏对象构成宏组。宏最基本的设计单元为一个宏操作，一个宏由一个或多个连续执行的操作组成。在数据库应用程序中要实现的功能较多，由此会产生各种各样的宏。为方便对数据库进行管理，可以将功能相近或相关的宏操作按相关顺序排列集中存放到一个宏组中，以宏名来区分功能不同的宏操作序列。一个宏名对应的操作是从该宏名所在行的宏操作开始到下一个宏名所在行的宏操作结束。通过宏名将宏操作分组，便于用户有选择地执行其中的某个宏操作片段。

调用宏组中某个宏名的方法是采用"宏组对象名.宏名"的方式在相关事件属性中调用。图 8-2 所示为宏组对象。

图 8-2 宏组对象

8.1.4 条件宏

有时需要决定在某些情况下执行宏中的某个操作，而在另外的情况下执行宏中的另一个操作，此时可以使用条件宏来实现。带有条件表达式的宏叫做条件宏，如图 8-3 所示。

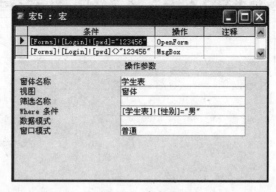

图 8-3 条件宏

8.2 创建与运行宏

宏可以是包含操作序列的一个宏，也可以是某个宏组，使用条件表达式可以决定在某些情况下运行宏时，某个操作是否进行。下面首先介绍简单宏的创建方法。

8.2.1　新建宏

以在"学生信息管理系统"数据库中创建名为 AutoExec 的宏为例，其操作为打开"学生信息浏览"窗体，使用一个名为 AutoExec 的特殊宏可在首次打开数据库时执行一个或一系列的操作。在打开数据库时，Microsoft Access 2003 将查找一个名为 AutoExec 的宏，如果找到，就自动运行它。

注意：如果不想在打开数据库时运行 AutoExec 宏，可在打开数据库时按【Shift】键。

操作步骤如下：

（1）在"数据库"窗口中，单击"对象"列表中的"宏"对象。

（2）单击"数据库"窗口工具栏上的"新建"按钮，打开"宏"窗口，如图 8-4 所示。

（3）单击"操作"列的第一个单元格，然后再单击箭头来显示。

（4）单击要使用的操作，这里选择 OpenForm 操作。

（5）输入操作的说明。说明不是必选的，但可以使宏更易于理解和维护。

（6）在窗口的下半部，如果需要，可以指定操作的参数。这里在"窗体名称"框中选择"学生信息显示"窗体。

注意：如果要快速创建一个在指定数据库对象上执行操作的宏，可以从"数据库"窗口中将对象拖动到"宏"窗口的"操作"行。例如，这里直接将"学生信息浏览"窗体拖动到操作行，就可以创建一个打开窗体的宏。其步骤如下：选择"窗口"菜单中的"垂直平铺"命令来放置"宏"窗口和"数据库"窗口，以使得两者并排显示在屏幕上；在"数据库"窗口的"对象"下单击要选择的对象类型，然后将其拖动到某个操作行内。如果拖动的是某个宏或存储过程，将添加执行此宏或过程的操作，而拖动其他数据库对象将添加打开相应对象的操作。

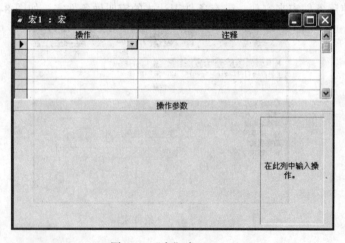

图 8-4　"宏"窗口

（7）命名此宏为 AutoExec 并保存。

关闭"学生信息管理系统"数据库。当再次打开它时，可以发现 Access 2003 自动打开了"学生信息浏览"窗体，如图 8-5 所示。

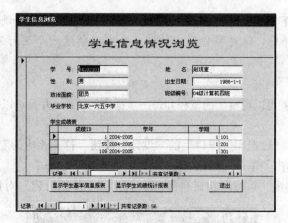

图 8-5 "学生信息浏览"窗体

8.2.2 在宏中设置操作参数的提示

在宏中添加了某个操作之后，可以在"宏"窗口的下部设置这个操作的参数。这些参数可以为 Microsoft Access 2003 提供如何执行操作的附加信息。

关于设置操作参数的一些提示如下：

（1）可以在参数框中输入数值，或者在很多情况下，可以从列表中选择某个设置。

（2）通常，按参数排列顺序来设置操作参数是很好的方法，因为选择某一参数将决定该参数后面的参数选择。

（3）如果通过从"数据库"窗口拖动数据库对象的方式来向宏中添加操作，Microsoft Access 2003 将自动为这个操作设置适当的参数。

（4）如果操作中有调用数据库对象名的参数，则可以将对象从"数据库"窗口中拖动到参数框，从而设置参数及其对应的对象类型。

（5）可以用前面加等号（=）的表达式来设置许多操作参数。

（6）有关设置特定操作参数的详细内容，可单击"操作参数"或按【F1】键获得。

8.2.3 运行宏

在运行宏时，Microsoft Access 2003 将从宏的起始点启动，并运行宏中所有操作直到到达另一个宏（如果宏是在宏组中）或者到达宏的结束点。

可以从其他宏或事件过程中直接运行宏，或者将运行宏作为对窗体、报表、控件中发生的事件做出的响应。例如，可以将某个宏附加到窗体中的命令按钮上，这样当用户单击按钮时就会运行相应的宏。也可以创建运行宏的自定义菜单命令或工具栏按钮，将某个宏指定至组合键中，或者在打开数据库时自动运行宏。

直接运行宏的方法有以下几种：

（1）如果要从"宏"窗口中运行宏，可单击工具栏上的"运行"按钮 ⚠运行(B)。

（2）如果要从"数据库"窗口中运行宏，单击"宏"对象，然后双击相应的宏名。

（3）如果要在 Microsoft Access 2003 的其他地方运行宏，选择"工具"菜单中的"宏"命令，单击"运行宏"按钮或单击 Microsoft Access 2003 工具栏上的"运行宏"按钮 💷，然后在"宏名"文本框中选择相应的宏。

注意：通常情况下直接运行宏只是进行测试。可以在确保宏的设计无误之后，将宏附加到窗体、报表或控件中，以对事件做出响应，也可以创建一个运行宏的自定义菜单命令。

8.2.4 测试宏

使用单步执行宏，就可以观察宏的流程和每一步操作的结果，并且可以排除导致错误或产生非预期结果的操作。

（1）选中宏，单击"数据库"窗口上的"设计"按钮，打开相应的宏。

（2）在工具栏上单击"单步"按钮 ，确保其处于按下状态。

（3）在工具栏上单击"运行"按钮 ，弹出"单步执行宏"对话框，如图 8-6 所示。

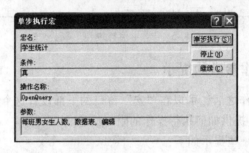

图 8-6 "单步执行宏"对话框

（4）单击"单步执行"按钮，以执行显示在"单步执行宏"对话框中的操作。

（5）单击"暂停止"按钮，以停止宏的运行并关闭对话框。

（6）单击"继续"以关闭单步执行，并执行宏的未完成部分。

注意：如果要在宏运行过程中暂停宏的执行，然后再单步运行宏，可按【Ctrl + Break】组合键。

8.2.5 宏中能够使用的操作

Access 2003 中共提供了 55 个操作，表 8-1 列出了根据任务对操作分组的情况。

表 8-1 宏操作

分　类	任　务	操　作
窗体和报表中的数据	限制数据	ApplyFilter
	在数据中移动	FindNext、FindRecord、 GoToControl、 GoToPage、 GoToRecord
执行	运行一个命令	RunCommand
	退出 Microsoft Access 2003	Quit
	运行一个宏、过程或查询	OpenQuery、RunCode、RunMacro、RunSQL
	运行一个应用程序	RunApp
	停止执行	CancelEvent、Quit、StopAllMacros、StopMacro
导入/导出	将 Microsoft Access 2003 对象发送到其他应用程序	OutputTo、SendObject
	在 Microsoft Access 2003 和其他数据格式之间传送数据	TransferDatabase、TransferSpreadsheet、TransferText

续表

分　类	任　　务	操　　　作
对象处理	复制、重命名或保存一个对象	CopyObject、Rename、Save
	删除一个对象	DeleteObject
	移动或调整窗体大小	Maximize、Minimize 、MoveSize 、Restore
	打开或关闭一个对象	Close 、 OpenForm 、 OpenModule 、 OpenQuery 、 OpenReport 、 OpenTable、OpenDataAccessPage、OpenDiagram、OpenStoredProcedure、OpenView
	打印一个对象	PrintOut
	选择一个对象	SelectObject
	设置一个字段、控件或属性的值	SetValue
	更新数据或屏幕	RepaintObject、Requery、ShowAllRecords
其他	创建自定义菜单栏、自定义快捷菜单、全局菜单栏或全局快捷菜单	AddMenu
	设置自定义菜单栏或全局菜单栏上菜单项的状态	SetMenuItem
	显示屏幕上的信息	Echo、Hourglass、MsgBox、SetWarnings
	产生键击	SendKeys
	显示或隐藏内置的或自定义的命令栏	ShowToolbar
	发出嘟嘟声	Beep

8.3　创建宏组及宏组应用

在 Access 2003 中可以在一个宏内定义多个操作，并指定操作的执行顺序，通常情况下需要创建宏组来对用于一个窗体的宏操作进行分类。

如果要在一个位置上将几个相关的宏构成组，而不希望对其单个追踪，可以将它们组织起来构成一个宏组。

8.3.1　创建宏组

创建宏组的操作步骤如下：

（1）在"数据库"窗口中，单击"对象"列表中的"宏"对象。

（2）单击"数据库"窗口工具栏上的"新建"按钮。

（3）单击工具栏上的"宏名"按钮 ⊞ （如果没有按下）。

（4）在"宏名"列中，输入宏组中的第一个宏的名字。

（5）添加需要宏运行的操作。

（6）如果希望在宏组内包含其他的宏，重复步骤（4）和（5）。

注意：保存宏组时，指定的名称是宏组的名称。这个名称也是显示在"数据库"窗口中的宏和宏组列表的名称。如果要引用宏组中的宏，需用下面的语法：宏组名.宏名。例如，"学生.学生基本信息显示"将引用"学生"宏组中"学生基本信息显示"宏。在宏列表（如

RunMacro 操作的"宏名"参数列表）中，Microsoft Access 2003 将用"学生.学生基本信息显示"的方式显示"学生基本信息显示"宏。

图 8-7 显示了"课程"宏中定义的"课程信息输入"宏和"课程及选课查询"两个宏组。

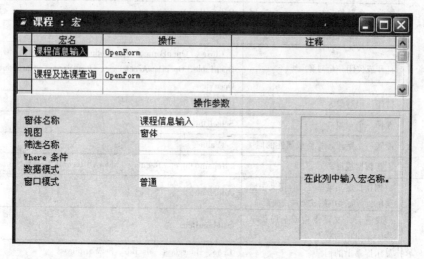

图 8-7　宏组示例

8.3.2　将操作或操作集赋值给某个按键

要将一个操作或操作集合赋值给某个特定的按键或组合键，可以创建一个 AutoKeys 宏组。在按下特定的按键或组合键时，Microsoft Access 2003 就会执行相应的操作。以创建"学生信息管理系统"数据库的 AutoKeys 宏为例。

（1）单击"数据库"窗口"对象"中的"宏"对象。

（2）选择 AutoExec 宏，单击"新建"按钮。

（3）单击工具栏上的"宏名"按钮 ▓。

（4）在"宏名"列中输入要使用的按键或组合键，此例中输入^P。

表 8-2 列出了能够在 AutoKeys 宏组中用于设置赋值键的组合键。这些组合键是用于 Visual Basic 中的 SendKeys 语句的语法子集。

表 8-2　组合键输入方法

SendKeys 语法	组　合　键	SendKeys 语法	组　合　键
^A 或 ^4	Ctrl+任何字母或数字键	^{INSERT}	Ctrl+Ins
{F1}	任何功能键	+{INSERT}	Shift+Ins
^{F1}	Ctrl+任何功能键	{DELETE}或{DEL}	Del
+{F1}	Shift+任何功能键	^{DELETE}或^{DEL}	Ctrl+Del
{INSERT}	Ins	+{DELETE}或+{DEL}	Shift+Del

（5）选择设计操作并设置操作参数，输入相应的备注说明。此例中选择"RunMacro"操作，在其"宏名"参数框中选择"学生.学生基本信息显示"宏，最后的设计效果如图 8-8 所示。

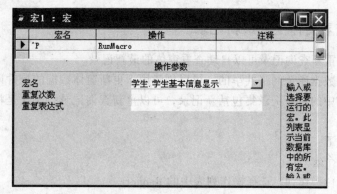

图 8-8　按键操作的宏示例

（6）将宏组命名为"打印宏定义"并保存，每次打开数据库时，新的赋值键将会生效。按【Ctrl+P】组合键，可以发现 Access 2003 打开了"打印宏定义"对话框。

注意：如果把操作集赋值给一个组合键，而该组合键已为 Access 2003 所用（例如【Ctrl+C】组合键用于"复制"），则新的赋值键操作将取代原有的 Access 2003 赋值键。

8.4　在宏中使用条件

在某些情况下，可能希望仅当特定条件为真时才在宏中执行一个或多个操作。例如，如果在某个窗体中使用宏来校验数据，可能要显示相应的信息来响应记录的某些输入值，另一信息来响应另一些不同的值。在这种情况下，可以使用条件来控制宏的流程。

条件是逻辑表达式。宏将根据条件结果的真或假而沿着不同的路径执行。

向宏中添加条件的操作步骤如下：

（1）选择要添加条件的宏，单击"设计"按钮。

（2）单击"条件"按钮 ☞ 来设置显示"条件"列。

注意：创建宏时，如果要更改 Microsoft Access 2003 是否显示这些列，可在"工具"菜单中选择"选项"命令，再选择"视图"选项卡，然后启用或禁用"在宏设计中显示"下的"名称列"及"条件列"复选框。

（3）将条件输入到"宏"窗口的"条件"列中。如果这个条件结果为真，则 Microsoft Access 2003 将执行此行中的操作。在紧跟此操作的"条件"列内输入省略号"..."，就可以使 Microsoft Access 2003 在条件为真时执行这些操作。

注意：如果要 Microsoft Access 2003 暂时忽略某个操作，可以输入 False 为条件。暂时忽略操作有助于找出宏中的问题。

8.5　用宏使应用程序自动执行

当需要重复地或有规律地执行某些任务时，可以通过创建宏来执行要实施的操作，然后把这些宏与各种窗体或控件事件关联起来，从而使得应用程序自动执行。

8.5.1 自动查看窗体上的最新记录

通过刷新或重新查询记录可以自动查看窗体的最新记录。

如果所用的数据库是网络共享的，可以创建用于更新窗体数据的控件以查看最新的记录。

要显示窗体中的最新记录集包括新记录，可以重新查询记录，方法是将"重新查询"操作添加到宏中。

操作步骤如下：

（1）创建一个宏。

（2）单击空白操作列，选择操作列表中的 Requery。

（3）如果要更新基于表或查询的控件中的记录，将"控件名称"参数设置为该控件的名称。如果要更新窗体上的整个记录，则不设置"控件名称"参数。

（4）单击"保存"按钮保存宏。

（5）接下来应该将此宏添加到窗体中相应的命令按钮中。在窗体"设计"视图中添加一个命令按钮控件，为其设置适当的属性，然后在其属性表的"事件"选项卡中的"单击"属性框的下拉列表框中选择该宏即可。

（6）在"窗体"视图中单击此按钮，即可查看窗体上的最新记录。

8.5.2 在窗体中打印报表

在宏中执行 OpenReport 和 PrintOut 操作可以自动设置用户打印报表的方式。例如，用户可以通过单击窗体上的某个按钮、从自定义菜单选择一个命令或通过按组合键来打印报表。

如果要限制打印的记录或要在"打印预览"中打开报表，可使用 OpenReport 操作。使用该操作，Microsoft Access 2003 将根据"打印"对话框中的默认设置打印报表。

如果要在打印报表之前设置打印选项，可使用 PrintOut 操作。PrintOut 操作包含对应于"打印"对话框中所有选项的参数。

例如，"学生信息管理系统"数据库中的"学生信息"宏中定义了一个名为"打印"的宏组，它只包含 PrintOut 操作。同时，该数据库还包含一个"打印"宏，其中定义了【Ctrl+P】组合键来执行一个 RunMacro 操作运行"学生信息.打印"宏。

OpenReport 和 PrintOut 操作都可以打开报表，下面分别介绍其用法。

1．OpenReport 操作

使用 OpenReport 操作，可以在"设计"视图或"打印预览"中打开报表或立即打印报表。也可以限制需要在报表中打印的记录。

OpenReport 操作具有的参数如图 8-9 所示，其设置方法如表 8-3 所示。

"视图"参数的"打印"设置将使用当前的打印机设置立即打印报表，而不打开"打印"对话框。也可以使用 OpenReport 操作打开并设置报表，然后使用 PrintOut 操作进行打印。例如，可能要在打印前修改报表，或使用 PrintOut 操作改变打印机设置。

用户所应用的筛选名称和 Where 条件将成为报表的 Filter 属性设置。

OpenReport 操作与选择报表后单击"数据库"窗口中的"设计"按钮、"预览"按钮或"文件"菜单中的"打印"命令的功能相似。

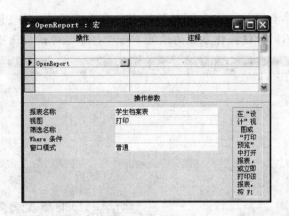

图 8-9 OpenReport 操作具有的参数

表 8-3 OpenReport 操作参数的设置方法

操作参数	说　　明
报表名称	打开报表的名称。"宏"窗口"操作"参数中的"报表名称"列表框中显示了当前数据库中所有的报表。这是必需的参数。如果在程序数据库中执行包含 OpenReport 操作的宏,Microsoft Access 2003 将首先在程序数据库中查找具有该名称的报表,然后再到当前数据库中查找
视图	打开报表的视图。可在"视图"列表框中选择"打印"(立刻打印报表)、"设计"或"打印预览"。默认值为"打印"
筛选名称	用于限制报表记录的筛选。可以输入一个已有的查询名称或保存为查询的筛选名称。不过,查询必须包含要打开的报表的所有字段,或将查询的 OutputAllFields 属性设置为"是"
Where 条件	有效的 SQL WHERE 子句(不包含 WHERE 关键字)或 Microsoft Access 2003 用来从报表的基表或基础查询中选择记录的表达式。如果选择"筛选名称"参数指定的筛选,Microsoft Access 2003 将把 WHERE 子句应用于筛选的结果。 如果要打开报表,并使用某个窗体控件的数值来限制报表中的记录,可使用下列表达式: [Fieldname] = Forms![formname]![ControlName on form] FieldName 参数是要打开的报表的基表或基础查询的名称。ControlName on form 参数是窗体控件的名称,该控件包含需要报表记录与之匹配的数值

注意:

(1)如果要用不同的数据设置来打印类似的报表,可以使用筛选或 WHERE 子句来限制打印在报表上的记录,然后编辑宏,以应用不同的筛选名称或改变 Where 条件参数。可以在"数据库"窗口中选择报表,并将其拖动到宏的"操作"行中,来自动创建在"打印预览"中打开报表的 OpenReport 操作。

(2)Where 条件参数最长为 256 个字符。如果需要输入更复杂、更长的 SQL WHERE 子句,可使用 Visual Basic 中 DoCmd 对象的 OpenReport 方法。在 Visual Basic 中可以输入最长为 32 768 个字符的 SQL WHERE 子句。

2. PrintOut 操作

使用 PrintOut 操作可以打印打开数据库中的活动对象,也可以打印数据表、报表、窗体、数据访问页和模块。PrintOut 操作具有的参数如图 8-10 所示,其设置方法如表 8-4 所示。

该操作与选择对象后,选择"文件"菜单中的"打印"命令的功能类似。不过,该操作不显示"打印"对话框。

注意：该操作的参数对应"打印"对话框中的选项。不过，与 FindRecord 操作和"在字段中查找"对话框不同，该操作参数的设置不与"打印"对话框选项共享。

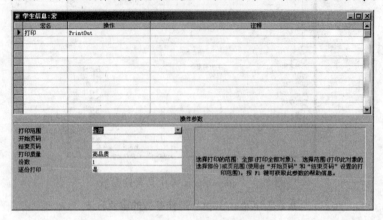

图 8-10　PrintOut 操作具有的参数

表 8-4　PrintOut 操作参数的设置方法

操作参数	说　明
打印范围	打印的范围。可在"宏"窗口"操作"参数中的"打印范围"列表框中选择"全部"（打印全部对象）、"选定范围"（打印选定的对象）或"页范围"（在"开始页码"和"结束页码"参数中指定的打印页面范围）。默认值为"全部"
开始页码	打印的起始页。从此页开始打印。如果在"打印范围"列表框中选择"页范围"，那么该参数是必需的参数
结束页码	打印的终止页。打印到此页底部结束。如果在"打印范围"列表框中选择"页范围"，那么该参数是必需的参数
打印质量	打印品质。可选择"高品质"、"中品质"、"低品质"或"草稿"。品质愈低，对象打印速度愈快。默认值为"高品质"
份数	打印份数。默认值为"1"
逐份打印	选择"是"（自动分页）或"否"（不自动分页）。该参数设置为"否"时，对象打印速度较快。默认值为"是"

习　题

一、选择题

1. 在 Access 2003 数据库中，能够发出"嘟嘟声"的宏操作是（　　　）。

　A. RunCommand　　　　B. Beep　　　　　　C. RunApp　　　　D. SelectObject

2. 要将一个操作或操作集合赋值给某个特定的按键或组合键，可以创建一个（　　　）。

　A. AutoExec 宏　　　B. AutoKeys 宏组　　　C. RunApp 宏　　　D. Ctrl+P 组合键

3. 宏将根据条件结果的真或假而沿着不同的路径执行。条件是（　　　）。

　A. 宏　　　　　　　　B. 宏组　　　　　　C. 逻辑表达式　　　D. 组合键

4. 可以定义宏来执行用键盘或鼠标启动的（　　　）。

　A. 几乎任何任务　　　B. 部分任务　　　　C. 很少任务　　　　D. 不能执行的任务

二、填空题

1. 在 Access 2003 数据库中，宏是指 _____。
2. 使用一个名为 _____ 的特殊宏可在首次打开数据库时执行一个或一系列的操作。
3. 在 Access 2003 数据库中，通过名为 _____ 的宏操作可以运行其他应用程序。
4. 在 Access 2003 数据库中，运行一个命令的宏操作是：_____。
5. 如果要引用宏组中的宏，需用的语法是：_____。
6. 在宏中执行 _____ 和 _____ 操作可以自动设置用户打印报表的方式。

三、综合题

1. 使用"学生信息管理系统"数据库，创建一个可在首次打开数据库时执行显示"学生选课信息表"操作的 AutoExec 宏。
2. 使用"学生信息管理系统"数据库，编写一个"课程查询"的宏组，使该宏组包含"按课程名"查询、"按课程类别"查询、"按学分"查询 3 个宏名。

小　结

　　可以创建一个宏（用来自动执行任务的一个操作或一组操作。）用以执行某个特定的操作，或者创建一个宏组（共同存储在一个宏名下的相关宏的集合。该集合通常只作为一个宏引用）用以执行一系列操作。

实　训　7

一、实训目的

　　（1）熟练掌握建立宏。
　　（2）了解事件与事件程序、事件与宏组合应用的方法。

二、实训内容

　　（1）用 Close、OpenForm、OpenReport、Minimize 命令创建宏。
　　（2）通过从宏内部运行查询并且让此宏显示包含警告消息的文本窗体，实现消息提示的功能。第一个宏操作打开具有此消息的窗体，第二个操作运行查询，最后一个操作关闭窗体。

三、实训过程

　　（1）通过宏可以自动执行一些常用的功能，从而实现自动化。操作步骤如下：
　　① 用 Close 操作创建一个宏，给它命名为 Close，如图 8-11 所示。
　　② 把 Close 宏拖到"设计"视图的窗体中，窗体中自动创建一个按钮，标题名为宏的名字，单击事件为 Close 宏所执行的动作，如图 8-12 所示。
　　③ 用 OpenForm 操作创建一个宏，在数据模式中选择"编辑"，可以用来实现打开窗体并且编辑窗体中数据的功能。
　　④ 用 OpenForm 操作创建一个宏，在数据模式中选择"增加"，可以实现打开一个窗体并新建一条记录的功能。
　　⑤ 用 OpenReport 操作创建打开报表的宏，在视图中选择"打印预览"，可以实现打开一个

窗口并对所选择的报表进行预览的功能。

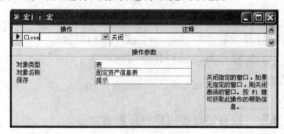

图 8-11　Close 宏

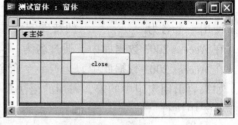

图 8-12　使用 Close 宏

⑥ 用 Minimize 操作创建一个宏，可以实现把当前的窗体最小化的功能。

这样的操作可以有非常多，通过宏可以非常方便地对数据库进行操作。最后效果如图 8-13 所示。

（2）通过从宏内部运行查询并且让此宏显示包含警告消息的文本窗体，实现消息提示的功能。第一个宏操作打开具有此消息的窗体，第二个操作运行查询，最后一个操作关闭窗体。操作步骤如下：

① 创建一个不基于任何表或查询的新窗体，添加一个标签至该窗体，其中包含查询运行时要显示的提示信息。在此窗体的"属性"对话框中，选择"全部"选项卡，设置窗体的"滚动条"属性为"两者均无"，"弹出方式"属性为"是"，"记录选择器"和"导航按钮"属性为"否"，"最大最小化按钮"属性为"无"，"关闭按钮"属性为"否"，如图 8-14 所示。

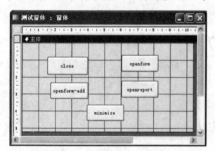

图 8-13　使用宏

图 8-14　设置窗体属性

② 保存并关闭此窗体，命名为 Waring。

③ 创建新宏。对于第一个操作，选择 OpenForm，在"操作参数"下，设置"窗体名称"为 Waring。

④ 对于宏的第二个操作，选择 OpenQuery，在"操作参数"下，设置"查询名称"为想要运行的查询名。根据查询需要设置"视图"和"编辑"选项。

⑤ 对于宏的最后一个操作，选择 Close，在"操作参数"下，设置"对象类型"为窗体，"对象名称"为 Waring。

⑥ 保存并关闭宏。

运行此宏，当查询运行时，包含提示信息的窗体显示在屏幕上，一旦查询结束，则执行关闭操作，把提示消息的窗体关闭。这也是在 Windows 环境下经常使用的操作。

四、简要提示

通过本章的实训，读者应该能够掌握 Access 中宏的使用，了解 Access 数据库中各种类型的宏命令。

第9章 模 块

本章主要讲解 Access 2003 中模块的基本知识。在 Access 2003 中，通过宏或者用户界面可以完成许多任务。而在其他许多数据库程序中，要完成相同的任务就必须通过编程。使用宏还是 VBA 来创建应用程序，取决于需要完成的任务。类模块与标准模块是 Access 2003 中模块的两个基本类型。VBA（Visual Basic for Applications）是微软开发出来在其桌面应用程序中执行通用的自动化（OLE）任务的编程语言。

本章要点

- Access 2003 模块的基本概念。
- 宏与模块的关系。
- 模块的基本类型。
- VBA 程序设计基础。
- 掌握模块的创建。
- VBA 开发与操作。

9.1 宏及模块的应用

在 Microsoft Access 2003 中，通过宏或者用户界面可以完成许多任务。而在其他许多数据库程序中，要完成相同的任务就必须通过编程。使用宏还是 VBA 来创建应用程序，取决于需要完成的任务。

模块是将 Visual Basic for Applications 声明和过程作为一个单元进行保存的集合。作为一个单元保存在一起的定义、过程、函数和事件处理程序的集合称为模块。每个应用程序都是模块的集合。模块充当了项目的基本构件，它们是存储代码的容器。如果统筹安排模块内的代码，将有利于维护、调试和重复使用代码。模块有两个基本类型：类模块和标准模块。模块中的每一个过程都可以是一个 Function 过程或一个 Sub 过程。

对于简单的细节工作，譬如打开和关闭窗体、显示和隐藏工具栏或运行报表等，使用宏是一种很方便的方法，它可以简捷迅速地将已经创建的数据库对象联系在一起，因为不需要记住各种语法，并且每个操作的参数都显示在"宏"窗口的下半部分。

除使用宏带来的方便外，必须使用宏来完成下列操作。

（1）创建全局赋值键。

（2）在首次打开数据库时执行一个或一系列操作。然而，通过"启动"对话框也可以在打开数据库时指定特定的操作，例如打开窗体。

单击"工具"菜单，选择"启动"命令，弹出"启动"对话框，如图 9-1 所示。

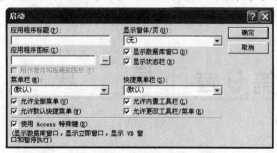

图 9-1 "启动"对话框

在"启动"对话框中可以设置"应用程序标题"，选择"应用程序图标"，设置应用程序启动时要打开的窗体或页，还可以设置应用程序启动时显示的菜单栏和快捷菜单栏，还允许用户自定义数据库应用程序启动时的一些其他功能。

对于以下的情况，应该使用 Visual Basic 而不要使用宏。

（1）使数据库易于维护。因为宏是独立于使用它的窗体和报表的对象，所以一个包含用于响应窗体和报表上的事件的宏的数据库将变得难以维护。相反，Visual Basic 事件过程创建在窗体或报表的定义中。如果把窗体或报表从一个数据库移动到另一个数据库，则窗体或报表所带的事件过程也会同时移动。

（2）创建自己的函数。Access 2003 包含许多内置的函数，例如用于计算利息的 IPmt 函数。在计算时使用这些函数可以避免创建复杂的表达式。使用 Visual Basic 可以创建自己的函数，通过这些函数可以执行表达式难以胜任的复杂计算，或者用来代替复杂的表达式。此外，也可在表达式中使用自己创建的函数对多个对象应用操作。

（3）显示错误消息。当用户在使用数据库遇到预料之外的事情时，Access 2003 将显示一则错误消息，但该消息对于用户而言可能是莫名其妙的，特别是当用户不熟悉 Access 2003 时。而使用 Visual Basic 则可以在出现错误时检测错误，并显示指定的消息或执行某些操作。

（4）创建或操作对象。在大多数情况下，在对象的"设计"视图中创建和更改对象是最简易的方法。而在某些情况下，可能需要在代码中对对象进行定义，使用 Visual Basic 可以操作数据库中所有的对象，包括数据库本身。

（5）执行系统级别的操作。虽然在宏中执行 RunApp 操作可以从一个应用程序运行另一个基于 Microsoft Windows 或 Microsoft MS-DOS 的应用程序，但是在 Access 2003 以外使用宏具有很大的局限性。而使用 Visual Basic 则可以查看系统中是否存在每个文件，或者通过自动化或动态数据交换（DDE）与另外一个基于 Windows 的应用程序（如 Microsoft Excel）进行通信，还可以调用 Windows 动态链接库（DLL）中的函数。

（6）一次操作多个记录。使用 Visual Basic 可一次浏览一个记录集或是单个记录，并对每个记录执行一个操作。而宏只能对整个记录集进行操作。

（7）将参数传送给 Visual Basic 过程。在创建宏时可以在"宏"窗口的下半部分设置宏操作的参数值，但在运行宏时不能改变它们。而使用 Visual Basic 则可在程序运行期间将参数传递给代码，或者使用变量参数，这在宏中是难以做到的，因而使得运行 Visual Basic 过程时具有更大的灵活性。

9.2 类模块与标准模块

VBA 中共有 3 种类型的模块。

（1）窗体模块：是用于为应用程序提供用户界面，采用.frm 扩展名存储的用户窗体。窗体模块包含窗体中的所有控件及其属性，也可以为窗体和控件指定常量和变量声明、过程以及事件过程。窗体模块中的所有声明都默认是 Private（私有），不能在窗体外访问。

（2）标准模块：是用于存储通用过程，以便其他模块中的过程可以调用，采用.bas 扩展名存储的代码模块。该模块包含常量、类型、变量、过程和函数的声明。标准模块中所有声明都默认是 Public（公共），可以在模块外全局访问。

（3）类模块：类模块的使用方式与窗体模块相似。两者之间唯一差别是类模块中不包含可见组件。使用类模块可以创建自己的对象。类是对某个对象的定义，它包含有关对象动作方式的信息，包括它的名称、方法、属性和事件。要为每个类编写代码，必须使用类模块。窗体是类模块的示例。窗体是指包含属性（如字体、名称和标题）、方法（如单击）、预定义行为的对象。当创建窗体时，它会成为代码的独立模块。同样，所有控件，例如命令按钮和文本框，都是它们各自类的对象。

类模块与标准模块是 Access 2003 中模块的两个基本类型。

9.2.1 类模块

类模块是可以包含新对象定义的模块。新建一个类实例时，也就创建了新的对象。模块中定义的任何过程都会变成此对象的属性或方法。

Microsoft Access 2003 中的类模块可以独立存在，也可以与窗体和报表同时出现。

窗体和报表模块都是类模块，而且它们各自与某一窗体或报表相关联。窗体和报表模块通常都含有事件过程，该过程用于响应窗体或报表中的事件。可以使用事件过程来控制窗体或报表的行为，以及它们对用户操作的响应，例如，用鼠标单击某个命令按钮。

为窗体或报表创建第一个事件过程时，Microsoft Access 2003 将自动创建与之关联的窗体或报表模块。如果要查看窗体或报表的模块，可单击窗体或报表"设计"视图中工具栏上的"代码"按钮 。

窗体或报表模块中的过程可以调用已经添加到标准模块中的过程。在 Access 2003 中，类模块不仅可以脱离窗体或报表而独立存在，并且这种类型的模块可以在"数据库"窗口"对象"列表框的"模块"中显示。使用"模块"中的类模块可以创建自定义对象的定义。

9.2.2 标准模块

标准模块中可以放置需要在数据库的其他过程中使用的 Sub 和 Function 过程。标准模块包含的是通用过程和常用过程，这些通用过程不与任何对象相关联，常用过程可以在数据库中的任何位置运行。单击"数据库"窗口中"对象"下的"模块"对象，可以查看数据库中标准模块的列表。窗体、报表和标准模块也都在"对象浏览器"中显示出来。图 9-2 显示"教学管理系统"数据库中所有的类（打开方式为：单击"数据库"窗口中"对象"下的"模块"，再右击选择"设计视图"选项打开"代码编辑"窗口，再单击"视图"中的"对象浏览器"按钮即可），其中还显示了所有的标准模块。

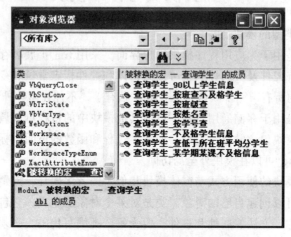

图 9-2 "对象浏览器"中显示的标准模块

9.3 VBA 程序设计基础

9.3.1 基本概念

VBA 是微软开发出来在其桌面应用程序中执行通用的自动化（OLE）任务的编程语言。VBA 是 Visual Basic 的一个子集，VBA 不同于 VB，原因是 VBA 要求有一个宿主应用程序才能运行，而且不能用于创建独立应用程序。而 VB 可用于创建独立的应用程序。VBA 可使常用的过程或者进程自动化，可以创建自定义的解决方案，最适用于定制已有的桌面应用程序。

通常意义上的 VBA 就是在 Office 中包含着的一种加强 Office 功能的 Basic 语言。经过发展，在 Office 中，Word、Excel、Access、PowerPoint 这 4 个软件都有了自己的程序设计语言，分别称为 Word Basic、Excel Basic、Access Basic、PowerPoint Basic（在 Outlook 中的开发语言为 Visual Basic Scripting Edition）。通常统一称为 VBA。

9.3.2 VBA 编程环境

VBE（Visual Basic Editor，VB 编辑器）就是设计、调试 VBA 代码的编辑器，如图 9-3 所示，它是捆绑在 Application（如 Access 2003）应用程序中的一个程序。进入 VBE 的方式：按【Alt+F11】组合键；选择"工具"|"宏"|"Visual Basic 编辑器"命令；选择"插入"|"模块"或"类模块"命令；"数据库"窗口中的"对象"|"模块"|"新建"或者"设计"命令，都可以进入 Visual Basic 编辑器。

图 9-3 Visual Basic 编辑器

9.3.3 VBA 编程基础

1. 数据类型

VBA 共有 12 种数据类型，具体如表 9-1 所示，此外用户还可以根据以下类型用 Type 自定义数据类型。

表 9-1 VBA 12 种数据类型

数据类型	类型标识符	说 明 符	备 注
字节型	Byte	无	0～255
整型	Integer	%	
长整型	Long	&	
单精度浮点型	Single	!	
双精度浮点型	Double	#	
货币型	Currency	@	4 位小数，小数点后数据精确计算
日期型	Date	无	例如：#25/12/2007# 表示 2007 年圣诞节
布尔型	Boolean	无	True/False
变体类型（默认）	Variant		
字符串型	String	$	
自定义型	自定义		Type student 　Code as integer 　Age as integer 　… End Type

2. 变量

（1）VBA 允许使用未定义的变量，默认是变体变量。

（2）在模块通用说明部分，加入 Option Explicit 语句或者在 VBA 编辑器中依次选择"工具"|"选项"|"编辑器"|"要求变量声明"命令可以强迫用户进行变量定义（推荐使用）。

（3）变量定义语句及变量作用域。

```
Dim  变量  as  类型      '定义为局部变量，如  Dim xyz as Integer
Private  变量  as  类型   '定义为私有变量，如  Private xyz as Byte
Public  变量  as  类型    '定义为公有变量，如  Public xyz as Single
Global  变量  as  类型    '定义为全局变量，如  Global xyz as Date
Static  变量  as  类型    '定义为静态变量，如  Static xyz as Double
```

一般变量作用域的原则是，哪部分定义就在哪部分起作用。模块中定义则在该模块中作用。

3. 常量

```
Const Pi=3.1415926 as single
```

4. 运算符

（1）赋值运算符：=。

（2）数学运算符：&（强制字符串连接，比如将数字强行转化成字符串到其他字符串前后）、+（字符串连接符）、+（加）、-（减）、Mod（取余）、\（整除）、*（乘）、/（除）、-（负号）、^（指数）。

（3）逻辑运算符：Not（非）、And（与）、Or（或）、Xor（异或）、Eqv（相等）、Imp（隐含）。

（4）关系运算符：=（相同）、<>（不等）、>（大于）、<（小于）、>=（不小于）、<=（不大于）、Is（对象的比较）。

（5）位运算符：Not（逻辑非）、And（逻辑与）、Or（逻辑或）、Xor（逻辑异或）、Eqv（逻辑等）、Imp（隐含）。

（6）模式匹配：like。

表 9-2　使用字段的部分值作为准则示例

字　段　名	准　　则	功　　能
课程名称	Like "计算机*"	查询课程名称以"计算机"开头的记录
课程名称	Like "*计算机"	查询课程名称中包含"计算机"的记录

5. 数组

Dim 数组名([Lower to]Upper [, [Lower to]Upper, ….]) as Type；Lower 默认值为 0。二维数组是按行列排列，如 XYZ(行，列)。

例如：

```
Dim singlearray(20) as Integer
Dim mutiarray(1 to 20, 20) as Boolean
```

注意是用（）括号，不是用[]。

6. 注释语句

（1）单引号（'）。

（2）Rem。

9.3.4　VBA 程序流程控制

1. 顺序控制

例如：

```
Dim x1 as Integer
Dim y1 as Integer
Dim z1 as Integer
x1=12
y1=100
z1=x1+y1
```

2. 选择（判断）控制

（1）If…Then…Else 语句

例如 1：If A>B And C<D Then A=B+2 Else A=C+2

例如 2：If x>250 Then x=x-100

或者，可以使用块形式的语法：

例如：

```
If Number < 10 Then
  Digits =1
ElseIf Number < 100 Then
  Digits = 2
Else
  Digits = 3
End If
```

（2）Select Case…Case…End Case 语句

例如：

```
Select Case Pid
Case "A101"
Price=200
Case "A102"
Price=300
…
Case Else
Price=900
End Select
```

（3）Choose 函数

Choose(index, choice-1,choice-2,…,choice-n)，可以用来选择自变量串列中的一个值，并将其返回，index 表达式的结果是一个数值，且界于 1~n 间。例如：

Choose(2,"Speedy","United","Federal") = "United"（这是真的）

（4）Switch 函数

Switch(expr-1,value-1[,expr-2,value-2 [,expr-n,value-n]])

Switch 函数和 Choose 函数类似，但它是以两个一组的方式返回所要的值，在串列中，最先为 True 的值会被返回。expr 为必要参数，是要加以计算的 Variant 表达式。value 为必要参数。如果相关的表达式为 True，则返回此部分的数值或表达式，没有一个表达式为 True 时，Switch 会返回一个空值。

3. 循环控制

（1）For Next 语句：以指定次数来重复执行一组语句。

例如 1：

```
For i=1 to 10
    Sum=Sum+I
Next i
For K=5 10 To 10
    K=2*K
Next K
```

按照公式计算，循环次数为：（10-5+1）/2=3 次，但这是不正确的。实际上，该循环次数只有 1 次（循环变量先后取值 5 和 12，循环执行一次后，循环变量值为 12，超过终值 10，循环结束）。

（2）For Each…Next 语句：主要功能是针对一个数组或集合对象进行操作，让所有元素重复执行一次语句。

例如：

```
For Each range2 In range1
With range2.interior
.colorindex=6
.pattern=xlSolid
End With
Next range2
```

上例中用到了 With…End With 语句，目的是省去对象多次调用，加快程序执行速度；语法为：

```
With object
[Statements]
End With
```

（3）Do…Loop 语句：在条件为 True 时，重复执行区块命令。

例如 1：（相当于 C 语言中的 while…do 语言）

```
Do {while |until} condition        'while 为当型循环，until 为直到型循环
Statements
Loop
```

例如 2：（相当于 C 语言中的 do…while 语言）

```
Do
Statements
Loop {while |until} condition
```

可以使用 Exit For 或者 Exit Do 退出相应的循环。还有 While…Wend，但此语句块被淘汰不推荐使用。

9.3.5 过程和函数

过程是构成程序的一个模块，常用来完成一个相对独立的功能。过程可以使程序更清晰、更具结构性。VBA 具有 4 种过程：Sub 过程、Function 函数、Property 属性过程和 Event 事件过程。

1. Sub 过程

Sub 过程的参数有两种传递方式：按值传递（ByVal）和按地址传递（ByRef）。

例如：

```
Sub password (ByVal x as Integer, ByRef y as Integer)
If y=100 Then y=x+y Else y=x-y
x=x+100
End Sub
```

调用过程可以使用 call 语句 + 过程名（参数表），也可以直接使用过程名（参数表）。

如下面的过程调用上面的 password：

```
Sub call_password ()
Dim x1 as Integer
Dim y1 as Integer
x1=12
y1=100
Call password (x1,y1)       '调用过程方式：① Call 过程名(参数1，参数2…)；② 过程名
                            '参数1，参数2…

debug.print x1,y1           '结果是 12、112，y1 按地址传递改变了值，而 x1 按值传递未改变
                            '原值

End Sub
```

2. Function 函数

函数实际是实现一种映射，它通过一定的映射规则，完成运算并返回结果。参数传递也有两种方式：按值传递（ByVal）和按地址传递（ByRef）。

例如：

```
Function password(ByVal x as Integer, ByRef y as Integer) as Boolean
If y=100 Then y=x+y Else y=x-y
x=x+100
If y=150 Then password=True Else password=False
End Function

Sub call_password ()
Dim x1 as Integer
Dim y1 as Integer
x1=12
y1=100
If password Then(x1,y1)   '调用函数：① 作为一个表达式放在"="右端；② 作为参数使用
debug.print x1
  End If
End Sub
```

9.3.6　简单输入/输出

简要介绍以下最基本的输入/输出语句。

（1）输入：弹出输入对话框：InputBox（提示语，标题，默认值，xpos，ypos，help，comtext）

（2）输出：对象.print（其中对象可以为 form，picturebox，debug 等）。后面接想打印的常量、变量，如果有多个可以用";"或者","隔开。

注意两者不同：用";"隔开的是紧凑格式，中间没有空格；用","隔开的是标准格式，中间会有一些空格。

（3）Msgbox()：弹出输出窗口。

9.4　模块的创建

下面通过一个示例介绍模块的创建方法。

操作步骤如下：

（1）选择"工具"菜单中的"宏"命令，在弹出的子菜单中选择"Visual Basic 编辑器"命

令，打开 Visual Basic 编辑器。

（2）选择"插入"菜单中的"模块"命令，Access 2003 打开新的模块定义窗口。

（3）在其中输入下列代码：

```
Sub Helloworld()
  MsgBox prompt:="Hello  World!"
End Sub
```

（4）此模块的功能为显示"Hello World!"。

（5）保存并命名此模块为"示例模块"。

（6）单击工具栏上的"运行"按钮 ▶ ，可以查看此模块的运行效果，如图 9-4 所示。

图 9-4　示例模块运行结果

习　题

一、选择题

1. 下列语句可以定义变量 SS 为全局变量且数据类型为日期的是（　　）。

   A. Dim SS as Integer   B. Private SS as Byte

   C. Public SS as Single   D. Global SS as Date

2. 在模块中输入下列代码：

```
Sub Helloworld()
  MsgBox prompt:="Hello  World!"
End Sub
```

此模块运行后将显示（　　）。

   A. "Hello World!"   B. Hello World!

   C. Hello!   D. 其他

3. （　　）是微软开发出来在其桌面应用程序中执行通用的自动化任务的编程语言。

   A. C++   B. VBA   C. VC   D. Foxpro

4. VBA 中使用（　　）自定义数据类型。

   A. Const   B. Dim   C. Static   D. Type

5. 弹出输入对话框的语句是（　　）。

   A. Hello   B. print   C. InputBox   D. MsgBox

二、填空题

1. 在 Access 2003 数据库中，模块是将 Visual Basic for Applications 声明和过程作为一个单元进行保存的集合。作为一个单元保存在一起的_____的集合称为模块。

2. 在 Access 2003 中，模块有两个基本类型：_____和_____。

3. 类模块是_____。

4. VBA 允许使用未定义的变量，默认是_____。

5. 若声明常量，应该使用＿＿＿＿＿关键字。

6. 若要运行条件表达式的判断，最基本的流程命令为＿＿＿＿＿表达式结构。

7. VBA 具有 4 种过程：＿＿＿＿、＿＿＿＿、＿＿＿＿和＿＿＿＿。

8. 循环命令共有 3 种，分别为：＿＿＿＿、＿＿＿＿和＿＿＿＿。

9. 设置程序代码，声明变量 K 为整型：＿＿＿＿＿＿＿＿＿。

10. 设置程序代码，声明变量 AA 为公用常量，并且该常量值为 100：＿＿＿＿＿＿。

三、综合题

1. 在哪些情况下，应该使用 Visual Basic 而不要使用宏？

2. 编写一个简单的模块，其功能为显示 "Welcome to the Beijing 2008 Olympic Games!"。

小　结

　　模块基本上是由声明、语句和过程组成的集合，它们作为一个已命名的单元存储在一起，对 Microsoft Visual Basic 代码进行组织。Microsoft Access 有两种类型的模块：标准模块和类模块。模块是将 Visual Basic 声明和过程作为一个单元进行存储的集合。窗体模块和报表模块都是类模块，它们各自与某一特定窗体或报表相关联。窗体模块和报表模块通常都含有事件过程，而过程的运行用于响应窗体或报表上的事件。可以使用事件过程来控制窗体或报表的行为，以及它们对用户操作的响应，如单击某个命令按钮。为窗体或报表创建第一个事件过程时，Microsoft Access 将自动创建与之关联的窗体模块或报表模块。标准模块包含与任何其他对象都无关的常规过程，以及可以从数据库任何位置运行的经常使用的过程。标准模块和与某个特定对象无关的类模块的主要区别在于其范围和生命周期。在没有相关对象的类模块中，声明或存在的任何变量或常量的值都仅在该代码运行时、仅在该对象中是可用的。

实　训　8

一、实训目的

　　（1）验证所学的 VBA 函数的功能及用法。

　　（2）掌握流程控制语句的功能及用法。

　　（3）在上机过程中熟悉过程及函数的定义方法。

二、实训内容

　　（1）建立窗体 FORM1，在窗体中添加命令按钮，在命令按钮的单击事件中填写测试函数功能的代码。上机验证所学函数的功能及用法，用 MsgBox 函数显示测试的结果。

　　（2）定义一个函数 JS1，用来计算一个数的阶乘。该函数有一个整型参数。在命令按钮中调用该函数，计算并用 MsgBox 函数显示 12 阶乘值。

　　（3）定义一个函数 JS2，用来计算 1～100 的奇数和，并显示其值。

　　（4）定义一个过程 CFB，用来计算九九乘法表，在命令按钮中调试该函数。用 debug.print 命令在立即窗口中显示结果。

　　（5）用 MsgBox 函数显示 "记录内容已经更改，存盘吗？" 的消息框，在对话框中显示 "是"

和"否"两个按钮，如果用户选择了"是"按钮，则用 MsgBox 函数将弹出另一个消息框，显示"内容已经存盘"。

（6）用 InputBox 函数显示一个输入对话框，要求用户输入要查询的编号，该对话框的标题为"数据查询"，用户输入后，用 MsgBox 函数显示刚才用户输入的值。

（7）制作一个抽奖程序，用 InputBox 函数显示一个输入对话框，要求用户输入彩票的总张数，利用随机函数显示一个 1 到总数之间的任意的随机整数。用 MsgBox 函数弹出另一个消息框，显示"获奖彩票编号为："以及这个随机整数。

三、实训过程

设计一个用户登录窗体，输入用户名和密码，如用户名或密码为空，则给用户名或密码为空，则给提示，重新输入；如用户名或密码不正确，则给出错误提示，结束程序运行；如用户名和密码正确，则显示"欢迎使用！"信息。

首先设计一个窗体，标题命名为"登录"。在窗体上添加两个标签，标签分别为"用户名:"和"密码:"，作为文本框的提示。然后在窗体上再添加两个文本框，一个用于输入用户名，命名为 UserPassword，文本属性为空，设置其"输入掩码"属性为 Password。最后在窗体上添加一个命令按钮，设置标题为"确认"并命名为 OK，用于输入完用户名和密码后单击此按钮确认。相关事件过程代码设计如下：

```
Private Sub OK_Click()
  If Len(Nz(Me!UserName))=0 And Len(Nz(Me!UserPassword))=0 Then
      '用户名和密码均为空时的处理
      MsgBox "用户名、密码为空! 请输入", vbCritical, "error"
      Me!UserName.SetFocus    '设置输入焦点在 UserName 文本框
    ElseIf Len(Nz(Me!UserName)) = 0 Then    '用户名为空时的处理
      MsgBox "用户名为空! 请输入", vbCritical, "error"
      Me!UserName.SetFocus    '设置输入焦点在 UserName 文本框
    ElseIf Len(Nz(Me!UserPassword)) = 0 Then    '密码为空时的处理
      MsgBox "密码为空! 请输入", vbCritical, "error"
      Me!UserName.SetFocus    '设置输入焦点在 UserPassword 文本框
    Else
      If Me!UserName = "HYJ" Then '用户名为: HYJ
        If UCase(Me!UserPassword) = "abcdef" Then '密码为: abcdef, 不分大小写
          MsgBox "欢迎使用! ", vbInformation, "成功"
        Else  '密码有误时的处理
          MsgBox "密码有误! 非正常退出。", vbCritical, "error"
          DoCmd.Close
        End If
      Else    ' 用户名有误时的处理
        MsgBox "用户名有误! 非正常退出。", vbCritical, "error"
        DoCmd.Close
      End If
    End If
End Sub
```

参 考 文 献

[1] FEDDEMA H. 精通 Access 2003 中文版[M]. 北京：清华大学出版社，2004.

[2] 梁书斌. 精通中文版 Access 2002 数据库开发与应用[M]. 北京：清华大学出版社，2002.

[3] 全国计算机信息高新技术考试教材编写委员会. Access 2002 职业技能培训教程[M]. 北京：科学出版社，2004.

[4] 武陵. Access 2002 中文版使用速成[M]. 北京：清华大学出版社，2002.

[5] 王宇虹. 专家门诊——Access 开发答疑[M]. 北京：人民邮电出版社，2005.

[6] 教育部考试中心. 全国计算机等级考试二级教程——Access 数据库程序设计[M]. 北京：高等教育出版社，2004.

[7] 北京博彦科技发展有限责任公司. Access 开发教程[M]. 北京：清华大学出版社，2001.

[8] 卢正明，赵艳霞. Access 2002 图解实例教程[M]. 北京：国防工业出版社，2002.

[9] 甘雷，王大印. 中文 Access 2002 标准教程[M]. 北京：北京希望电子出版社，2002.

[10] 求是科技. Access 企业办公系统开发实例导航[M]. 北京：人民邮电出版社，2003.

[11] 王城君. 中文 Access 2000 培训教程[M]. 北京：清华大学出版社，2001.

[12] 李禹生，向云柱，等. 数据库应用技术——Access 及其应用系统开发[M]. 北京：中国水利水电出版社，2002.

[13] 桂思强. Access 数据库设计基础[M]. 北京：中国铁道出版社，2003.

[14] 陈恭和. 数据库设计基础与 Access 应用教程[M]. 北京：高等教育出版社，2003.

[15] 张晓云. 数据库原理与 Access 应用[M]. 北京：科学出版社，2004.

笔记栏